KB242965

선애야

선애야

Fantasy Frontier Spirit

박신애 판타지 장편 소설

선애야, 선애야 4

박신애 판타지 장편 소설

초판 1쇄 찍은 날 § 2005년 11월 10일
초판 1쇄 펴낸 날 § 2005년 11월 20일

지은이 § 박신애
펴낸이 § 서경석

편집장 § 문혜영
편집 § 서지현 · 최하나

펴낸곳 § 도서출판 청어람
등록번호 § 제1081-1-89호
등록일자 § 1999. 5. 31
어람번호 § 제1-0649호

주소 § 경기도 부천시 원미구 심곡1동 350-1 남성B/D 3F (우) 420-011
전화 § 032-656-4452 팩스 § 032-656-4453
http://www.chungeoram.com
E-mail § eoram99@chollian.net

ISBN 89-5831-821-X 04810
ISBN 89-5831-622-5 (SET)

Fantasy Frontier Spirit
박신애 판타지 장편 소설
션애야 션애야
4
본격적으로
도서출판 청어람

Contents

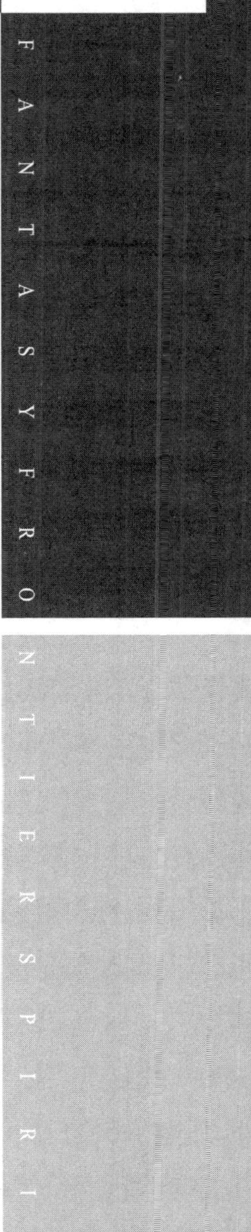
FANTASY FRONTIER SPIRIT

Chapter 20

온 동네 드워프들이 모여 커다란 식탁 다리가 부러져라 푸짐하게 음식을 늘어놓고 먹는 아침이었지만, 선애는 좋아 보이는 표정이 아니었다. 오히려 톡 하고 건드리기만 하면 폭발할 것마냥 짜증이 목 아래에까지 차 있어 보였다.

'이해 못할 것도 아니지만……'

옆에서 가만히 지켜보고 있던 나는 조심스레 한숨을 내쉬며 주위를 둘러보았다.

그도 그럴 것이 온 동네 드워프들이 아침을 먹는답시고 커다란 공터에 모인 것까지는 좋은데, 음식을 먹는 시간임에도 불구하고 앞에 놓인 음식은 안 먹고 온통 선애를 향해 따가울 것만 같은 시선을 보내오는 것이었다. 한두 명도 아니고 몇백은 가뿐하게 넘어 보이는 그 대인원이 그러다 보니, 아무리 배가 고프다 해도 어디 음식이 목으로 넘어가겠는가?

'에휴, 동물원의 동물들 심정을 알 것 같구만.'

선애의 상태가 조마조마하기는 했지만, 그렇다고 이 상황에 내가 뭘 어떻게 해줄 수 있는 게 없었기에 나는 계속 한숨만 내쉴 뿐이었다.

결국 선애는 그 부담스러운 시선 때문에 평소 먹는 양의 반도 못 먹고 숟가락을 탁~! 하고 내려놨다. 저 녀석이 신경이 좀 예민한 구석이 있어 아마 도저히 견딜 수 없었을 거다.

그러자마자 바로 선애 옆 자리를 차지하고 앉아 있던 족장 드워프가 반색을 했다.

"오오, 이제야 겨우 다 먹은 건가?"

족장 드워프 또한 음식에는 손도 안 대고 선애만 뚫어져라 바라보고 있던 이들 중 한 사람이었다. 그런 그의 말에 선애가 도저히 참을 수가 없었는지 매서운 눈길을 날리며 뭐라 하려는 찰나, 벨타이거가 나섰다.

"제가 먼저 한 말씀드려도 되겠습니까?"

'굿 타이밍~!'

하지만 나의 환호와는 달리 족장 드워프는 얼굴이 굳어지며 눈가가 미미하게 경련을 일으켰다. 하기야 막 본론을 꺼내려던 차에 방해를 받았으니 표정이 좋을 리 없었다. 그것도 아침 일찍부터 지금까지 기다려 왔다가 잡은 기회를 방해받은 거였으니.

"뭔가?"

그래도 차마 선애 앞에서 함부로 하지 못하겠던지 무지 못마땅하다는 기색이 역력한 데도 불구하고 족장 드워프는 대답을 해줬다.

"우선 제 소개부터 하겠습니다. 저는 타이거 상회의 회장 벨타이거 크로스웰이라고 합니다. 이번에 드워프 족과 거래를 하고 싶어서 찾아 왔습니다."

"그래서?"

자기네와 거래를 하고 싶어서 찾아왔다는데 하등 상관없다는 양 '그 래서?'라고 물으니, 말발이 선애 못지않고 얼굴이 철판 같은 벨타이거 도 한순간 무지 당혹한 표정으로 할 말을 잃었다.

물론 벨타이거 녀석은 드워프들이 거래를 쉽게 받아들일 거라고는 생각지 않았다. 그래서 '싫다'고 말할 경우 그들을 설득할 여러 가지 조건을 생각해 놨을 텐데 말을 잃은 거 보니 '그래서?'라고 말할 경우 는 생각지 못한 모양이다.

대신 벨타이거가 말을 건네는 사이 침착성을 회복한 선애가 나섰다.

"'그래서'라고 말할 게 아닌 것 같은데요? 저도 타이거 상희 사람이 거든요."

뭐어, 나쁜 기분을 완전히 가라앉히지 못했는지 말이 좀 삐딱선을 탔지만 드워프들이 화내지 않으니 괜찮을 것 같다. 단지 족장은 물론 이거니와 그 주위에 있던 드워프들의 인상이 크게 찡그려지기 시작해 서 날 조마조마하게 만들었지만 말이다.

족장은 한참 동안이나 찡그린 표정으로 있다가 같은 식탁의 구석에 자리를 잡고 앉아 있던 스터링에게 시선을 돌렸다.

원래 선애 옆 자리는 스터링이 앉으려고 했는데, 족장을 비롯하여 장로들에게 연배로 밀려서 구석자리로 쫓겨난(?) 것이었다. 그나마 선 애랑 안면이 있다고 같은 식탁에 앉을 수 있었던 거지, 아니었으면 저

쪽 멀리 떨어진 탁자에 앉았을 거다.

그 스터링이 족장의 시선을 받자 자신만만한 표정으로 우렁차게 말했다.

"한번 보기나 해."

이 녀석은 아까 자기 아버지에게도 막말을 하더니 족장에게도 마찬가지였다. 하기야 뭐, 드워프들은 서열에 크게 구애받지 않는 종족이라니 이럴 수도 있는 거겠지만 말이다.

그에 족장은 끄응… 하는 소리를 내더니 선애를 향해 시선을 돌렸다.

"처자, 그 물건 좀 볼 수 있을까?"

벨타이거의 말 때문인지 아까의 열혈이라고 말할 수 있는 열기는 약간 사그라든, 차분해진 목소리였다.

족장의 청에 선애는 선선히 고개를 끄덕이고 품속에서 시계를 꺼내 족장에게 넘겼다.

어차피 이 시계를 이용해 드워프들과 거래를 트기로 했으니 보기 싫다고 해도 보라고 했을 거였다. 단지 선애가 미처 말을 꺼내기도 전에 드워프들이 열성적으로 달려들어서 놀랐을 뿐이지.

마치 얇은 유리판이라도 받은 양 너무나도 조심스레 시계를 든 족장이 살펴보기 시작하자, 그래도 서열이 높다고 선애와 같은 식탁을 차지하고 있던 장로 드워프들과 나이 많은 드워프들이 우당탕 소리를 내며 족장 드워프 근처로 모여들었다.

다른 드워프들 또한 기웃거리며 다가왔지만, 시계가 워낙 자그마한 물품이라 몇몇 드워프들이 둘러싸니 보이지도 않았다.

그래도 미련을 버리지 못하는지 기웃거리는 그들 틈에서 벨타이거는 얼른 선애를 데리고 멀찍이 떨어져 나왔다.

벨타이거에게 이끌려 드워프 무리에서 떨어져 나온 선애의 손에는 어느새 챙긴 건지 커다란 빵과 큼지막한 어느 동물의 잘 구워진 뒷다리 하나가 들려 있었다.

"아… 저렇게 시계에 집중할 줄 알았으면 밥 먹기 전에 저들에게 먼저 시계를 보여줄 걸 그랬네."

시선에서 해방되자 그제야 맘 편하게 음식을 먹게 된 선애가 투덜댔다.

드워프들이 시계를 보고 결론을 내릴 때까지 일행이 할 일은 없었다. 단지 옹기종기 모여 앉아(?) 드워프들이 뭐라 말을 해줄 때까지 기다릴 뿐이었다.

다행히도 기다림의 시간은 길지 않았다.

드워프들의 집요한 시선에서 해방되어 느긋하게 커다란 빵과 잘 구워진 어떤 동물의 뒷다리를 다 뜯어 먹은 후에 근처 식탁에서 가지고 온 과일 두 개까지 후식으로 먹어치우고 있을 즈음, 서열로 인하여 시계를 바로 눈앞에서 살펴볼 수 있었던 드워프와 장로들이 다가왔다.

그러나 어째 그들의 표정이 좋지 못했기에 나는 물론이거니와 선애를 비롯한 일행들도 약간 긴장한 기색으로 그들을 마주 봤다.

하나, 족장이 무지 못마땅하다는 기색으로 툭 내뱉은 말은 일행을 환호하게 만들었다.

"원하는 게 뭐냐?"

아까까지만 해도 무지 다정스레 '처자~' 라고 부르면서 존칭을 붙이더니만, 이제는 완전 배짱이라고 반말로 나가고 있었다. 그러나 그러한 무례한 언행은 환해진 일행의 표정을 어둡게 만들지 못했다. 족장 드워프의 반응은 우리가 칼자루를 쥐고 있다는 의미까지 풍기고 있었으니 오히려 더 희희낙락하게 해줬을 뿐이다.

벨타이거는 환한 얼굴로 족장 드워프가 다른 말을 하기도 전에 얼른 대답했다.

"거래를 원합니다."

"뭘 거래하고 싶은 건데?"

"유리병을 비롯한 유리 세공품, 여성용 액세서리에 장식품입니다."

이건 드워프의 마을로 오기 전에 이야기가 되었던 것 중 바라는 것의 최상이었다.

이곳에 오려고 생각한 최초의 목적은 타이거 상회에서 내놓을 수 있는 최고의 상품인 '새벽의 축복' 이란 향수를 담기 위한 유리병을 구하기 위해서였다. 거기서 더 운이 좋으면 가게의 홍보를 위한 드워프 제품을 몇 개 더 구입하고, 운이 따불로 좋으면 지속적으로 유리병과 유리 세공품을 소량이라도 구입할 수 있었으면… 하는 거였다.

사실 드워프 제품을 사는 것도 쉬운 일이 아니었기에 헤스딩스 남작가의 도움을 바랐던 벨타이거 녀석도 몇 개의 유리병을 구하는 것 이상은 바라지 못했었다.

'그런데 여성용 액세서리에 장식품이라니… 그건 또 언제 생각한 거람?

아마 지금 방금 생각해 냈을 확률이 높았다.

벨타이거의 줄줄 내뱉는 달에 족장 드워프는 한숨을 내쉬더니 다시
물었다.

"개수는 얼마나?"

"지금 저희 상회가 작기 때문에 많이는 필요없습니다. 각각 열 개
정도면 충분합니다. 단지… 나중에 어떻게 될지는……."

"흐음."

아무래도 벨타이거는 드워프들의 표정이 좋지 않았기에 숫자를 최
소한도로 줄인 것 같았다. 뭐, 우리로서는 드워프의 물품을 살 수 있다
는 것만으로도 감지덕지였는데 이제는 거래까지 틀 수 있을지도 모르
니 될 수 있는 한 많은 양을 구하는 것보다는 드워프들이 부담을 느끼
지 않을 적당한 선을 잡은 건 잘한 일이었다. 뭐, 나중을 기약하여 미
래에 거래의 양이 바뀔 수도 있다는 걸 암시한 것도 꽤나 영리한 짓이
었고 말이다.

그걸 눈치챘는지는 모르겠지만, 당장 벨타이거의 요구가 어렵지는
않은 거였는지 족장 드워프의 안색이 조금이나마 펴졌다.

"그래, 물품 간격은 얼마나?"

"한 달에 한 번이면 좋겠습니다만… 어려우시면 두 달에 한 번으로
도 족합니다."

한 달이라는 말에 족장 드워프의 인상이 다시 찡그러지자 벨타이거
는 얼른 두 달이라고 고쳤다. 그에 다시 만족한 표정의 족장 드워프가
선애를 향해 시선을 돌리더니 손을 들어 가만히 불렀다.

"처자."

선애를 다시 '처자'라고 부르는 걸 보니 아무래도 마음이 많이 풀린

모양이다.

그의 부름에 선애가 선선히 다가가자 아까 시계를 눈앞에서 살펴보던 드워프들이 주위를 둘러쌌다. 시계를 살펴보며 생겼던 궁금증들을 물어보려는 모양이다.

"이게 뭐지?"

역시나 족장의 그 질문을 시작으로 질문들이 끊임없이 이어졌다. 그들이 내뱉는 질문들 중에는 처음 시계를 스터링과 브론즈에게 보여 줬을 때 받았던 질문들도 들어 있었기에 선애는 질문을 받는 사이사이 노골적으로 인상을 찡그려 일행들의 마음을 조마조마하게 만들었다.

하지만 처음 선애에게 설명을 받았던 브론즈와 스터링은 서열이 안 되기 때문인지 멀찍이 떨어져 다른 드워프들과 같이 있는 바람에 차마 그들을 불러 설명하라고 할 수 없었던 선애는 한숨을 내쉬며 다시 차근차근 설명했다.

"이건 시계예요."

"뭣이라? 시계? 그럼 마법 시계?"

"마법이 아닌데요."

"그럼 어떻게 움직이는 건데?"

"그러니까… 번개의 힘이죠."

"말도 안 돼! 어떻게 하늘에서 치는 번개를 잡아다 넣을 수가 있는 거지?"

"역시 마법 시계잖아."

"그러니까요……."

비록 선애가 시계를 가지고 있지만 그 안이 어떻게 생겼는지, 어떻게 움직이는지 알 리가 없었다. 그러니 애써 설명하느라고 했지만 그것만으로는 드워프들을 만족시킬 수가 없었다.

결국 선애가 모른다고 고개를 흔들고 나자 저희들끼리 시선을 주고받던 드워프들이 나중에는 족장 드워프를 향해 시선을 던지며 고개를 끄덕였다. 뭔지 몰라도 이들은 시선만으로도 대화가 가능한 모양이다.

그리고는 다시 족장 드워프가 선애를 향해 물었다.

"처자, 이거 우리에게 주면 안 될까?"

"예?"

얼굴에 안 맞게 너무 처량한 표정과 어조로 묻는 드워프의 모습에 선애가 황당하다는 듯 되물었다.

그러나 그걸 어떻게 해석한 건지, 족장 드워프는 다른 드워프들의 날카로운 시선을 받으며 황급히 말을 바꾸었다.

"아니, 완전히 달라는 거 아니라… 잠시 빌려달라는 거지. 으음… 그러니까 이 속에 여러 장치가 있다고 했잖아? 그것만 보고 돌려줄게."

"그건 시계를 분해해 보겠다는 소리잖아요?"

"에… 완전히 틀린 말은 아니지만, 그렇다고 완전히 맞다고는 할 수 없는 말이로군. 물론 뜯어보기는 하겠지만 뚜껑만 열어볼 거야. 게다가 처자 말대로 분해한다그 해도 우리가 원래대로 수리해 주면 되잖아?"

족장 드워프의 말에 선애는 불신 어린 눈초리로 말했다.

"뚜껑만 열었다 보는 거라면 괜찮겠지만… 그것만으로는 안을 제대로 보실 수가 없을 텐데요. 워낙에 수십 가지들이 겹쳐 있는 형태라…

게다가 분해한다면… 원래대로 복원하기도 힘들 테구요.”

그러자 족장 드워프의 눈에 노기가 어렸다.

“어허, 우리가 누구라고 생각하는가? 우린 드워프라고, 드워프!”

‘나원… 누가 드워프 아니라나?’

드워프들은 자신들이 드워프라는 사실에 무지 자긍심을 가지고 있는 것 같았다. 뭐, 그게 나쁘다는 것은 아니고, 그들의 열혈적인 성격이 우리에게 피해만 안 준다면 재미있다고 봐줄 수도 있었다.

그러나 그게 드워프들 자신에게도 적용될지는 미지수였다. 특하나 지금처럼 자신들의 자긍심이 상처 입었다고 할 수 있을지 없을지도 모르는 일에 호언장담하는 걸 보면 말이다.

“우리가 이걸 분해했다가 제대로 수리하지 못한다면, 내 이거 없어도 아까 자네들이 말한 거래를 받아들이겠네.”

‘뭐, 우리야 좋지만… 왠지 이들은 장사하면 만날 손해만 볼 것 같아. 아, 혹시 그러니까 일부러 사람들이랑 왕래를 안 하는 걸까?’

아마 사람들이라면 이런 이들의 성격을 이용해서 뜯어먹을 수 있을 때까지 뜯어먹을 게 분명했다.

족장 드워프의 호언장담에 선애는 웃기지만 웃지 못하는 묘한 표정으로 말했다.

“그거… 속이 꽤나 복잡할 텐데요. 거기다 크기도 무지 작아서…….”

“아, 괜찮다니까.”

“다시 한 번 말하지만, 정말 어려울 거예요.”

선애가 진지하게 충고를 했지만, 그건 족장 드워프를 비롯한 주위

드워프들의 분노를 이끌어내는 결과만 만들었다.

'무지 어려울 거라고 했는데, 그게 그렇게 자존심 상하는 말인가?

"괜찮다니까."

"당장에 하자구!"

"내 연장 가지고 올게."

"하자구, 해!"

그런 드워프들의 열렬한 반응에 선애는 멋쩍은 표정으로 고개를 끄덕였다.

"뭐… 그렇게 원하신다면 한번 열어보시지요."

어차피 이 시계는 포기하고 있던 거였으니 제안을 거절할 이유는 없었다. 게다가 잘하면 시계도 안 주고 거래를 성공시킬 수 있는데 말이다.

선애의 말이 떨어지자마자 한 드워프가 그 작은 몸을 잽싸게 놀려 근처에 있는 건물 안으로 사라지는 모습이 보였다. 연장을 가지고 오겠다고 말한 드워프였다.

그리고 나머지 드워프들은 주변을 치우기 시작했다. 아침을 먹는답시고 차려놓았지만, 상회 사람들 외에 드워프들은 거의 음식에 손을 대지 않았기에 대부분의 음식이 그대로 남아 있어 치우는 데 손길이 많이 필요했다. 뭐, 보고만 있던 다른 드워프들까지 서둘러 돕는 바람에 다 치우는 시간은 그리 길지 않았지만 말이다.

음식과 그 음식을 차려놓은 거대한 탁자들이 사라지고 대신 중앙에 널찍한 탁자 하나가 놓여졌다. 아마도 시계를 분리할 때 사용할 모양이다.

그렇게 다른 드워프들이 바쁘게 움직일 때 그동안 족장과 장로들에게 밀려 멀찍이 떨어져 있던 스터링과 브론즈가 다가왔다.

"쳇, 영감탱이들이 저 정도로 흥분할 줄은 몰랐는데……."

선애가 넘겨준 시계를 공터 중앙에 놓인 탁자에 내려놓고 옹기종기 모여 머리를 맞대고 있는 족장 드워프를 비롯한 장로들을 바라보며 스터링이 투덜거렸다.

무지무지 아쉽다는 기색이 역력한 그의 말투에 브론즈가 비죽이 웃었다.

"나도 마찬가지야. 저게 대단하다는 건 알았지만, 그래도 저걸 보면 우리는 몰라도 영감들은 대충 비슷하게 만들어내지 않을까… 라고 생각했거든."

약간 자조가 섞인 브론즈의 말을 받은 건 또 다른 드워프였다.

"그게 바로 네 녀석들의 안목이 아직까지도 낮다는 증거다."

어느새 다가왔는지 스터링의 아버지 스틸이 근엄한 표정으로 말하는 것이었다.

"쳇, 좀 잘 만든다고 재기는."

그 모습에 투덜거리는 스터링.

하지만 그 정도의 버릇없음은 애교로 생각하는지 스틸은 아들의 무례한 말에 대꾸조차 안 하고 옹기종기 모인 드워프들 쪽으로 시선을 돌릴 뿐이었다.

사실 이들뿐만이 아니라 다른 드워프들도 멀찍이 떨어져서 자리를 잡고 그들을 지켜보고 있었다.

어차피 눈에 보이지도 않을 텐데 이러고 있는 게 이해가 안 갔지만,

그에 대해 뭐라 할 수는 없는 일이었던 터라 상회 일행도 얌전히 공터 구석에 앉아 있었다.

마법사 페르티니어스는 분해하는 모습을 구경하고 싶은 기색이 역력했지만, 아마도 자신이 끼어들 자리가 아니라고 생각한 듯 가만히 있었다.

드디어 건물 안으로 들어갔던 드워프가 커다란 꾸러미를 가지고 달려와 탁자 주위에 합류했다.

"우쒸… 이럴 줄 알았으면 내가 만든 거 두 개 주고 저거랑 바꾼다고 할걸."

무지 아쉬움이 담긴 듯한 스터링의 말에 선애가 비죽 웃었다.

그런데 그 웃음은 그 뒤에 나온 말에 얼어붙었다.

"흥, 아직 인정받지 못한 실력으로 만든 물품을 가지고 저것과 바꾼다고 그랬다고? 만약 그 제의에 응한 사람이 있다면 난 엄청난 멍청이라고 비웃어줄 테다."

너무나 냉정한 스틸, 즉 스터링의 아버지 말에 선애의 눈은 경악으로 물들었다.

"…인정받지 못한… 실력이라고요?"

떠듬거리며 묻는 선애를 의아한 표정으로 한 번 보고 스틸은 고개를 한 번 갸웃거리더니 순순히 대답해 줬다.

"그래, 저 녀석은 아직 인정받지 못한 상태야. 얼마 전에 성년이 되어 이제 겨우 견습이 된걸?"

"그, 그럼… 스터링이 만든 물건들은……."

"당연히 엉망이지. 인정받을 만큼 괜찮은 물품을 만들면 견습이라고 하겠어? 아직은 연습으로 만든 엉터리 물품일 뿐이야.”

단언하듯 말하는 스틸의 말에 선애의 눈에 점점 분노의 기색이 어렸다.

“그럼… 혹시 브론즈는…….”

“브론즈? 브론즈 녀석은 그래도 저 멍청한 내 아들놈보다는 좀 낫지. 곧 견습 딱지를 떼는 놈이니까. 얼마 전에 만든 것도 제법 괜찮다고 인정받았고.”

스틸의 말에 선애는 후우~ 후우~ 하고 몇 번이나 심호흡을 하는 것이었다.

그런 선애의 옆에서 나는 걱정스러운 마음에 입을 열었다.

[선애야, 진정해. 여기서 화내면 안 돼.]

그러나 몇 번의 심호흡도, 내 충고도 소용이 없었는지 갑자기 선애의 고개가 휙 하고 돌아가더니 스터링을 향해 분노의 외침을 터뜨렸다.

“이이~ 쌉쭈한 놈 같으니라고오오~ 너, 너어어… 인정도 못 받는 물건을 나에게 준다고 그런 거야? 앙?”

선애의 살벌한 기세에 겁을 먹은 것인지 스터링 녀석이 주춤거리며 뒤로 물러났다.

“야아… 그래도 난 거짓말은 안 했다.”

그러면서도 끝까지 항변하자 선애의 눈꼬리가 위로 치켜 올라갔다.

“그래애… 거짓말은 안 했지. 아예 말을 안 했을 뿐. 그게 더 열받게 하는 거 알아? 죽고 싶지?”

선애가 양팔을 걷어붙이며 전에 꼬맹이 녀석이 다니던 학교에서도 알아주던 그 멋진 카리스마를 풀풀 풍기며 한 걸음 두 걸음 다가가자

스터링 녀석이 샤샤삭 하고 뒤로 물러나는 거였다.

성년이 된 드워프를 쫄게 만들다니, 역시 내 동생의 카리스마는 대단했다.

스터링의 무지 쫀 모습에 선애는 그 자리에 멈춰 서더니 피식 웃었다. 그러더니 한 팔은 허리에 척 얹어 삐딱하고 건들거리는 포즈를 잡더니 한 팔을 들어 스터링을 향해 뻗더니 손가락을 까딱거렸다.

"야, 야, 야… 일루 와."

평소 볼 수 없던 선애의 모습에 일행들의 눈이 둥그레지고 스터링은 더 더욱 겁을 먹었는지 고개를 설레설레 젓는다.

이 포즈는 바로 선애가 만만한 상대를 놓고 싸우기 직전의 모습이었다.

선애는 만만치 않을 것 같은 녀석을 상대할 때는 반듯한 자세로 무지 날카롭고 매서운 카리스마를 폴폴 날리며—자기 말로는 절대 얕보이지 않기 위해 무의식적으로 그러는 거라고 한다—매서운 언변으로 휘몰아쳐 상대를 꼼짝 못하게 만드는데, 반대로 만만해 보이는 녀석을 상대할 때는 이렇게 자기도 모르게 건달 같은 포즈를 취하는 거였다.

만약 지금 선애가 입고 있는 옷이 주머니가 달려 있고 무릎까지 내려오는 길이의 보통 교복 치마였다면 한 손이 삐딱하게 주머니에 들어가 있었을 거고, 다리 하나가 삐딱하니 옆으로 약간 나가 뒤꿈치가 살짝 들린 상태로 달달 떨리는 모습 또한 볼 수 있었을 거다.

뭐, 아쉽게도 지금은 이 세계에서 일반적으로 입는, 주머니도 없고 발등을 덮는 풍성한 자락의 치마라 그 모습을 보지는 못했지만, 그것만으로도 스터링을 쫄게 만들기에는 충분했다.

그래도 그대로 쫄고 있기에는 자기 아버지도 있고 브론즈도 있는 상황이라 자존심이 상했는지 스터링은 의연한 모습을 보이려 애쓰며 입을 열었다.

"뭐, 뭐야, 너? 내가 강아지 새끼냐? 우쒸, 그렇게 손가락 까딱거리면 내가 갈 줄 알아?"

그러나 선애를 상대하기에는 부족했다.

"오호라… 네가 지금 그렇게 강짜를 부린다 이거지? 앙? 네가 그럴 입장이야? 입장이냐고오~!"

"내, 내가 안 준다고 그랬나?"

"그래, 준다고 그랬지. 인정도 받지 못하는 연습용으로 만든 물건 가지고 말이야. 이 쌈주한 놈! 넌 분명히 그럭저럭 괜찮은 것들도 꽤 있다고 했어, 안 했어?"

선애의 매서운 일갈에 스터링이 약간 찔끔한다.

"내, 내가 보기에는 괜찮은 것들이란 말이야."

"네가 보기에에에~? 지금 그 말이 입으로 나오냐? 나와! 너… 나 더 열받게 하지 말고 와라, 응?"

비록 아침에 선애는 자신이 좀 무리한 요구를 한 걸 알았기 때문에 식량 제공한 것으로 그 제안을 없던 것으로 하려고 했었다. 그러나 아무리 그랬다 하나 이런 상황이 되었으니 선애 성격에 '없었던 것으로 하려고 했으니까' 하고 그냥 넘어갈 리가 없었다.

'그런 좋은 게 좋은 거다 하는 성격이었으면 내 동생이 아니지.'

"아후, 너어~ 내가 봐주는 것도 모르고… 너 내가 한 방 날리면 어떻게 되는 줄 알아?"

스터링이 창피함인지 분노인지 모를 이유로 얼굴이 뻘게져서 펄펄 뛰었다.

"누가 봐주랬어? 봐주랬냐고! 안 봐줘도 되니까 당장 이리 못 와?"

"내가 왜 가냐? 응? 왜 가?"

그 모습을 보고 있자니 나는 왠지 이런 노래가 귓가에 들려오는 것 같았다.

야야야야야야… 너 이리 와봐. (왜요?)

돈 있냐? (없어요.)

야야야야야야… 너 까불래? (아니요.)

맞을래? (싫어요!)

…….

멀찍이 떨어져서는 방방 뛰며 안 오고 버티는 스터링과 그 자리 그대로 서서 건들거리며 오라고 하는 선애의 작태를 가만히 지켜보던 스터링의 아버지 스틸이 결국 보다 못했는지 나섰다.

"무슨 일이야?"

그나마 좀 덜 열혈 성격을 가진 브론즈에게 설명을 요구한 것이다. 브론즈는 스터링에게 지킬 의리 같은 건 없었는지 망설임도 없이 냉큼 스터링과 선애 사이에 있었던, 핸드폰 한 번 보여주면 자기가 만든 물품을 하나 주기로 한 약속을 말했다.

그 말을 듣고 잠시 뭔가를 생각하던 스틸은 한숨을 푹 쉬며 여전히 건들거리며 스터링을 노려보고 있던 선애에게 다가가 점잖게 말했다.

“처자.”

나는 그의 어조와 태도를 보아하니 그래도 자식이라고 스터링을 변호해 주며 선애를 말릴 것이라 예상했다.

선애는 열받기는 했지만, 그래도 차마 연장자인 그의 말을 무시할 수는 없었는지 내키지 않은 표정이면서도 대답했다.

“예?”

“내 못난 아들 녀석 때문에 내 처자에게 참 할 말이 없구만. 이게 다 내가 교육 못 시킨 탓일세.”

게다가 이렇게 계속 점잖게 나가니 선애 또한 건달 모드를 계속 유지할 수가 없었던지, 어쩔 수 없다는 티를 팍팍 내며 태도를 누그러뜨렸다.

“아닙니다.”

“그래서 내 하는 말인데…….”

계속해서 점잔 모드로 나오는 스틸에게 선애는 가만히 그의 말을 듣고만 있을 뿐이었다.

그런데 그 순간 저 멀리 있던 스터링 녀석의 얼굴이 새하얗게 질리는 건, 내 눈의 착각일까나?

“저 멍청한 아들놈을 내가 대신 처리해 주면 안 되겠나? 이 늙은이의 간절한 부탁일세. 하나밖에 없는 아들놈인데…….”

점잔 모드에다 소스로 애원의 빛까지 띠자 선애는 차마 거절할 수가 없었던 모양이다.

저 멀리서 스터링의 ‘안 돼~!’ 하는 소리가 들렸지만, 무시해 버린 선애는 고개를 끄덕였다.

"뭐어… 그렇게까지 말씀하신다면."

"고마우이. 내 그 감사의 표시로 나중에 내가 만든 물건 중 자네가 고르는 거 하나를 줌세."

이 드워프들은 매일 하는 일이 뭔가를 만드는 일이다 보니 툭하면 자신들이 만든 물건으로 마음을 표하는 게 버릇인가 보다. 하기야 그들이 만든 물품이 유명하긴 하지만.

게다가 스터링이 아닌 그의 아버지였으니 견습이 아닌 건 분명할 터, 선애에게 나쁜 조건은 아니었던지라 선애의 '어쩔 수 없다…'는 기색으로 굳었던 얼굴을 슬그머니 풀었다.

"아니, 그렇게까지 하실 필요는 없는데……."

"어허, 거절할 필요 없네. 내 성의라고 생각하고 받아주시게나."

"뭐어… 그렇게까지 말씀하신다면……."

한 번은 애교이나 두 번 사양은 절대 없던 선애라 생긋 웃어주기까지 하며 덥석 그의 제안을 받아들였다.

"그럼, 나는 이만 아들을 처리하러……."

"아, 예."

스틸이 가볍게 양해를 구하자 선애가 마주 고개를 숙여 보였다.

그런 선애에게 씨익 웃어주며 스틸이 손을 뻗자, 놀랍게도 언제 준비한 것인지 브론즈는 선애 팔뚝만큼이나 굵은 몽둥이를 척 하니 스틸에게 넘겨주는 것이었다.

길이가 대략 1m 정도 되는 그 몽둥이는 재질이 무엇인지는 모르겠지만 전체가 검은색인 데다 겉에는 윤이 반질반질 나고 있어 척 보기에도 심상치 않은 물건이라는 것을 알려주고 있었다. 그 보기에도 묵

직해 보이는 몽둥이의 감촉을 음미하는지 잠시 눈을 감고 손가락으로 몽둥이를 쓸던 스틸이 어느 순간 번쩍~ 하고 눈을 부릅뜨며 스터링을 노려보는 것이었다.

"너 일루 안 와?"

그러나 오란다고 오는 스터링이라면 선애에게 이미 몇 대 맞았을 거다.

스틸이 선애에게 말을 건 시점에서 스터링의 얼굴이 새하얗게 질린다 했더니 스틸이 눈을 부릅뜨자마자 비명을 지르며 줄행랑을 쳐버렸다.

"우아아아악~ 영감탱이가 드워프 죽인다아아~!!"

그러나 스틸 또한 만만치 않게 잽싼 동작으로 그런 스터링을 쫓아갔다.

"아들아, 오랜만에 우리 부자간의 다정한 대화를 나눠보자꾸나."

"내가 미쳤냐?"

주위의 드워프들은 그 요란한 소동에도 불구하고 시선을 한 번 보낼 뿐 그러려니 하고는 다시 고개를 돌린다. 그 모습을 보아하니 아무래도 이런 일이 자주 일어나는 모양. 게다가 몇몇 젊어 보이는 드워프들의 동지를 보는 듯한 시선을 보아하니 어째 스틸 부자만의 일은 아닌 것 같았다.

'에… 혹시 드워프들의 발이 빠른 이유가 산속에서 살기 때문만이 아니었던 건가?'

옹기종기 모여 있는 작은 건축물들 사이로 사라지는 스틸 부자의 모습을 쿡쿡 웃으며 바라보고 있는데, 드디어 시계 해부 시도를 끝낸 것인지 족장을 비롯한 장로 드워프들이 선애에게 다가왔다.

그들 얼굴에 어려 있는, 자존심이 구겨진 표정들에 나는 피식 웃었다.

'그럼 그렇지.'

선애의 모습을 한 번 바라본 족장은 체념한 어조로 말했다.

"하자, 그놈의 거랜지 뭔지……."

그러면서 불쑥 손을 내밀어 시계를 건네주는데, 족장에게 줬을 때와 달라진 것이 전혀 없어 보였다. 아무래도 뚜껑을 연 뒤 그 안에 보이는 자그마한 톱니바퀴들이 수없이 겹치고 얽히고설켜 있는 모습에 포기한 모양이다.

그 심정, 이해할 수 있을 것 같았다.

나도 어렸을 때 아버지의 망가진 시계를 뜯어본 적이 있었는데, 뚜껑을 연 뒤 보이는 모습에 히껍했으니 말이다. 망가진 거라 다시 조립할 필요도 없어 맘 편하게 다 뜯어보려고 했는데, 그 복잡한 모습에 뭘 어디부터 손을 대야 할지 몰라 그냥 뚜껑을 덮었던 것이다.

아마 저 드워프들도 분해는 할지언정 다시 재조립까지 할 자신은 없었던 모양이다.

그렇게 선애 손바닥에 시계를 떨어뜨리자 그걸 물끄러미 바라보고 있던 장로들이나 족장이 너무나 애처로운 눈길로 시계에서 시선을 떼지 못하는 것이었다.

주름이 자글자글한 걸로 보아 나이가 굉장히 많은 게 분명한데도 아쉬움이 가득한 그, 좋게 말하면 순수하고 나쁘게 말하면 집요한 모습에 웃음이 나기도 했지만 감탄하기도 했다. 아마도 저러한 모습이 바로 드워프들을 이 세계 최고의 장인으로 만든 원동력이 아닌가 싶었다.

그 모습을 물끄러미 바라보고 있던 선애는 펴고 있던 손을 그대로 족장에게 내밀었다.

"자요."

우리 선애가 성격이 좀… 으음… 그렇기는 하지만, 그래도 여린 구석이 있어서 남 가여운 건 그냥 두질 못했다.

선애가 시계를 다시 내밀자 족장의 눈썹이 꿈틀거렸다. 무지 집요하게 바라보고 있었으면서도 선애의 태도가 자존심을 상하게 한 모양이다.

"뭐냐?"

험악하게 인상을 구기며 묻는 족장이었지만, 방금 전 애처로운 눈길을 본 선애는 조금도 무서워하지 않았다.

"이거 그냥 드릴게요. 구워 먹든 삶아 먹든 마음대로 하세요."

그러자 족장 드워프 자몬의 눈초리가 무척이나 사나워졌다.

"뭐냐, 지금 너 내가 내기에서 졌다고 동정하는 거냐?"

'나원… 누가 하자고 매달려서 한 것도 아니고 자기들이 하겠다고 덤빈 거면서… 그래도 왠지 자존심 상해하는 그의 마음이 좀 이해가 될 것 같기도 하고……'

선애도 나와 비슷한 심정이었던 모양이다. 다른 때라면 그런 소리를 듣고 가만있을 녀석이 아니었는데, 지금은 눈 하나 깜짝 안 하고 태연하게 말을 바꿨던 것이다.

"족장님이 우리랑 거래하신다면서요? 그러니까 이건 그 감사의 표시로 생각해 주세요. 이거 원래 잘 좀 봐주십사… 하고 선물로 드리려고 가지고 왔던 거예요."

선애의 말에 족장의 눈초리가 슬그머니 풀리고 장로들의 눈빛이 심히 부담스럽게 반짝이기 시작했다.

"원래… 주려고 그랬다고?"

"예."

"진짜냐?"

"진짜예요."

"저기, 그럼… 이거 분해해 봐도 돼? 원래대로 못 돌릴 수도 있는데?"

옆에서 가만히 듣고 있던 한 장로 드워프가 나서서 물어보자 선애가 씨익 웃어줬다.

"이제 이 시계의 소유는 여러분인데요 뭐. 당신들 것을 마음대로 하는데 제가 뭐라고 그러겠어요?"

울 꼬맹이에게 저런 면이 있으니 내가 안 예뻐할 수가 없다.

'기특한 짜식.'

벨타이거는 묘한 표정으로 바라보고 있었지만, 선애가 자기 걸로 나서니 뭐라 하지는 못하겠는지 가만히 보고만 있었다.

아마 저 녀석 속으로 좀 아깝게 생각할 거다.

거래 성사야 드워프들이 자기 멋대로 내건 내기로 하게 되었으니, 시계를 가지고 좀 더 거래를 상회 쪽이 유리하게 만들려는 속셈이 있었을 텐데 이렇게 무산되었으니 말이다.

뭐, 그것도 나쁘지는 않겠지만, 그래도 사람이 하는 일인데 너무 냉정하게 자기 잇속만 챙기면 좋지 않은 법이다. 아무리 냉정한 사회라고 해도, 이런 따스한 인정이 있어야 살맛나는 게 아니겠는가 말이다.

만약 벨타이거가 선애 시계 가지고 뭔가 하려고 했다면 내가 나서서라도 방해했을 거다.

선애의 선선한 대답에 드워프들의 얼굴이 환해졌고, 족장 자몬이 떨리는 손으로 선애의 손바닥 위에 올려진 시계를 가지고 갔다.

"그럼… 이건 이제 우리 거다?"

어린애처럼 묻는 자몬의 말에 선애가 피식 웃으며 크게 고개를 끄덕였다.

"예, 이제 그 시계는 드워프 거예요."

그런 선애를 물끄러미 바라보고 있던 자몬이 빙그레 웃었다.

"고맙다. 이건 우리 마을 진열관에 보관하도록 하지. 아, 그래… 그리고 너에게 그 진열관을 한 번 관람시켜 주도록 하지. 그게 옳아, 그치?"

족장이 자기 주변에 있는 장로들을 둘러보며 말하자 장로들 또한 주저없이 고개를 끄덕이며 한마디씩 한다.

"그래, 그래."

"나쁘지 않아."

"저 애는 관람할 권리가 있어."

"나도 찬성!"

이해 득실을 따지지 않고 숨김없이 대답하는 그들이 어째 귀엽게 느껴졌다. 뭐, 감히 나이 어린 내가 나보다도 몇 배나 나이 많으신 분들께 할 말은 아니겠지만, 그래도 왠지 모르게 따뜻한 감정이 뭉클 솟아오르며 나는 이 단순하고 열정적인 종족이 좋아지기 시작했다.

그런 일들이 끝나고 나서야 본격적으로 거래에 대하여 의논할 수 있었다.

페르티니어스 마법사가 스터링과 브론즈가 언급해 준 루랄루민이란 드워프를 만나서 따로 의논을 하러 간 사이 나머지 상회 사람들은 유리 공예품을 다루는 드워프들과 함께 그들의 작업장으로 향했다.

벨타이거 녀석이 처음 족장에게 말할 때 여성용 액세서리도 언급해서 그쪽 드워프들도 거래를 하려고 했지만, 벨타이거가 나중에 하자고 정중히 거절했다. 지금 타이거 상회의 크기로는 그것까지 감당 못한다고 나중에 잘 봐달라고 했던 것이다. 게다가 유리 세공사를 담당한 드워프들도 그쪽에서 가장 나이가 많은―그러니까 가장 실력이 뛰어난―드워프가 아니라 그들보다 두어 단계 낮은 드워프들과의 거래를 부탁했다. 물론 그 드워프들이 만든 물품도 인간 세상에 나가면 엄청 뛰어난 물품이기는 하지만, 여기서는 뛰어난 수준도 아니고 꽤 괜찮은 수준도 아닌 그럭저럭 괜찮은 수준이라 족장은 꽤나 의아해했다.

그러나 이건 모두 벨타이거 녀석의 전략이었다. 이번에 새로 여는 상점들은 모두 품질 고급화를 지양하고 있었기에 'Made In 드워프' 제품을 홍보용으로 들여놓기는 했지만, 가능한 한 판매까지도 생각하고 있었다. 그러나 아직 우리 상회가 최고의 상회가 아니기 때문에 드워프 최고의 장인이 만든 물품을 살 고객까지 끌어들이기는 어려웠다. 그리하여 대신 이름만이라도 'Made In 드워프' 란 물품을 살 고객들을 끌어들이자는 취지였다. 사실상 아무리 두어 단계 낮췄다 하나 그래도 드워프란 이름이 붙은 이상 가격은 장난이 아니게 높았기에, 웬만한 사람들은 사기는커녕 보는 것도 꿈도 못 꿀 거였다. 그런 이들에게는 구경만이라도 하게, 그리고 그보다 더 재력이 많은 이들은 꿈만 꾸던 'Made In 드워프'를 무리를 하면 살 수 있게 하자는 전략이었다. 뭐, 선애와 드워프들 사이의 분위기가 화기애애해져 앞으로도 쭈욱 거래가 가능할 것 같으니 이러한 전략으로 나올 수 있었던 것이지만 말이다.

시계는 당장 분해해 본다고 족장을 비롯한 장로들이 고이고이 모셔 갔다.

그들이 가지고 사라지기 전에 장로 드워프들 중 한 명인, 거의 하얀색에 가까운 노란 머리를 가진 드워프가 선애에게 와서 자신을 소개했다. 이름이 쿨링이라고 하는 그 장로 드워프는 복잡한 기계 전공이라 이번에 선애 시계 분해를 담당하게 되었단다. 아까 집 안으로 뛰어들어가 연장을 가지고 와서 시계 뚜껑을 열었던 것도 바로 그 드워프였다.

최대한 조심스레 하겠다고 진지하게 말하는 폼이 꼭 선애 자식이라도 하나 데리고 가 '잘 데리고 살겠습니다'라고 하는 것만 같았다. 물론 선애에게는 자식이 없었고, 그가 가지고 가는 것도 시계였지만 말이다.

거래는 순식간에 이루어졌다.

질은 좀 낮아진 감이 있지만, 대신 양을 많이 확보할 수 있었기에 처음에 요구한 유리병과 유리 세공품을 각각 열 개씩에서 스물다섯 개씩으로 늘렸다. 그래 봤자 알파두르 항구 도시와 수도를 비롯하여 다섯 개 도시의 상점을 한꺼번에 열기 때문에 한 상점당 다섯 개씩밖에 보내지 못했다.

한 상점당 유리병 다섯 개와 세공품 다섯 개.

처음부터 무리하게 많이 들여놓을 필요는 없었다. 많으면 오히려 역효과가 날 수 있는 법. 상점을 열자마자 많이 팔아서 이득을 토려 하기보다는 상점을 알리는 게 우선이었다. 나중에 많이 팔리면 그만큼의 양을 더 주문할 수 있었으니 나쁠 건 없었다.

그렇게 거래는 30분도 안 되어 끝이 나고, 처음 상회에서 받아갈 물품을 직접 고르라 하여 그들이 많은 여러 가지 작품들을 감탄하며 살펴보고 있는데 그곳으로 브론즈가 들어왔다.

"어이, 선애야."

"응?"

브론즈의 부름에 선애가 시선도 돌리지 않고 건성으로 응답하자 브론즈의 음성 대신 다른 드워프의 음성이 들려왔다.

"바쁜감? 개인적으로 볼일이 좀 있는데……."

그 소리에 선애가 놀라 고개를 돌렸다.

"어라, 족장님?"

그곳에는 브론즈와 함께 족장 자몬이 같이 서 있었다.

"음… 많이 바쁘면 좀 있다가 이야기할까?"

"아뇨, 괜찮습니다."

선애는 그렇게 말하고는 갑자기 들려오는 소리에 시선을 이쪽으로 돌리고 있던 벨타이거와 클라리사에게 나머지를 부탁하고 그곳을 나왔다. 뭐, 얼추 처음 받을 상품들은 골라두고 그 다음에 받을 걸 살펴보고 있던 중이라 선애가 없어도 괜찮았던 것이다.

"예, 무슨 일이세요?"

시계를 분해하는 자리에 같이 있는 줄 알았던 족장이 브론즈와 같이 선애를 찾아오자 꼬맹이는 꽤나 의아한 표정으로 둘을 번갈아 바라봤다.

[아, 그러고 보니 브론즈가 족장 아들이었지?]

내 말에 선애가 그제야 둘이 같이 있는 것이 이해되었다는 표정이다.

"험, 험… 내 처자에게 극히 개인적인 부탁이 있어서…….."

자몬 족장이 말하기가 어려운지 괜히 헛기침을 하며 시선을 딴 곳으로 돌린다.

"뭔데요? 어려운 일이 아니면야 뭐…….."

"으음… 딴 건 아니고… 그 뭐시냐… 처자가 아까 우리에게 준 시계 말고 또 신기한 물건이 있다며?"

핸드폰을 보고 싶은 모양이다.

선애는 족장의 말에 난감한 표정을 지었다. 아무래도 핸드폰을 보면 또 달라고 하지 않을까 걱정이 되었나 보다.

자몬 족장 또한 선애의 표정에 그걸 추측했는지 황급히 입을 열었다.

"어허, 내가 그걸 달라는 건 아니고… 그… 잠깐 보여줄 수 없을까 해서 말이야."

'보면 가지고 싶을 텐데…….'

그렇게 말하는 자몬 족장을 보니 더욱더 걱정스러워졌다. 한 번만 보여달라는데 눈을 왜 그렇게 빛내는 건지…

그래 선애가 더욱더 우물쭈물하자 족장의 표정이 서서히 풀이 죽는다.

"안 되겠나? 싫으면 어쩔 수 없지……."

어깨까지 축 늘어져서 말하는 폼이 꼭 주인에게 크게 혼난 강아지 같다. 갈색의 털이 복슬복슬한 강아지.

그 폼새를 보니 도저히 가만있을 수 없었는지 선애가 한숨을 푸욱 내쉬며 품에서 핸드폰을 꺼냈다.

"작동법은 모르실 테니 저가 해드릴까요? 아니면 그냥 알아서 살펴보실래요?"

선애의 말에 족장의 얼굴이 단박에 환해진다.

'우와~ 정말 강아지 같아. 물론 주름살이 좀 많지만.'

"아니, 난 노래가 듣고 싶은 거야. 내가 이래 뵈도 악기 전공이거든. 그런데 이 녀석 말을 들어보니 처자가 음악이 나오게 하는 신기한 물품을 가지고 있다고 해서."

'호오, 자몬 족장은 악기를 만드는구나.'

자몬 족장의 부탁에 선애는 핸드폰 버튼을 눌러 벨소리 쪽으로 화면을 옮겼다.

"어떤 걸 들려 드릴까요?"

"있는 거 다."

"그냥 단순한 벨소리도요?"

"소리나는 건 무조건 다."

자몬 족장의 요구에 선아의 표정이 황당함으로 물들었다. 그러나 자몬 족장이 너무 진지하게 쳐다보자 하는 수 없다는 표정으로 한숨을 쉬더니 고개를 끄덕였다.

"그럴게요."

그리하여 결국 선애는 자몬 족장에게 붙들려 그의 작업실로 가 의자에 앉아 핸드폰에 저장되어 있던 벨소리란 벨소리는 다 들려줘야 했다. 그나마 효과음하고 경고음까지 있단 걸 모르는 게 다행이라고나 할까?

사실 핸드폰 조작을 모르는 족장이었으니 벨소리 몇 개 뺀다 하더라도 나와 선애를 제외한 다른 이들은 조금도 알지 못할 거였다. 그러나 시종일관 무척이나 진지한 표정으로 벨소리를 듣고 있는 족장 때문에 선애는 귀찮은 기색이 역력했으면서도 하나도 빼놓지 않고 핸드폰에 저장되어 있는 모든 벨소리를 들려줬다.

그것도 족장은 벨소리 하나를 진지하게 처음부터 끝까지 다 듣는 건 물론이거니와 몇 번이나 반복해서 들려주길 청했기 때문에, 무척이나 오래 걸리고 지루한 일이었음에도 선애는 불평하지 않고 요청을 다 들어주는 거였다.

그걸 가만히 바라보고 있던 나는 속에서 나오는 미소를 참을 수가 없어 계속 피식피식 웃다가 선애의 눈총을 받아야 했다.

그건 사실 울 꼬맹이의 매력이었다. 성격이 좋다고 말할 수는 없지만, 그래도 어디 한구석 묘하게 무른 데가 있어서 남이 진지하게 부탁하면 아무리 귀찮은 일이라도 결국 들어주고 마는 것이다. 속이나 겉으로 신나게 궁시렁대기는 하지만 말이다. 그런데 그 모습이 묘하게 귀엽다고 생각된다면… 내가 너무 팔불출인 건가?

그렇게 족장에게 붙들려 선애가 벨소리를 다 들려주고 나자 거의 한 시간쯤 지나 있었다.

벨렐렐레~ 띠리리리~ 삐용삐용~ 하는 소리에는 인상이 파악 찡그려져 있던 자몬 족장의 얼굴이 조금이나마 펴진 건 클래식 음악하고 크리스마스 음악이 나올 때였다. 그중 클래식에서 '사랑의 인사' 와 크리스마스 음악 중 'I Wish Your Marry Christmas' 노래를 들을 때는 자리에서 벌떡 일어났다. 그 두 음악은 단음인 맑은 오르골 소리로 띵 띠딩 띵~ 하고 나왔기 때문이다.

"이거, 이거, 이거, 이거… 이거 금속 소리 아니야?"

흥분해서 이거, 이거 하던 자몬 족장이 크게 한숨을 내쉬어 진정하는 듯하더니만 결국은 큰 목소리로 외치며 선애를 바라봤다.

그에 선애는 놀라 둥그레진 눈으로 고개를 끄덕였다.

"예에… 뮤직 박스 소리인데… 실로폰 같은……."

"뮤직 박스라고? 실로폰? 혹시 네가 있던 곳에서는 금속을 두드려 소리를 내는 악기가 있는 건가?"

이 세계도 분명 악기를 다루는 사람들이 있는 모양이다. 그러니 드워프들 중에 악기를 만드는 드워프가 있겠지만. 그러나 이 세계에 와서 바쁘게 지내다 보니 악기는커녕 노랫소리도 제대로 들어본 일이 없었으니 악기에 뭐가 있는지 알게 뭐란 말인가? 그래도 뭐… 대충 자몬 족장의 작업실을 둘러보니 기타 같은 현악기도 보이고 피리도 보인다. 그러나 그런 것들은 몽땅 도재로 만들어진 것들이었다.

자몬 족장의 열혈적인 반응에 선애는 무지 얼떨떨해하면서도 고개를 끄덕였다.

"예에, 타악기 말고도 피리 종류도 만듭니다만."

"뭣이라? 금속으로 피리도 만든단 말이냐? 그래애? 그렇단 말이지?"

"금속으로 만드는 게 그렇게 놀라운가요? 옥으로도 피리를 만든다고 들었는데."

일명 '옥피리'.

족장은 선애의 말에 입을 떠억 벌린다.

"그, 그렇군… 내가 왜 그 생각을 못했을까? 악기를 나무로만 만들라는 법은 없지. 암, 암. 이렇게 멍청할 수가… 아하하하하!"

자기 머리를 치며 한탄하다가 갑자기 크게 웃어 젖히던—선애랑 나는 족장이 갑자기 미친 줄 알고 놀랐다—자몬은 웃음을 뚝 그치더니만 선애를 돌아봤다.

"처자, 혹시 악기 만드는 법 알고 있나? 조금이라도 아는 게 있으면 알려주게나."

눈이 반짝반짝 빛나는 게 아니라 왠지 광기가 있는 것마냥 번득이며 말하자 선애가 놀랐는지 날 돌아본다. 그러나 나라고 알 리가 없다. 선애나 나나 악기를 보기만 했지 뜯어본 것도 아닌데 그런 걸 우째 안단 말인가? 하지만 그렇다고 금방 '없다' 고 대답하기는 뭣해서 머리를 굴리는데, 번뜩 머리에 스치는 생각이 있었다.

[오르골은 대충 아는데… 전에 속을 뜯어서 본 적이 있거든.]

그러고 보니 나는 꽤 분해해 보는 걸 좋아한 모양이다. 아버지 시계 말고도 오르골이랑 라디오랑 전화기도 뜯어봤으니 말이다. 물론 다 망가진 거라서 뜯었다고 혼난 적은 없었다.

'그런데 왜 이공계로 안 가고 자연계 쪽으로 갔지?'

　내가 딴생각을 하는 동안 자몬 족장은 선애를 잡아먹을 듯한 시선으로 오르골이 뭔지 묻고 있었다. 그에 선애는 아는 대로 대답해 주면서도 그 시선이 부담스러운지 이리저리 피하면서 나를 힐끔힐끔 째려본다.

　'에궁, 괜히 안다고 했나? 이러다 나중에 한 소리 듣겠네.'

　"뭐야, 그러니까 보석함인데 뚜껑을 열면 노랫가락이 들리는 거라고?"

　"그렇죠."

　"네가 지금 가지고 있는 거랑 비슷하냐?"

　"노래가 나오는 건 같다고 하겠지만, 사용하는 곳이나 속에 있는 장치가 완전히 달라요."

　"그럼 그거 속은 어떻게 되어 있는데?"

　"저도 잘 설명은 못 드리겠는데요… 하여간 엄청 복잡해요."

　"네가 준 시계보다?"

　"한… 백 배는 더 복잡할걸요? 엄청 작아서 장치가 제대로 보이지도 않을뿐더러 척 봐도 뭐 하는 건지도 모를 정도예요."

　흥분해서 그런지 자몬 족장이 아까는 그래도 '하오' 체를 쓰고 있었는데 이제는 막 반말로 나가고 있었다. 그래도 너무 나이가 많으신 어른이라 선애는 별로 불쾌감을 느끼지는 않는 모양이다. 게다가 아까의 그 순수한 모습도 보기 좋았으니 그리 나쁘지는 않을 거다.

　"좋아, 지금 당장 만들러 가자!"

　"뭘요?"

　갑자기 활기차게 외치는 자몬 족장의 모습에 선애는 어리벙벙한 얼굴로 물었다.

"뭐긴 뭐야? 네가 말한 그 오르골 말이다."

자몬 족장의 대답에 선애는 눈이 동그랗게 커졌다.

"예에?"

"아, 뭐 해? 지금 당장 만들러 가자니까?"

선애가 도통 일어날 생각을 안 하니 답답했던지 자몬 족장이 척척 다가와 선애의 팔을 잡아당겼다. 그에 끌려 일어나면서도 선애는 당혹스러운 목소리로 물었다.

"지, 지금요?"

"그럼 지금 다른 할 일 있냐?"

"그, 그거야……."

거래는 다 끝이 났고 상품도 거의 챙겼다. 이제 돌아갈 일만 남은 상태.

선애가 우물대자 자몬 족장의 희색이 만연하다.

"거봐, 하릴없지? 그러니까 당장 가서 만들자."

"저어… 저희는 내일 돌아갈 것 같은데… 그때까지 다 못 만들 것 같은데, 그래도 괜찮아요?"

"절대로 안 돼! 갈 때 가더라도 만들고 돌아가."

'완전 어린애 땡깡…….'

"에엑! 그런 게 어딨어요!"

족장의 말에 기겁한 선애가 일어나기만 했지 한 발자국도 안 움직이고 버티고 있자 족장이 다짜고짜 끌고 나가는 거였다.

"아, 대충만 하면 보내줄게 걱정 마."

“어어어……”

힘이 얼마나 센지 선애가 반항 한 번 못해보고 끌려갔다. 그러면서 그 모습을 보고 당황한 날 바라보는 선애의 눈초리가 매섭다.

‘으윽… 괜히 안다고 그랬나? 그냥 입 다물고 있을걸.’

오르골 내부는 그렇게 크게 복잡하지 않았다. 시계에 비한다면 무척 간단해서 단 한 번 뜯어봤을 뿐인데도 드워프들이 알아들을 수 있게 설명할 수 있었다. 뭐, 최근에 나오는 전자 장치로 인해 음악이 흐르는 것이야 모르지만, 고전적인 오르골은 우선 표면에 띄엄띄엄 오톨도톨 돌기가 돋은 동그란 통 하나와 굉장히 가느다란 금속 막대가 여러 개 붙어 있는 금속판 하나, 그리고 동그란 통을 돌리게 만드는 쾌엽 장치 하나가 다다. 이 태엽 장치로 인하여 동그란 통이 돌아가면 그 통 표면에 붙어 있는 돌기가 같이 돌아가다가 금속 막대에 부딪쳐 소리를 내는 것이 그 원리였다.

태엽이라는 것도 단순한 형태를 띠고 있어서 알고 있었다. 내 손가락만한 너비에 얇은 두께를 가진 기~다란 금속 막대를 돌돌돌 만 것이 바로 태엽이었으니 말이다. 그걸 꽈아악 조이면 금속의 탄성으로 인하여 서서히 풀리게 되는데, 그 힘으로 동그란 통을 돌리는 것이었다. 태엽 안에 들어가는 금속 막대의 길이가 길고 탄성이 강하면 강할수록 돌아가는 힘이 강해지고 오래오래 가는 걸로 알고 있다.

내가 선애에게 설명해 주면 선애가 그걸로 다시 드워프들에게 그림까지 그려가면서 설명해 줬다. 복잡한 장치가 아니라 선애도 쉽게 알아들었고, 오르골은 모르지만 비슷한 분야를 다루는 드워프들이라서 그런지 간단한 설명과 그림에도 금방 고개를 끄덕여 설명하기 힘들진 않았다.

원래 태엽의 원리는 드워프들도 알고 있었다. 하지만 그들은 태엽의 원리로 낼 수 있는 힘이 너무나 미약했기 때문에 그것을 하찮게 여기고 있었다. 뭐, 그들로서는 오르골에 들어가는, 멜로디가 나오면 뱅뱅 도는 인형 같은 것은 몇 번 만들어보기는 했지만, 오묘한 원리가 있는 것도 아니라서 금방 흥미를 잃고는 태엽의 힘을 좀 더 크게 키울 수는 없는가 하는 연구를 했다고 한다. 뭐, 뱅뱅 도는 인형은 견습 드워프들이 연습 삼아 가끔 만든다고 한다. 내가 생각해 봐도 멜로디 없이 그냥 뱅뱅 돌기만 하는 인형은 별로 재미없을 것 같다.

그런데 문제는, 가장 중요한 부분이라고 할 수 있는 음을 내는 금속판 만드는 일에 우리도 끼어야 한다는 것이었다.

이게 아무 금속으로 대충 모양만 맞춘다고 되는 것이 아니었다. 정확하게 음정을 맞춰야 했으니 말이다.

그러나 다른 설명은 다 알아들은 드워프들이 음계에 대한 건 어리둥절해했기 때문에—이 세계 음악이랑 우리가 배운 음악이 다른 모양이다—음정을 맞추는 건 결국 우리가 맡을 수밖에 없었다.

게다가 드워프들은 이쪽 음악에 맞추려는 게 아니라 처음부터 끝까지 우리가 설명한 식으로 만들기 원했기 때문에—오르골을 만든 장인의 기술을 존중하고 싶다나 어쨌다나…—이쪽 세계의 음악을 사용하는 건 생각하지도 못했다.

그렇다고 선애나 나나 직접 금속 막대를 만들 수는 없었기에 궁여지책으로 그곳에 있는 금속 막대란 막대는 원재료에 상관없이 죄다 끌어

모아서 두드려 댔다. 대충 어떤 음이라는 것만이라도 드워프들에게 알려줘야 했기 때문이다.

음만 확실하게 잡아준다면 그 뒤에 그와 비슷한 음정을 내는 금속 막대를 만드는 건 드워프들이 알아서 한다고 했다. 과연 그걸로 괜찮을지 걱정도 되었지만, 한 음정을 들려주니 어떤 금속으로 크기는 어느 정도 하면 되겠다 하고 척척 설계를 해내는 걸 보니 내 걱정이 기우였음을 알 수 있었다. 하기야 그들은 일평생 금속을 만져 왔을 테니 이 정도쯤이야 쉬운 일일지도 모른다.

그런데 울 꼬맹이도 음감이 좀 있었으면 좋으련만, 지금 상황에서는 조금도 도움이 안 될 만큼 음감이 없었다. 그도 그럴 것이 선애는 피아노를 별로 좋아하지 않아서 초등학교 3학년 때 체르니 100번 들어갈 즈음 피아노 학원을 그만둬 버렸던 것이다. 그에 비하면 나는 피아노를 즐겨 쳤기 때문에 중학고 때까지도 꾸준히 학원을 다닌 데다 대학에 들어가서도 교회에서 반주를 맡았기에 음을 내는 금속 막대를 찾는 건 결국 내가 떠맡아야 했다.

하지만 그렇다고 해서 그 틈에 선애가 쉴 수 있는 건 아니었다. 내가 그렇게 금속 막대들을 두드리면서 소리를 듣는 사이 선애는 자기가 하는 마냥 금속 막대 하나 들고 수많은 금속 사이를 돌아다녀야 했던 것이다.

그거 가지고 녀석이 얼마나 투덜댔는지… 하도 금속을 두드리고 소리를 들어가지고 그날 밤에는 잠자리에 들면서도 귀에서 띵띵 소리가 나는 것 같다고 투덜댈 정도였다.

그렇게 해서 대충 음이라도 맞춰서 금속 막대들을 골라내고, 드워프

들이 그것과 비슷한 음정을 내는 똑같은 재질의 금속 막대들을 만들어
내어 다시 나에게 음정 검사를 맞고, 고치고 고치고 하여 최초로 멜로
디를 만들어낼 수 있었던 것은 일주일이나 지난 후였다.

뭐, 태엽 없이 나무로 조각된 통을 손으로 직접 돌려서 만든 거였지
만, 그럭저럭 괜찮은 소리가 나자 일주일 내내 지긋지긋할 정도로 금속
소리를 들어가며 고생한 게 뿌듯하게 느껴졌다.

솔솔 라라 솔솔 미

솔솔 미미 레

솔솔 라라 솔솔 미

솔미 레미 도

[크허~ 명곡이다, 명곡이야! '학교종' 만큼 단순하고 좋은 곡이 어
디 있냐?]

맑고 투명한 금속음이 울려 퍼지자 나는 정말 감동을 금할 수가 없
었다.

뭐, 선애는 웃음을 참느라고 고생하는 듯했지만.

그래도 학교종도 저렇게 금속음으로 들으니 제법 예쁜 멜로디로 들
렸다. 하기야 그 동요가 어디 나쁜 노래도 아니고 말이다. 동요도 무시
할 게 못 된다.

그렇게 내가 말한 오르골 구조랑 대충 엇비슷하게 만들어놓기는 했
지만, 급히 만든 거라 드워프들이 그걸로 만족할 리가 없었다. 그렇게
한 번 멜로디가 성공하자 그들은 더 멋진 멜로디를 내는 데다 처음 선

애와 내가 설명한 대로 보석함 형태까지 갖추길 원했다.

그리하여 필연적으로 선애보고 드워프 마을에 머물기를 청했지만, 울 선애가 어디 한가한 사람이던가? 그렇지 않아도 원래 돌아가려고 했던 것보다 벌써 며칠이나 늦어져 있었다. 드워프들과의 거래도 성공적으로 이루었으니 아마 돌아가면 할 일이 많을 것이다.

그러한 이유로 자몬 족장의 청을 부드럽게 거절하자 자몬 족장은 한 발 물러나 근시일 내에 다시 한 번 와달라고 부탁하는 것이었다. 나이 많으신 분이, 그것도 좋은 관계를 유지해야 할 드워프 족장님이 간절히 부탁하자 그것까지 매정하게 거절하기는 어려웠다. 그래서 결국 선애가 내년 봄에 물품 받을 겸 방문하기로 약속했다. 원래는 이곳에서 유리 세공품을 구입하는 즉시 가지고 가려 했지만, 지금 가지고 가봤자 보관할 장소도 마땅치 않았고 혹시 누가 훔쳐 가면 큰일이기 때문에 가게를 오픈할 시기 즈음에 와서 받아가기로 했던 것이다.

드워프 마을을 떠나기 전, 선애는 드워프 족장과 장로들의 초청으로 진열관에 들어가게 되었다. 원래 그곳에는 일행 중 선애만 들어갈 수 있도록 허락되었지만, 선애의 부탁으로 인하여 일행 모두 들어가 구경할 수 있었다.

진열관은 말 그대로 물건을 진열해 놓은 건물이었다. 마치 박물관처럼 투명한 유리관에 주르르 물품을 진열해 놓은 건데, 이곳어 진열되는 물품들은 당연하겠지만 두척 뛰어나서 족장과 장로들의 감탄을 받은 것들이었다.

드워프들은 남이 만든 걸 똑같이 복제하는 걸 금한다고 한다. 뭐, 실력을 늘리기 위하여 연습 삼아 만드는 것은 허락하지만, 그런 것들은 완성 후에 반드시 부수도록 한다는 것이다.

그러나 유일하게 똑같이 복제하는 걸 허락하는 게 있는데, 그것은 바로 이곳에 전시하는 물건이라고 했다. 하기야 잘 만들어서 남들에게 보여주느라 전시하는 건 좋지만, 반대로 잘 만들었는데 구경거리로만 놔두면 무척이나 아까운 일 아니겠는가? 그리하여 단 한 개씩만 복사품을 만들어서 진품은 여기에 진열하고 복사품은 사용한다는 것이다.

하나하나의 건물들이 아기자기 오밀조밀하게 만들어져 시선을 뗄 수 없게 만드는 이 드워프의 마을에서도 다시 한 번 감탄을 자아내게 하는, 건물 전체를 새하얀 대리석을 이용하여 돔 형식으로 만들어 마치 한국의 해군 모자를 떠오르게 하는 진열관 입구에서 우리의 안내를 맡은 브론즈는 아주 자랑스럽게 설명했다. 그러면서 마지막으로 덧붙이길 이곳에 들어온 인간은 천 년 전 이 세계를 혼란스럽게 한 마왕을 처치한 영웅밖에 없으니 자랑스러워할 일이라고 했다.

그러나 선애는 진열관에 들어가 쭈욱 둘러보며 무지 진심 어린 표정으로 말했다.

"자랑스러워할 일이라고? 황당함이 먼저 드는데?"

[나도 동감이다.]

그도 그럴 것이 드워프의 역사 이래로 뛰어난 물품들을 대대로 보관했다는 진열관은 황당하게 그 자리를 빛내고 있는 물품 수가 극히 적었던 것이다.

뭐, 무지 넓은 부지를 가지고 3층이나 쌓았으니 자리가 수도 없이 많은 데다 뛰어난 장인인 드워프 종족 중에서 가장 어른인 족장과 장로

들을 감탄하게 만든 물건이 얼마나 많았을까마는, 드워프의 오랜 역사 동안 그렇게 없었을까 싶었다. 이렇게 멋진 진열관이 아까울 정도였다.

머나먼 미래를 생각해서 크게 만든 걸지도 모르겠지만, 이 정도로 물건이 없으니 1층만으로도 앞으로의 오랜 세월 동안 부족함이 없을 듯싶었다. 뭐, 얼마 되지 않는 자리를 차지하고 있는 물품들이야 무척 감탄스러웠지만 말이다.

그러나 선애의 말에 브론즈도 할 말이 있었다.

"원래 이렇게 텅 빈 게 아니었어. 여기 있는 대부분의 것들은 드래곤들이 몽땅 가지고 갔단 말이야."

불퉁한 목소리로 말하는 그의 말에 일행들의 눈이 휘둥그레 떠졌다.

"드래곤이요? 드래곤이 정말 있단 말인가요?"

클라리사의 말에 브론즈의 고개가 끄덕였다.

"직접 봤어요?"

"아니, 나는 아직 본 적은 없지만… 여기 있는 것들의 대부분은 내가 태어나기도 전에 빼앗겼거든."

"빼앗겨?"

브론즈의 설명에 선애가 황당하다는 듯 묻자 그에 대한 대답은 브론즈 대신 페르티니어스 마법사가 했다.

"역사서에 보면, 드래곤들은 드워프들의 물품을 애용한다고 한다더군. 하지만 어느 누가 드래곤이 가지고 간다는데 대가를 바랄 수 있겠어?"

그 말에 브론즈가 무지 공감한다는 표정으로 고개를 끄덕였다.

“맞아, 목숨이란 소중한 거니까.”

“하아~ 드래곤들이란 정말 못됐구나.”

선애가 기가 막히다는 표정으로 중얼거리자 그곳에 있는 모든 이들이 당혹스럽다는 시선으로 선애를 바라보는 것이었다.

“뭐예요, 그 시선들은?”

“아니, 서대륙인이라서 그런가? 드래곤을 그렇게 말하는 사람은 처음 봐서…….”

“언니, 그러다가 드래곤의 분노를 사면 어쩌려고?”

“용감한 거냐, 몰라서 그러는 거냐?”

사람들이 한마디씩 했지만 선애나 나는 오히려 그런 그들을 이해하지 못할 뿐이었다.

“내가 뭘?”

[그러게 말이야.]

“에… 뭐어… 그래도 완전히 공짜는 아니에요. 어른들 말씀에 의하면 드래곤들께선 가끔 자신들이 직접 재료를 주기도 한다네요. 드래곤 본이라든지 드래곤 스킬이나 발톱, 가죽 등등…….”

[나 갑자기 드는 생각인데 말이지, 드워프들은 그거 안 주면 절대로 자신들의 작품을 안 뺏기는 게 아닐까 하는데? 드워프들도 목숨은 소중하게 여기기야 하겠지만, 지금까지 겪은 드워프 종족을 볼 때 희귀한 재료를 구하기 위해서라면 얼마든지 목숨을 걸 것 같아.]

내 말이 그럴듯했는지 선애는 풋, 하고 웃더니 고개를 끄덕였다.

그 다음날, 일행은 돌아가기 위해 마을 입구로 나섰다. 이번에 새로

파견되는 두 드워프들이 도시까지 길 안내를 해주기로 했고, 그동안 그래도 안면이 있다고 족장 드워프 자몬을 비롯하여 몇몇 드워프들이 배웅을 하기 위해 나와줬다.

페르티니어스 마법사는 두랄루민이라는 드워프와 죽이 척척 맞았는지 금세 친해져서는 여기에 더 머물겠다고 선언했다. 그는 여러 가지 새로운 합금을 알게 되어서 여기서 연구를 더 하고 싶어 했고, 두랄루민 또한 페르티니어스가 가지고 온 문제를 완벽하게 해결하고 싶어 했기에—아직 해결하지 못했던 것이다—마법사를 붙들어두길 원했던 것이다.

브론즈는 약속한 대로 선애에게 자신이 만든 물품을 주려고 했지만 선애가 마음에 들어 하는 물건이 없어서 다음에 다시 왔을 때 고르기로 했다.

열심히 도망쳤지만 결국 아버지에게 몇 대 맞아서 시퍼렇게 멍든 얼굴로 나타난 스터링에게는 선애가 한 대 먹였다.

"넌 나중에 두 개 내놔야 해. 이자까지 붙여서. 알았어?"

"쳇, 알았어, 알았어."

"내가 나중에 올 때에는 견습 딱지를 벗고 있어."

"노력해 볼게."

불퉁하게 볼을 부풀린 차로 투덜대듯 대답하는 스터링을 웃음기가 가득 든 시선으로 바라보던 선애는 스터링의 붉은 머리를 가볍게 토닥여 줬다. 물론 스터링은 무지 못마땅해했지만.

"야, 내가 애냐?"

"응. 너 되게 귀여워."

"귀엽긴 뭐가 귀여워? 나처럼 멋진 드워프가 어딨다고?"

선애의 말에 스터링이 버럭 화를 내자 그의 머리에 떠억 하니 다른 드워프의 손이 얹혀졌다.

"너보다 멋진 드워프님께서 여기 계시잖냐."

그 목소리에 스터링이 한 번 움찔하고는 뒤를 돌아보며 팍 인상을 찡그렸다. 그 뒤에는 아버지인 스틸이 서 있었던 것이다.

"나이 많은 영감탱이 주제에……."

"호오, 연륜이라고 말해 주지, 새파란 애송이?"

"흥, 주름살만 자글자글한 주제에. 연륜 많아서 좋겠다."

"훗, 견습 주제에 말이 많군."

"윽……."

할 말이 없는지 이만 빠드득 가는 스터링이었다.

그 모습을 쿡쿡 웃으며 지켜보던 벨타이거가 그래도 안면이 있다고 인사를 했다.

"만나서 정말 반가웠습니다, 스틸님. 나중에 다시 뵙기를 바라겠습니다."

"호오, 날 만나서 반가웠다니 기쁘군. 나는 아무렇지도 않았네만."

스틸의 말에도 벨타이거는 단지 웃을 뿐이었다.

"몇 달 뒤에 다시 뵙죠."

그 뒤 선애가 나서서 인사하자 스틸도 마주 인사했다.

"그때에는 아들 녀석의 버릇이 고쳐져 있도록 노력하지."

"쿡쿡쿡, 기대할게요."

"시계 모형을 만들 생각이야. 다음에 왔을 때는 그걸 볼 수 있을 거다.”

쿨링도 마중 나와 있었다. 그는 요 며칠 시계 분해에 매달려 있었고, 선애는 오르골 만드는 작업에 매달려 있어서 첫날을 제외하고는 얼굴을 본 적이 없었는데 그들이 마중 나온 게 좀 놀라웠다.

“호오, 멋지겠군요. 그것도 기대하고 있겠습니다.”

그렇게 화기애애하게―일행 중 선애뿐이라는 게 문제지만―드워프 마을에서 작별 인사를 마친 일행은 두 드워프의 안내로 산 밑으로 내려왔다.

CHAPTER
21
FANTASY FRONTIER SPIRIT

Chapter 21

그렇게 도시에 온 것은 좋았다. 그리고 거기서 중년 관리의 배웅을 받으며 다시 헤스딩스 남작가의 성에 온 것까지도 좋았다.

그러나 거기서 다시 알파두르 항구 도시로 출발하려 할 즈음, 벨타 이거의 얼굴이 심각해졌다. 아무래도 처음 알파두르 항구 도시에서 이곳으로 올 때 겪었던 일을 생각하는 모양이다.

그때는 페르티니어스 마법사도 있어 전력에 큰 보탬이 되었지만, 지금은 그가 없고 대신 다치면 큰일나는 헤스딩스 남작 영애가 옆에 붙어 있었으니 더 심각한 게 당연했다. 그렇다고 헤스딩스 남작에게 영애를 잘 부탁한다는 소리까지 들으며 맡았는데 이제 와서 따님 좀 보호하게 기사들 몇 좀 붙여주십사 부탁할 수도 없는 일이었고 말이다.

사실 헤스딩스 남작은 사랑하는 딸내미를 위하여 기사들을 붙여주려고 했었다. 더불어 그녀를 시중들어 줄 유모랑 몇몇 시녀들까지 포함해서 말이다. 그런데 그 딸내미가 펄펄 뛰면서 혼자 가겠다고 해서 무산되었다. 하기야 기사들이 따라붙으면 그녀가 계획한 '상회 취직하기'는 물 건너갈 테니 필사적으로 뿌리치는 건 당연했다.

그리하여 결국 벨타이거가 취한 건 실력이 좀 더 뛰어난 용병들을 좀 더 많이 구하는 것이었다.

내가 보기에도 그것밖에는 방법이 없는 것 같았다.

올 때는 페르티니어스 마법사도 있어서 다섯 명밖에 고용하지 않았는데, 갈 때는 스무 명이나 되는 많은 수의 용병을 고용하기로 했다.

그런데 그것만으로도 왠지 좀 불안했는지 벨타이거는 선애를 불러서 클라리사를 부탁했다.

"혹시라도 뭔 일이 있을지 모르니 될 수 있는 한 붙어 있어줘."

"내 한 몸 지키기도 버거운데요."

"그래도 부탁해. 네 몸 정도는 지킬 수 있다는 건 그래도 어느 정도 실력이 있다는 거잖아."

"최선이야 다하겠지만……."

선애가 날 힐끔 바라보며 중얼거렸다.

뭐, 나야 여차하면 클라리사에게는 정말 미안한 일이지만 그녀보다는 선애를 택할 거다.

나의 내심이야 어떻든 클라리사와 고용한 용병들로 인해 무려 스물네 명으로 늘어난 인원은 알파두르로 출발했다.

이번에는 선애도 마차에 타지 않고 말을 타고 가기로 했다. 드워프의 마을에 오고 갈 때, 그리고 승마 연습을 한답시고 헤스딩스 성으로 갈 때도 말을 타고 갔기 때문에 이번에도 과감하게 도전을 한 것이다. 선애는 마차를 타고 가는 것보다는 말을 타고 가는 게 더 편했던 모양이다. 물론 아직 익숙하지 않아 힘들어하기는 했지만 말이다. 게다가 여차하면 마차보다는 훨씬 기동성도 있었기에 벨타이거도 흔쾌히 허락했다. 뭐, 정 못 타겠으면 다시 클라리사의 도움을 받아 그녀와 같이 타고 가도 되었으니 걱정되는 점도 없었다.

'…라고 생각했었는데 말야.'

나는 그렇게 생각하며 혀를 끌끌 찼다. 갑자기 쏟아진 늦은 가을비를 맞아 비 맞은 생쥐 꼴이 된 일행들을 바라보며 말이다. 이렇게 비를 맞게 될 줄 알았다면 선애에게 허리와 엉덩이가 아프더라도 마차를 타라고 할 걸 그랬다.

헤스딩스 남작의 성을 떠난 첫날은 그런대로 날씨가 괜찮아서 일행은 편안하게 길을 따라 갔었다. 그런데 그 다음날은 아침부터 하늘이 꾸물꾸물거리는 게 왠지 모르게 마음을 불안하게 만들었다. 더구나 나는 잘 몰랐지만, 선애나 클라리사는 날씨가 좀 추워진 것 같다면서—뭐, 가을이 다 지나가는 시점이었으니 당연했겠지만—두터운 망토를 꺼내 들었던 것이다.

'아아… 정말 생각을 잘못했어. 올 때보다 날씨가 추워졌으리란 것도 예상했어야 하는데.'

이런 몸이 되어 추위나 더위 같은 것을 잊어버리고 있다 보니 선애는 나와는 다르다는 걸 같이 깜빡해 버렸다.

차가운 날씨 속에 말 타고 가게 하는 것보다는 추위를 조금이라도 피하게끔 내가 억지를 써서라도 마차를 타게 했어야 했다고 생각하고 있었는데, 빗방울이 하나둘 떨어지기 시작하는 거였다. 나는 그것도 모르고 있다가 사람들이 서둘러 말을 달리는 걸 보고 깨달았다.

'아아… 역시 마차를 태워야 했어.'

싸늘한 날씨에 비까지 내리자 거친 숨을 토하는 말의 입에서 하얀 입김이 보였다. 그걸 보자니 자책이 되는 것이었다. 게다가 빠른 말 속도에 적응 못해 그냥 말에 매달려 있다시피 하는 선애를 보고 있자니 더욱더.

그렇게 일행이 빗방울이 떨어지자마자 서둘러 달렸음에도 불구하고 하필 근처에는 마을이 없어 조금 더 달려 작은 마을에 도착했을 때에는 일행들은 싸그리 쫄딱 젖어 있었다. 마을 위치가 어중간해 큰길을 지나다니는 사람들도 잘 들르지 않는 곳이었던지 마을도 작았고, 그 마을 안에 여관도 딱 하나밖에 없었다.

"후우, 가을도 다 지나가는 참에 웬 비람."

"어, 춥다."

"빨리빨리 들어가서 술 한잔하자고. 몸을 녹여야겠어."

척 보기에도 오래되어 보이는 낡은 2층 목조 건물이었지만, 그거라도 반가웠던지 일행은 맞으러 나온 소년에게 동전을 던지다시피 건네며 말을 맡기고는 저마다 한마디씩 하며 여관 안으로 우르르 몰려 들어갔다.

안에는 우리 일행과 마찬가지로 가을비를 피하기 위해 들어온 듯한 다섯 명의 사람이 젖은 옷은 의자에 걸쳐 놓은 채 뜨끈한 스튜를 먹고 있었고, 여관의 한쪽 벽에 설치된 커다란 벽난로에는 비를 맞고 들어온 사람들을 위함인 듯 불이 활활 타오르고 있었다.

그 벽난로와 가장 가까운 테이블은 두 개였는데, 한쪽 테이블은 이미 먼저 온 사람들이 차지하고 있었기에 우리 일행은 그 옆의 테이블에 앉을 수밖에 없었다. 남자들이 그래도 여자들을 위한답시고 선애랑 클라리사를 그쪽으로 밀어 앉히고는 자기들은 조금 떨어진 테이블에 자리를 잡았다.

선애와 클라리사가 앉은 둥근 테이블에는 의자가 네 개나 있어서 벨타이거와 잭 조셉이 같이 앉을 수 있었음에도 불구하고 그들은 다른 일행들이 좀 떨어진 테이블에 앉았는데, 자신들만 여성들과 같이 가장 가까운 테이블에 앉는 게 걸렸는지 용병들과 같은 자리에 앉은 것이다. 그들은 고용인이고, 용병들은 피고용인이라 용병들이 아무 말도 못할 텐데도 말이다.

'헤에, 벨타이거 녀석에게 저런 면이 있을 줄이야……'

따뜻한 실내로 들어오자 선애랑 클라리사는 얼른 젖은 망토를 벗었다. 망토가 두꺼운 것이라서 그런지 속은 크게 젖지 않았다. 그래도 아예 안 젖은 것도 아니고 습기도 많았던 터라 계속 입고 있으면 찝찝했을 거였다.

곧이어 추위에 떠는 손님들을 위한 따끈따끈한 스튜가 배달되어 오자 일행은 행복한 얼굴로 먹기 시작했다. 배고파서 스튜를 원한다기보다는 속을 따뜻하게 할 수 있다는 것이 좋은 것 같았다.

여관 주인은 그렇게 손님들에게 스튜를 돌리곤 허둥지둥 커다란 쇠그릇에 불씨를 담아 위로 올라갔다. 손님들 방에 미리 불을 피워놓으려는 모양이다. 그리고 그 뒤를 우리가 여기 왔을 때 말을 받아 들던 소년이 장작더미를 들고 따라 올라갔다.

그 둘이 부지런히 위층을 오르락내리락거리며 부산을 떤 보람이 있었는지, 선애와 클라리사가 따뜻한 스튜로 인해 기분 좋은 포만감을 느끼며 방을 찾아 올라갔을 때에는 방 공기가 웬만큼 데워져 있었다.

여기에 뜨끈한 물에 몸을 푸욱 담그는 목욕을 하면 금상첨화였겠지만, 아쉽게도 여관이 너무 작아서 목욕탕이 없었다. 있는 거라고는 커다란 나무통이라서 목욕을 하려면 그 나무통을 방에 옮긴 다음에 뜨거운 물을 가져다 부어야만 했다. 것뿐이랴, 분명 헹굴 물도 가져다 부어야 하고 사용한 물은 또 퍼서 밖에 가져다 버려야 했다. 그럴려면 시간도 많이 걸리고, 여관 주인을 귀찮게 할 게 분명했기에—그렇지 않아도 갑자기 들이닥친 손님들 때문에 정신없을 사람인데…—선애와 클라리사는 아쉬운 대로 젖은 수건으로 몸을 닦는 것으로 만족해야 했다. 내일 도착하는, 좀 제대로 된 여관에서 오래오래 목욕하기로 다짐하며 말이다.

그렇게 두 아가씨가 대충 씻고 마른 옷으로 갈아입을 즈음 그럭저럭 저녁이 되어 둘은 다시 아래로 내려갔다.

'하기야 아까 먹은 스튜의 양은 너무 적었지.'

밑으로 내려가니 다른 사람들도 벌써 다 내려와 있었다. 차가운 비로 언 몸도 얼추 녹인 상태라 이제는 벽난로에 집착할 필요가 없었던 선애와 클라리사는 벽난로에서 좀 떨어진 테이블에 있는 벨타이거와 조셉과 같이 자리를 잡고 앉았다.

그들이 그렇게 자리를 잡고 앉자 여관 주인이 비록 고급은 아니지만 충분히 군침 돌게 만드는 음식들을 푸짐하게 차려놓기 시작했다. 거기에 일행들은 맥주까지 한 잔씩 걸치기 원했기에 그들은 꽤나 늦게까지 식당에 자리를 차지하고 앉아 있었다.

선애와 클라리사도 그 분위기에 휩쓸린 탓인지 맥주에 눈을 빛냈지만, 헤스딩스 남작에게서 클라리사를 간곡하게 부탁받은 벨타이거는 허락하지 않았다. 클라리사가 아직 어리다는 이유였다. 얼마 전 18세의 생일을 보냈다고 항변했지만, 벨타이거에게는 씨도 먹히지 않았다. 아무래도 그의 눈에는 클라리사가 여전히 어린애로 보이는 듯.

하기야 벨타이거의 마음을 난 이해할 수 있을 것 같았다. 울 꼬맹이가 지금은 한국의 법으로 성인의 나이 이기는 하지만 내 눈에는 여전히 어린애로밖에 느껴지질 않으니 말이다. 뭐, 가끔 이제는 다 컸다고 생각할 때도 있긴 하지만 그래도 아마 울 꼬맹이가 성인이 아니라 중년이 되어도 내 눈에는 여전히 어린애로만 보일 거였다.

하여간 그렇게 클라리사가 맥주 한 모금도 못 마시게 되자 선애까지 덩달아 못 마시고 방으로 쫓겨 올라가야 했다. 클라리사만 못 마시게 하기가 뭣했는지 동지를 만들어주려고 벨타이거가 선애까지 못 마시게 했던 것이다.

그에 선애가 화난 시선으로 벨타이거를 노려봤지만, 클라리사를 부탁받지 않았냐는 그의 말에 한숨을 내쉬며 순순히 맥주를 포기하고 클라리사를 데리고 위층으로 올라갔다. 선애 또한 자기는 몰라도 클라리사는 마시게 하면 안 된다고 생각하고 있었던 모양이다.

'웃기는 녀석… 자기는 고 1 수학여행 때 마셨으면서.'

뭐, 그때 벌써 선애가 술을 즐길 수 있게 되었다는 게 아니라 호기심 삼아 친구들이랑 조금 맛본 정도라는 걸 알고 있긴 하지만 말이다.

그렇게 선애가 뾰루퉁한 클라리사를 데리고 위층으로 올라가자 어떤 청년 한 명이 선애와 클라리사의 방에서 나오다가 둘을 발견하고는 멈칫하는 게 보였다. 선애나 클라리사는 당연히 누가 자기네 방에서 나오는 걸 좋게 볼 리가 없어 경계하는 시선으로 그를 바라보자 그 청년은 고개를 꾸벅 숙이며 말했다.

"아… 저기… 장작 가져다 놨는데요."

아무래도 이 여관에서 일하는 사람이었던 듯. 손님들이 저녁을 먹는 사이 손님들 방의 벽난로 불을 살피고 밤새 태울 장작을 챙겨 넣은 모양이다.

그제야 선애와 클라리사의 시선이 풀렸다.

"수고하셨어요."

그에게 한마디 해준 뒤 선애가 클라리사를 데리고 방으로 들어가자 나도 그 뒤를 따라 들어가며 고개를 갸웃거렸다.

'아까는 어린애가 장작을 나르더니만… 일하는 사람이 또 있었나 보지?'

방에 들어가 보니 벽난로에 놋쇠 주전자가 걸려 물을 데우고 있었다. 그렇지 않아도 클라리사와 한 방을 쓰는 바람에 나에게서 뜨거운 물찜질과 마사지를 받지 못하게 된 선애가 그 모습을 보고 반가워했다.

"언니, 뭐 해?"

그래 세숫대야에 뜨거운 물을 붓고 거기에 수건을 적시며 스스로 찜질할 준비를 하는데, 그걸 보고 클라리사가 묻는 거였다.

"아아, 근육이 좀 뭉친 것 같아서 찜질하려고. 너도 할래?"

"응? 아냐, 나는 괜찮아. 그런데 그거 혼자 하게?"

"어쩔 수 없지 뭐. 시중들어 줄 사람도 없는데… 네가 해줄래?"

선애가 씨익 웃으며 바라보자 클라리사가 찔끔한 표정을 지었다.

"에… 저… 그런 거 할 줄 모르는데……."

"쿡쿡, 그냥 말해 본 거야. 됐어, 나 혼자 충분히 할 수 있어."

할 줄 모르는 게 당연할 터였다. 부유한 남작가의 막내딸로 태어나 금이야 옥이야 귀하게 자란 아가씨였으니까.

선애의 말에 클라리사가 우웅… 거리더니 슬금슬금 다가온다.

"내가 한번 해볼까?"

"괜찮아, 혼자 할 수 있다니까."

"그래도… 내가 해주는 게 편하잖아."

그러면서 클라리사는 선애가 뜨거운 물에 담가 휘휘 저으며 데우고 있는 수건을 잡으려다 화들짝 놀라며 손을 뗐다.

"앗, 뜨거!"

"뜨거운 찜질을 하니 당연히 뜨겁지. 됐으니까 그냥 자. 나도 이거 올려놓고 그냥 잘 거야."

선애가 비실비실 웃으며 뜨거의진 수건을 다리에 올려놓자 클라리사가 시무룩해진 표정으로 참대에 올라가 누웠다. 이런 것 하나 제대로 못하는 자신이 못마땅한 모양이다.

그걸 본 선애는 피식 웃더니 자기도 그대로 드러누웠다. 클라리사에게 위로의 한마디를 건넬 생각은 없는 모양이었다.

'하기야 사람은 그래야 발전이 있지.'

클라리사는 피곤했는지 좀 있다가 고른 숨을 내쉬며 잠에 빠져들었다. 선애 또한 잠에 빠져들어 방은 그 두 녀석이 내쉬는 숨소리와 벽난로 안에서 타닥거리며 불이 타오르는 소리밖에 안 들렸다.

나는 클라리사가 깊이 잠든 걸 확인하고는 시트를 잘 덮어준 뒤 선애의 다리 위에 올려진 수건을 새로 데워서 다시 올려놔 줬다.

'으음… 역시 촉각을 잊어버리니 불편한 게 많아. 뭐, 동상 걸리고 화상 걸릴 걱정은 없지만서도.'

그런 거 따지면 어디 아쉬운 게 한두 가지던가? 미각을 잃어버려 맛난 음식 맛도 못 보고, 후각을 잃어버려 가게에서 파는 향수 냄새도 못 맡아보는 등등.

'에휴, 생각하면 뭐 하나? 그냥 이대로 만족해야지. 그나마 청각이랑 시각을 잃어버리지 않은 게 천만다행이지.'

그러고 보니 문밖에서 왁자지껄한 소리가 점점 가까이 들려온다. 드디어 사람들이 술자리를 파하고 자러 방으로 들어가는 모양이다. 하기야 내일 다시 출발할 걸 생각하면 너무 늦게까지 놀 수는 없는 일이겠지.

그들이 방으로 들어가는지 문이 열리고 닫히는 소리가 날 때까지 나는 멍하니 깨어 있었다.

요즘 들어 왠지 모르게 점점 잠드는 시간이 줄어드는 것 같았다. 예전에는 너무 많이 자서 선애의 구박을 받으면서 살았던 나였는데다 이런 몸이 되고서도 밤마다 잠은 계속 잤는데 말이다.

그리하여 온 사방이 고요해질 때까지 멍하니 앉아 있다가 방 안의 벽난로의 꺼져 가는 불을 보고는 다시 장작을 두어 개 집어넣었다. 그러다가 다른 방도 한번 둘러볼까 하는 생각에 각각의 방에 가서 벽난로 불을 살펴보고 꺼질 것 같으면 장작을 넣어줬다.

모두들 술 한잔씩 걸쳐서 깊이 잠들었는지 내가 장작을 벽난로에 던져 넣어 탁~ 소리가 났는데도 깨어날 기미도 안 보였다. 그냥 장작 타는 소리라고 생각을 했는지 모르겠지만 말이다.

'거참, 아무래도 다음부터는 자기 전에 술을 마시지 말라고 해야겠는걸? 오늘이야 추워서 한잔씩 걸쳤다고 하지만……'

나는 완전히 곯아떨어진 사람들의 모습에 혀를 끌끌 차며 속으로 생각했다. 아무리 장작이 타오르는 소리라고 생각했다지만, 밤이라 주변이 너무 조용해서 제법 소리가 크게 났는데도 깨기는커녕 움찔거리는 모습도 없으니, 이건 완전히 누가 업어 가도 모를 정도였다. 지금이야 내가 있는 데다 여관에 투숙하고 있으니 그나마 다행이었지, 만약 내가 없거나 노숙 중이었으면 어쩔 뻔했는가?

'쯧쯧, 용병이라면서 이렇게 신경이 무뎌… 무뎠던가?

혀를 차며 선애가 있는 방으로 이동하던 나는 잠시 멈칫거렸다.

이런 일에 종사하고 있는 사람들이 무딜 리가 없었다. 기실 헤스딩스 남작가 성으로 갈 때 고용했던 용병들도 전에 한 번 여관에서 벨타이거 방에 침입자들이 있었을 때의 행동은 신속했었다. 벨타이거네 방에서 큰 소리가 들리고 뛰쳐나올 때까지 시간이 얼마 걸리지도 않았던 것이다. 뭐, 벨타이거네 방어 먼저 가고 그 다음 선애에게 왔기 때문에 선애 방에 온 건 시간이 좀 걸렸었지만.

그런데 그때와 같은 급의—아니, 몇몇은 그들보다 한 급 더 높았다—용병들이 무디다는 건 말도 안 됐다.

'쳇, 역시 술을 마시지 못하게 해야 해.'

술의 효능을 다시 한 번 깨달은 나는 다시 한 번 혀를 차며 선애의 방으로 돌아오는데 뭔가 이상함이 느껴졌다. 뭔가 묘하게… 공기의 색이 다른 것이었다.

'어째… 공기 색이 좀 탁한 것 같다? 이런, 벽난로가 막혀서 연기가 좀 들어왔나?'

냄새를 맡지 못하는 나였기에 연기가 있다는 건 눈으로 볼 수밖에 없었다. 그런데 이 어두운 밤에, 벽난로 외에 빛이 없는 상황에서도 깨달을 정도였으니 방에 얼마나 많은 연기가 낀 거겠는가? 그러면 선애가 숨 쉬는 데 불편하리라 생각한 나는 좀 춥더라도 공기를 환기시켜야겠다 생각하고 창문을 활짝 열었다. 그리고 그 순간 본 것은, 아래층에서부터 시뻘건 혀를 날름거리며 여관을 서서히 삼키고 있는 불덩어리였다.

[이, 이런! 선애야, 일어나! 불났어!!]

춥거나 더운 걸 느끼지 못하는 데다 냄새도 못 맡는 신세였기 때문에 불이 났다는 건 조금도 느낄 수가 없어 늦게 알아챈 거였다. 가끔 타닥타닥 하는 소리가 나기는 했지만, 그건 벽난로에서 나는 소리라 여기고 있었으니 말이다.

창문 밖에서 불난 걸 확인한 나는 선애를 소리쳐 부르며 잽싸게 수건을 물 단지 속으로 집어넣었다.

집에 화재가 났을 때, 불길도 무섭지만 그보다 더 무서운 건 연기다. 기실 화재 사고가 난 경우 불에 타 죽는 것보다 연기에 질식해 죽는 일이 더 많다고 한다. 게다가 그게 아니라 해도 독한 연기는 시야를 가림은 물론, 호흡도 곤란하게 해 피신하는 데 큰 어려움을 겪게 했다. 그럴 때 가장 좋은 방법은 물에 젖은 수건을 코와 입에 대고 있는 것이었다.

그런데 울 꼬맹이는 나의 다급한 외침을 듣지도 못했는지 내가 젖은 수건을 가지고 다가갔음에도 깨어나질 않는 거였다.

[야, 야, 일어나라고! 불났다니까?]

어깨를 흔들어봐도 도통 일어날 생각을 안 한다. 그에 나는 내가 너무 늦게 알아차려서 선애가 연기에 질식되었는 줄 알고 더럭 겁이 났다.

옆 침대에 있는 클라리사를 흔들어도, 침대에서 떨어뜨려도 눈도 꿈쩍 않는 거였다.

'젠장할!'

밖에는 어느새 비가 그쳐 있었다. 비라도 계속 왔으면 불길이 조금이라도 늦게 타올랐을 텐데 말이다. 그나마 여관 외벽이 젖어 있는 게 다행이랄까? 하지만 그것 때문에 연기가 더 많이 나는지도 모르겠다. 게다가 이 여관은 목조 건물이라 외벽이 조금 젖어 있는 것 가지고 화재를 저지할 수 있을지도 의문이었다.

급한 김에 나는 벽을 뚫고 옆방으로 갔다. 그곳에 누워 있는 벨타이거와 잭 조셉도 불난 줄도 모르고 쿨쿨 잘만 자고 있었다.

[당장 일어나지 못해애~!!]

그 녀석들까지 곱게 깨워줄 마음이 없었던 나는 냅다 발로 차서 둘을 침대에서 떨어뜨렸다. 그런데 심하게 아팠을 게 분명한데도 놈들은 신음 소리 하나 내지 않고 계속 잠에서 깨지 못하고 있는 거였다.

그제야 나는 뭔가 이상하다는 걸 깨달을 수 있었다. 아무리 연기에 좀 질식되었다 하더라도 신음 소리 하나 내지 못할 수가 있단 말인가.

‘어쩌지, 어쩌지… 침착하자, 침착해야 해. 우선은…….’

상황을 보아하니 아무래도 다른 용병들도 깨워봤자 일어나지 않을 게 뻔했다. 그렇다면 지금 움직일 수 있는 건 나 하나.

나는 우선 수건에 물을 적셔서 벨타이거와 잭 조셉의 코와 입 위에 올려주고 선애 방으로 돌아갔다. 그들에게는 정말 미안한 일이지만, 나에게는 선애가 제일 중요했던 것이다.

시간이 없었기에 선애와 클라리사를 각각 한 팔에 끼고 방문을 열고 아래층으로 내려갔다.

내가 키가 큰 게 아니었기에 옆구리에 낀 두 아가씨의 발이 땅에 질질 끌렸지만, 지금은 그거에 신경 쓸 여력이 없었다.

일층은 완전 불바다였다. 그런 것이 나에게는 아무런 상관이 없었지만, 선애나 클라리사에게는 아닐 것이다.

나는 깊게 숨을 들이마시고―내가 숨을 안 쉰 지 오래되었지만, 힘을 쓰기 전에는 여전히 버릇으로 이런다―감각을 일깨우며 내 앞에 화르르 불타오르고 있는 불길을 바라봤다. 그러자 곧이어 내 앞길부터 저 멀리 있는 현관문까지 차지하고 있던 불길이 내 의지대로 양옆으로 좌악 갈라지기 시작하는 거였다. 그 길을 냅다 다다다 달려 거의 반쯤 탄 현관문을 발로 그대로 차 열고 밖으로 나가자 안도의 한숨이 나왔다.

뭐, 나야 상쾌한 공기고 뭐고 느낄 여력은 없지만, 그래도 깜깜한 바깥을 보게 되니 불길 속을 빠져나왔구나… 하는 생각이 들었던 것이다.

하지만 안심하기는 일렀다.

불이 났는데도 근처 몇 안 되어 보이는 이웃집에서는 아는지 모르는지 사람들이 나와 볼 생각을 안 해 속으로 각박한 인심이네 어쩌네 투덜대며 선애와 클라리사를 내려놓을 안전한 장소를 찾고 있는데, 갑자기 시커먼 그림자가 다가왔던 것이다.

"뭐, 뭐지, 이것들은? 마법인가?"

"시끄러, 우리는 조용히 처리만 하면 돼."

다가온 그림자는 둘이었고, 그들은 무척이나 당혹스러운 눈빛이었다.

그들의 모습에 나는 설마 설마 했던 것이 역시나였음을 깨달을 수 있었다. 이 불은 저들이 일부러 놓은 게 분명했다.

'목표는 아마도 벨타이거 녀석이었겠지.'

그리고 선애를 비롯한 클라리사나 벨타이거 등등이 아무리 깨워도 일어나지 않는 걸 보니 저녁 식사에다 수면제라도 탄 것 같았다. 그렇게 해놓고서도 만약을 대비해 지켜보고 있었던 모양이다. 아니면 불이 다 꺼진 후에 시신 확인이라도 한 건지도.

그러나 무슨 이유에서든 지금 무척이나 위험한 상황이라는 건 변함이 없었다.

내가 조심스레 바닥에 선애와 클라리사를 내려놓자 두 녀석이 움찔거린다. 그러나 녀석들의 눈에 난 보이지 않을 게 분명했기에 나는 둘을 내려놓자마자 두 녀석을 향해 달려들었다.

'빨리 처리해야겠어. 위에 아직 사람들이 있는데……'

한 녀석의 뒤로 다가간 나는 양손을 깍지 낀 뒤 온 힘을 다해 뒤통수를 내려쳤다.

"컥."

예전에 선애가 있던 가게에 쳐들어왔던 양아치들에 비하면 아주 미미한 신음 소리를 내며 쓰러지자 나머지 한 녀석이 움찔하더니 잽싸게 선애 쪽으로 다가가는 거였다. 그리고는 언제 꺼내 들었는지 모를 날카로운 단검을 클라리사의 목에 겨누었다.

"누구냐? 나와라!"

클라리사에게는 정말 미안한 말이지만, 나는 안도의 한숨을 내쉬었다.

'미안, 클라리사.'

"나와라! 안 나오면 이 여자를 당장 죽이겠다!"

그 시커먼 녀석이 낮게 다시 한 번 외쳤다.

그 녀석에게 나는 '네 앞에 있다' 고 말해 주고 싶었지만, 그래 봤자 녀석은 내 말을 듣지도, 보지도 못한다.

"어서……."

녀석은 아무런 기색도 나지 않자 클라리사의 목에 겨눈 단검에 살짝 힘을 주며 다시 한 번 입을 열려고 했다. 그러나 그전에 내가 뒤통수를 강하게 쳤기 때문에 말을 채 끝내지도 못하고 쓰러졌다.

그런 그를 옆으로 치우고 클라리사를 살펴보자, 내가 힘 조절을 잘 못했는지 클라리사의 목에 가느다란 핏자국이 보이고 있었다.

[다시 한 번 말하지만… 정말 미안, 클라리사.]

그렇게 중얼거린 나는 클라리사와 선애를 얼른 들고는 남들 눈에 쉽게 뜨이지 않을 것 같은 여관의 담장 구석에다 내려놨다. 축축한 땅뿐인 곳이었지만, 지금 그런 걸 가릴 처지가 아니었다.

그런 둘을 한 번 힐금 바라본 뒤, 부디 내가 들어갔다 나올 때까지 안전하게 있기를 빌며 나는 잽싸게 불타는 여관 안으로 뛰어들어 가 나머지 사람들을 끌어내기 시작했다.

선애와 클라리사는 그나마 조심스레 데리고 내려왔지만, 다른 사람들에게까지 그런 배려를 해줄 마음도, 여유도 없었다. 오후에 내린 비 덕분에 바깥에서의 불길은 크게 번지지 않았지만, 여관 안쪽은 달랐던 것이다. 그리하여 벨타이거를 비롯한 용병들은 질질 끌고 1층으로 내려와 입구에서 나는 나가지도 않은 채 거의 내던지다시피 밖으로 내동댕이쳐 놓고는 다시 위로 뛰어올라 가 다른 이들을 질질 끌고 오는 일이 반복되었다. 그러면서 이층으로 올라오려는 불길은 내 능력으로 가능한 한 꺼뜨리느라고 나는 이중으로 고생해야 했다.

그 고생이 헛되지 않았는지, 나는 끝까지 이층을 사수하며 겨우겨우 우리가 고용한 용병들까지 다 끝어낼 수 있었다.

여관 입구에 뒤엉켜 있는 용병들의 숫자를 세어 다 끌고 내려왔음을 다시 한 번 확인한 나는 내 힘에서 해방되어 영역을 넓혀가는 불에 자리를 빼앗기는 이층에 올라가 쭈욱 둘러보았다. 우리가 이 여관에 도착했을 때 우리보다 먼저 와 있던 손님들을 기억해 낸 것이다. 그러나 천만 다행스럽게도 그들은 요기만 하고 그냥 떠났는지 보이지 않았다. 대신, 내친김에 둘러보던 1층 안쪽 방에서 여관 주인과 그 가족으로 보이는 사람들을 찾을 수는 있었다. 안타깝게도 구하기는 너무 늦었지만 말이다.

미안한 마음에 살짝 고개만 숙여 보이고 나오는 내 귀에 말들이 요동치는 소리가 들려왔다. 말들은 여관과 약간 떨어진 곳에 만들어진 허름한 마구간에 매여 있었는데, 불똥이 바람에 날려 거기까지 튄 모양이었다.

[이런 젠장할.]

남정네들을 바깥으로 끌어내기는 했지만, 시간이 없어서 여관 입구 근처에다 내버려 뒀기 때문에 위험할지도 몰랐다. 지금이라도 안전한 장소까지 끌어다 놔야 하건만, 그래도 차마 울부짖는 말들을 내버려 둘 수가 없었다.

'어쩔 수 없지.'

혹시라도 화상을 입거나 아니면 아까 시커머스 남자들에게 당하면 자기 불행이다라고 생각해 버린 나는 그대로 마구간으로 뛰어갔다.

얼마나 대충 지어놨는지 마구간 안은 비가 막 샌 기색이 역력했다. 그래서 불이 붙어도 얼마 못 가 꺼질 것만 같은데, 문제는 말먹이로 가져다 놓은 건초 더미였다. 다른 데는 몰라도 건초 더미만은 안 젖도록 잘 보관되어 있었던 것이다. 그런데 하필이면 거기에 불똥이 튄 거였다. 그와 함께 주변에도 조금씩 조금씩 불이 번지고 있었다. 그걸 보고 놀란 말들이 요동을 친 거였는데, 다행히 여관에 비하면 불이 크게 번지지 않아 내 힘으로 불을 끌 수 있을 것 같았다. 그리하여 나는 말들을 풀어주는 대신 불을 끄고, 그 근처에 있는, 말에게 먹이기 위해 떠놓은 물을 불에 타 새까맣게 된 건초 더미에 부어 혹시나 있을 잔불에 대비까지 한 뒤 그곳을 빠져나왔다.

그 길로 사람들을 던져 놓은 곳으로 잽싸게 달려가니 또 다른 시커먼 그림자가 용병들 밑에 깔려 있는―벨타이거를 제일 먼저 구해놓은 뒤 용병들을 구해 그 위에 던져 놔서…―벨타이거 녀석을 또 어떻게 발견했는지 검을 치켜들었다가 내려치고 있는 모습이 보였다.

[으아아~ 오늘은 왜 이렇게 바쁜 겨~!!]

딴생각할 여유도 없이 나는 그대로 몸을 날려 시커먼 그림자의 허리에 태클을 걸어야 했다.

'젠장, 또 다른 녀석들이 있을 거라는 걸 예상했어야 했는데.'

하지만 예상했다고 해도 그때 내가 어디 시커먼 그림자가 있는지 수색할 수나 있었겠는가? 어쩔 수 없었다고 스스로 생각하며 나는 나의 태클에 걸려 땅 위를 나뒹군 그림자가 두리번거리며 자리에서 일어나려고 할 때 턱을 발로 강하게 걷어차 줬다. 그러자 기다리고 있었다는 듯 목소리가 들려오는 것이었다.

"누구냐, 모습을 드러내라!"

목소리가 들려온 곳을 바라보니, 기껏 눈에 안 띄는 곳에 잘 숨겨뒀다고 생각했던 선애와 클라리사를 각각 한 명씩 붙들고 목에다 단검을 겨눈 두 시커먼 그림자가 천천히 다가오고 있었다.

[으아아아~ 도대체 몇 놈이나 있었던 겨?]

내가 머리를 부여잡으며 절구를 하든 말든 시커먼 두 그림자는 몇 발자국 더 다가오다가 멈춰 섰그, 그중 클라리사를 위협하고 있는 놈이 계속 입을 열었다.

"누군지 모르겠지만, 마법으로 몸을 숨긴 걸 알고 있다! 이 여자들이 죽는 걸 보고 싶지 않다면 얌전히 모습을 드러내라!"

[이놈아, 나는 드러내고 싶어도 못 드러낸다!]

내가 삿대질까지 하며 외쳤지만, 그걸 못 듣는 녀석은 잠시 기다려도 나타나지 않자 다시 입을 열었다.

"쓸데없는 짓은 하지 말기 바란다. 네놈이 얼마나 대단한지 모르겠

지만, 우리 둘을 한꺼번에 죽일 수 있을 것 같으냐? 만약 우리 중 한 사
람이 쓰러지면 한 여자도 죽을 거라는 걸 명심해라!"

어떻게 해야 할지 몰라 안절부절못하고 있던 나는 그 남자의 말에
번뜩 스쳐 지나가는 생각이 있었다.

[아… 고맙다, 요놈아. 나에게 힌트를 주다니.]

한 녀석만 공격하면 그 옆의 녀석이 붙잡고 있는 소녀를 공격할 테
니 한꺼번에 둘을 처리해야 했다. 비록 나에게는 손이 두 개밖에 없긴
하지만, 그래도 또 다른 능력도 있지 않는가?

나는 척척 그 두 녀석에게 다가갔다.

놈들의 최대 실수라면, 둘이 같이 붙어 있는 거였다. 완전히는 아니
었지만 그 둘 가운데 서서 내가 양팔을 뻗으면 둘 다 얼마든지 잡을
수 있는 거리였다. 두 놈은 적당한 거리를 잡은 거라고 생각한 거겠지
만.

그렇게 둘 사이에 자리를 잡고 그 둘이 목에 겨누고 있는 단검 날을
내가 손으로 잡자마자 참지 못하겠는지 다시 한 번 녀석이 입을 열었
다.

"이래도 안 나올 테냐? 셋 셀 동안 나오지 않으면 이 여자의 어깨를
찔러주마!"

클라리사를 잡은 놈이 그렇게 말하며 목에 겨눴던 단검을 어깨 쪽으
로 살짝 옮겼다.

"하나, 둘, 세에… 크아아~!!"

"끄아아아~!!"

그러면서 숫자를 세기에 나도 같이 속으로 세다가 셋을 말하는 순간

두 녀석의 얼굴에다 대고 불을 일으켜 버렸다. 단검 날을 내 손으로 단단히 붙잡고 있었기에 녀석들의 움직임에도 불구하고 선애나 클라리사의 살 속으로 단검은 파고들지 않았다. 게다가 곧 녀석들은 단검을 놓치며 자신들의 얼굴에서 갑자기 피어난 불을 끄기 위해 이리저리 뒹굴었기 때문에 큰 위협은 되지 못했다.

대신 녀석들이 놓자마자 그대로 쓰러지려는 클라리사와 선애를 잡아야 했다. 그리고는 선애와 클라리사를 바닥에 잘 눕혀줘야 했기 때문에 나는 녀석들의 얼굴에 피운 불을 좀 늦게 끄게 되었다.

"끄으으으……."

"커허헉……."

덕분에 녀석들이 아무래도 화상을 좀 많이 입은 모양이었다. 얼굴을 감싸 쥐며 온몸을 웅크린 처 떨고 있는 모습을 보자니 선애를 잡자마자 꺼줄 걸 그랬나 하는 생각이 들 정도였다.

그러나 그런 생각도 잠시, 나는 불타는 여관 근처에 널브러져 있던 남정네들을 안전한 곳까지 옮기느라 분주하게 움직여야 했다. 그중에는 맨 처음 선애와 클라리사를 데리고 밖으로 나왔을 때 마주쳤던 시커먼 남정네들도 있었다.

사람들을 모조리 안전한 곳으로 옮긴 뒤, 나는 시커먼 그림자들은 따로 떼어놓고 그들이 가지고 있던 끈으로 단단하게 결박시켜 뒀다.

그런 모든 작업을 끝내고 한숨을 돌리고 있는데, 문득 이상한 생각이 들었다.

'아무리 내가 날뛰는 게 안 보이고 안 들린다고 해도 이렇게 크게 불타오르는데 어째 아무도 안 나와 보는 거지? 게다가 지금은 슬슬 날도

밝아오는데 말야.'

해가 완전히 떠올라 하루를 시작해야 하는 시간이라는 걸 알려주고 있었지만, 집에서 나오는 사람은 어째 한 명도 보이질 않는 거였다. 도대체 어떻게 이럴 수 있는 건지 의아하기도 하고, 아직도 정신을 못 차리는 선애가 찬 바닥에 계속 누워 있는 것도 신경 쓰인 나는 주변을 둘러보기로 했다.

우리를 습격한 시커먼 옷을 입고 있는 녀석들이 걱정되기도 했지만, 내가 잘 묶어놓은 데다가 묶기 전에 다들 기절시켜 놨으니 금방 깨지는 않을 것 같았다. 게다가 멀리 가지는 않고 요 주위의 집들만 살펴볼 거였으니, 만약 무슨 소리가 나면 잽싸게 달려올 수 있을 것 같았다.

이럴 줄 알았으면 선애를 데리고 나올 때 물품이라도 좀 챙기고 나올 걸… 이라는 후회를 잠시 해봤지만, 누구라도 그 상황이 된다면 물품 챙길 정신 같은 건 없었을 거다. 사람 구하기도 빠듯한 시간이었으니 말이다.

좀 더 솔직하게 고백한다면, 나는 사람들도 다 못 구할 거라고 생각했다. 그만큼 내가 불을 늦게 발견했기 때문에 정말 미안한 말이지만, 못 꺼내면 운이 나쁜 거라고 여길 생각이었다. 하지만 뭐, 내가 열심히 뛰어다닌 덕분인지 모두들 그 불타오르는 여관에서 꺼내올 수 있어서 내심 모두들 목숨 줄이 질기다 여기고 있었다.

제일 먼저 눈에 띄는 집으로 무례를 무릅쓰고 들어가 보니 어째 아침인데도 불구하고 사람들 움직이는 소리가 전혀 나지 않았다. 의아해서 방마다 들어가 보니 황당하게도 모두 아침이 온 줄도 모르고 정신 없이 자고 있는 것이었다. 혹시 자는 상태로 숨을 거둔 게 아닌가 싶어

가슴에 귀를 대보니 심장은 잘만 뛰고, 폐도 공기를 잔뜩 들이마셨다 내쉬고 있는 거였다.

'거참, 이거 단체로 늦잠 잘 수도 있는 건가? 이래서 여관이 타는 줄도 몰랐구나. 그런데 이렇게 깊게 잘 수도 있는 건가?'

어리둥절한 상황이기는 했지만, 그에 대해 깊이 생각해 볼 여유가 없던 나는 잠들어 있는 그 집 사람들에게 고개만 꾸벅이고는 옷장을 뒤져서 안 쓰는 이불들을 꺼내 들었다.

'뭐, 나중에 들켜서 문제가 된다면 벨타이거 녀석이 알아서 하겠지.'

라고 무책임하게 생각해 놓고 말이다.

그렇다고 각각의 집이 여유가 있어서 이불 또한 많이 가지고 있었던 게 아니었기 때문에 나는 그 집 말고도 주위에 있는 다섯 집에 더 무단으로 침입해야만 했다.

그렇게 기껏 구해놓은 선애를 비롯한 일행들이 깨어난 것은 정오가 거의 다 되었을 즈음이었다.

그동안 일행은커녕 마을 사람들도 일어나지 않아서 얼마나 초조했는지 모른다. 게다가 일어나길 기다리는 사람들이 안 깨어나는 대신 일어나지 말아줬으면 했던, 내가 제압해 묶어놓은 녀석들이 정신 차릴 기미를 보이는 바람에 허걱~ 하고 놀라 버렸다. 다행히도 내가 선애 옆에 있을 때였기에 망정이었지, 안 그랬으면 큰일났을지도 모른다. 내가 비록 내 딴에는 꽁꽁 묶어놓기는 했지만, 영화에서 보니 이런 일을 전문으로 하는 사람들은 꽁꽁 묶인 걸 교묘하게 푸는 방법을 알고 있었는데, 저들도 그러지 말라는 법은 없었으니 말이다. 아니면 다른 일행이 또 있을지도 모르고.

어쨌든 나는 녀석들이 신음을 흘리며 꼼지락거리는 걸 발견하자마자 잽싸게 달려가서 녀석들의 뒤통수를 다시 후려쳐 기절시키고 나서야 안도의 숨을 내쉴 수 있었다.

"으음……."

적들을 기절시키고 안도의 한숨을 내쉰 것도 잠시, 곧바로 누군가 깨어나려는 듯한 신음 소리가 들려오자 나는 다시 헉~ 하는 놀라운 숨을 내쉬고 뒤를 돌아보았다.

"끄응……."

곧바로 내리쬐는 직사광선이 부담스러운 듯 인상을 찡그리며 손을 들어 눈가를 가리는 이는 잭 조셉, 벨타이거 녀석의 측근이었다.

'휴유, 드디어 깨어나려는 건가?

그는 한 번 뒤척거려 보다가 벌떡 상체를 일으켰다. 그러다가 주변의 환경을 보곤 놀라 아예 자리에서 일어나 주변을 두리번거리는 것이었다.

"이, 이게 도대체……."

그 심정 충분히 이해한다. 어젯밤에는 여관 방의 폭신한 침대에 누워 잠이 들었는데 일어나 보니 여관은 잿더미가 되어 있고, 자신은 맨바닥에 이불 하나 덮은 채 누워 있었으니 말이다.

그는 두리번거리던 와중 자신의 옆 자리에 누운 벨타이거 녀석을 발견하곤 황급히 그의 옆에 쭈그리고 앉아 벨타이거 녀석을 살펴보기 시작했다. 선애보다 좀 늦게 구출한 탓인지 머리카락이 좀 그슬리고 검댕이가 여기저기에 많이 묻어 있어 잭 조셉이 좀 놀란 모양이었다.

하지만 벨타이거 녀석은 보기에는 좀 지저분하지만 그래도 운이 좋은 편이었다. 나중에 구한 용병들은 그보다 머리카락이 더 많이 그슬렸고, 화상까지 입은 사람도 있었으니 말이다.

벨타이거가 좀 그슬리기는 했지만 괜찮다는 걸 확인한 잭 조셉이 안도의 한숨을 내쉬고 자리에서 일어나려는 찰나, 잭의 기적 때문인지 벨타이거가 깨어났다.

"으음……."

그리고 그걸 시점으로 여기저기에서 사람들이 깨어나는 소리가 들렸다.

그중에는 선애의 목소리도 섞여 있어서 나는 너무나 기뻐 한달음에 선애 옆으로 달려가 앉았다.

"우쒸… 언니, 커튼 좀 쳐주라."

선애는 직진해 들어오는 광선이 마음에 안 들었는지 잠긴 목소리로 속삭이듯 말했다.

[그래 주고 싶지만 커튼이 없단다. 그러니까 네가 일어나.]

"아우……."

내 말에 선애는 불만 어린 표정으로 뒹굴뒹굴대다가 바닥의 감촉이 이상했는지 슬그머니 눈을 떴다. 그리고 바로 보이는 하늘에 어리둥절한 표정으로 고개를 돌리다 옆에 앉아 있는 날 보고는 상체를 일으켰다.

"뭐, 뭐야… 뭔 일 있었어?"

[응, 무지 황당한 일. 어젯밤에 여관에 불이 났어.]

"불?"

당혹한, 그러나 작은 목소리로 되묻는 선애를 향해 나는 고개를 크게 끄덕여 보였다.

[그래. 불 끄는 사람은 없고, 모두 다 잠에 포옥 빠져 있어서 사람들 구하느라고 무지 애먹었다. 거기다가 너희들을 습격하는 놈들이 있어가지구… 하마터면 큰일날 뻔했지.]

설명해 주면서 손가락으로 가리키자 선애가 그쪽으로 시선을 돌려 꽁꽁 묶인 녀석들을 보더니 인상을 쓴다.

"뭐야, 그럼 불은 저놈들이 낸 거야?"

[그럴 확률이 높지. 나야 놈들이 불지르는 걸 보지도 못했고, 물어보지도 못하니 확신할 수 없지만… 나도 불이 크게 났을 때 발견했거든.]

내 말에 선애가 고개를 끄덕이는데 옆에서 의아한 목소리가 들려왔다.

"언니, 혼자서 뭐라고 말하는 거예요?"

선애 옆에 눕혀놨던 클라리사가 일어나다가 나와 대화하는 걸 본 모양이다. 뭐, 클라리사에게 난 안 보이니 선애 혼자 중얼거리는 걸로 보였겠지만.

"아아, 그냥 어제 뭔 일이 있었는지 정리 중이었어. 가끔 이렇게 혼잣말하며 정리하거든."

"그래요? 도대체 이게 무슨 일이래요?"

"우선 어제 우리가 자는 도중에 여관에 불이 났대. 그래서 날 보호하는 어떤 존재가 우리를 구해놓은 모양이야. 그리고 불을 지른 유력한 용의자를 잡아두고."

"널 보호하는 존재? 그게 누구지?"

선애에게 다가오다가 선애가 하는 말을 들은 모양인지 벨타이거 녀석이 선애가 채 말을 끝내기도 전에 끼어들며 묻는다.

그러나 나란 존재를 밝히지 않기로 한 선애가 말을 해줄 리가 없었다. 울 꼬맹이는 기분 나쁘다는 티를 역력히 드러내며 벨타이거를 째려본 뒤 고개를 휙 돌렸다.

"말해 줄 이유 없는데요."

평소 벨타이거 녀석에게 거의 틱틱대던 선애였기에 벨타이거는 이런 선애의 반응에도 화를 내지 않고 또 한바탕할 수 있는 꼬투리를 잡은 양 싱글싱글댔다. 오히려 벨타이거 옆에 붙어 있던 잭 조셉의 인상이 찡그려졌다. 하지만 벨타이거가 뭐라 하지 않으니 나서지 못하고 참는 기색이 역력하다.

"에이~ 우리 사이에 그런 걸 숨기다니, 너무하지 않아?"

"전~혀 너무하지 않거든요? 그러니까 쓸데없는 말 하지 마시고 저놈들이나 족치시죠? 그나저나 얼마나 술을 마셔댔으면 밤새 여관이 불탄 것도 모르고 정신없이 곯아떨어진대요?"

능글능글거리는 벨타이거의 질문에 단호한 선애의 대답이었다. 그리고 마지막에 나온 선애의 질문에는 벨타이거가 기죽은 표정을 지었다.

"으음… 내가 좀 피곤했나 봐. 평소 주량에 맞춰서 마셨다고 생각했는데……."

하지만 그런 벨타이거의 갈을 잭 조셉이 부정했다.

"술 때문은 아닙니다. 저도 맥주 단 두 잔만 마셨을 뿐인데도 여관이 불타는 것도, 밖으로 옮겨진 것도 전혀 알아채지 못했습니다. 게다가 선애 양도 무척이나 깊이 잠들어 계셨던 것 같던데요?"

[아, 저놈이 제일 먼저 깼거든. 네가 자고 있는 걸 봤나 보다.]

내 속삭임에 선애가 인상을 찡그리며 고개를 끄덕였다.

"뭐야, 그렇다면 단체로 약이라도 먹었나?"

진지한 표정으로 중얼거리는 벨타이거의 말에 퍼뜩 떠오른 생각이 있어 나는 잽싸게 입을 열었다.

[그러고 보니… 마을 사람들도 잠들어 있었어. 여관에서 물건을 하나도 못 꺼내서 남의 집에 들어가서 이불을 꺼내 가지고 왔거든. 그런데 사람들이 모두 잠들어 있더라.]

내 말을 들은 선애는 심각한 표정으로 주위를 둘러보더니 입을 열었다.

"이상하지 않아요? 지금 오후가 돼가는 시간인데 마을 사람들이 보이지 않는군요. 깊이 잠들어서 여관이 불탄 건 몰랐다 해도 아침에는 일어나야 하는 거 아닌가요?"

선애의 말에 그제야 벨타어거도 마을 사람들이 안 보인다는 걸 깨달은 모양이다.

그는 그제야 정신을 차리고 자신에게로 다가오는, 이번에 고용한 용병들의 리더를 바라보며 물었다.

"용병들 상태는 어떻습니까? 모두들 무사합니까?"

그에 용병 리더의 표정이 침울해졌다.

"대부분 무사합니다만… 두 사람이 숨졌습니다. 아무래도 연기에 질식사한 모양입니다."

[에구… 다 구했다고 생각했는데… 으음… 용병들은 확실하게 숨 쉬

는지 확인도 안 했더랬지.]

　너무 무심했다는 생각에 나는 중얼거리며 입맛을 다셨다.

　벨타이거는 한숨을 내쉬더니 용병 리더에게 지시했다.

　"그 두 분은 잘 모셔두고, 우선은 주변 상황부터 알아보는 게 좋겠습니다. 용병을 두 팀으로 나눠서 한 팀은 마을을 좀 살펴봐 주시고, 한 팀은 저 사람들을 취조해 보도록 하죠. 어제 우리에게 해를 끼치려 했다고 합니다."

　"여관도 뒤져 봐야죠. 우리 짐 하나도 빼내지 못했다던데."

　선애가 불쑥 끼어들자 벨타이거가 고개를 끄덕였다.

　"그럼 세 팀으로 나누죠. 한 팀은 마을, 한 팀은 취조, 한 팀은 여관을 살펴보는 걸로요."

　"알겠습니다."

　선애와 클라리사는 벨타이거에게 밀려 여관 뒤지는 쪽으로 배당되었다. 엄청 지저분(?)해질 일이었지만, 그래도 취조를 하는 모습은 차마 여자들에게 보이지 못하겠고, 마을을 둘러보는 일은 어떤 위험이 있을지도 모르니 그중 가장 안전한 일을 맡긴 것이었다. 덕분에 나 또한 선애 뒤를 따라 쫄래쫄래 시커멓게 타버린 여관 잔해 더미를 뒤지게 되었지만 말이다.

　결론부터 말하자면, 마을을 둘러본 첫 번째 팀과 내가 잡은 녀석들을 취조하는 두 번째 팀은 별로 건진 게 없었다. 조용한 마을을 조심스레 수색하기 시작한 용병들 앞에 그제야 잠에서 깬 부스스한 마을 사람들이 나타났던 것이다. 그들도 자신들이 늦잠을 잤다는 사실에 무척이나 황당해했단다.

나중에 알고 보니 그 마을 사람들은 전날 저녁, 여관에서 푸짐하게 만들어서 마을 전체에 돌렸던 스튜를 배불리 먹고 잠들었다고 했다. 여관에서는 오랜만에 손님들이 오면 푸짐하게 음식을 만들어 손님들에게 대접하고 남은 걸 마을 사람들 전체에게 나눠 주는 일이 종종 있었기에—아무래도 마을이 작다 보니 그럴 수 있었던 모양이다—이번에도 고맙게 받아먹고 잠들었는데 이제야 일어나게 되었다고 한다.

그렇게 해서 추론한 거지만, 일행들이 세상모르게 잠든 게 아무래도 그 여관에서 대접한 스튜 때문인 것 같았다. 그 스튜에는 여관 주인 몰래 일행을—아마 정확하게 말하면 벨타이거 녀석이겠지만—해하려고 한 녀석들이 강력한 수면제라도 넣었던 모양이다. 여관 주인과 그 식구들 또한 그걸 먹고 깊이 잠든 바람에 불이 났어도 피하지 못하고 화를 당한 걸 거다.

벨타이거 놈 때문에 애꿎은 여관 주인 식구들만 변을 당한 것 같아 참 마음이 착잡했다. 그나마 다행이라고 할 수 있는 건, 여관 주인 식구들이 모두 같이 명을 달리했다는 거랄까? 냉정한 말 같겠지만, 그래도 만약 살아남은 식구가 있었다면 얼마나 가슴 아프겠는가. 여관이야 벨타이거 녀석이 충분히 사례를 해준다고 하더라도, 식구들이 다시 살아 돌아올 수는 없었을 테니까 말이다. 이런 거 보면 살아도 같이 살고 죽어도 같이 죽는 게 제일일 것 같다. 누구는 살고 누구는 죽는다면 살아남은 사람이 죽은 사람 몫까지 힘드니까 말이다.

두 번째 팀인, 내가 잡아놓은 녀석들을 취조하겠다던 쪽도 별달리 건진 게 없었다. 그쪽에는 벨타이거 녀석과 잭 조셉도 합세해 있었는데, 묻는 말에 아무것도 대답을 안 했다고 한다. 그건 자신들이 벨타이거 녀석을 죽이러 온 자객이라는 걸 암묵적으로 인정한 걸까나? 그놈들이 그렇게 나오는 걸 보면 알파두르 항구 도시에 도착할 때까지 절대 방심하지 못할 것 같았다.

그런데 항구 도시에 도착하면 안전할 거라고 생각하다니, 벨타이거 녀석은 너무 안일한 게 아닌가?

선애 또한 그렇게 생각했는지 사방이 조용해졌을 때 벨타이거 녀석을 불러 넌지시 물어봤다.

"이렇게 노골적으로 나오는데, 돌아가면 더 더욱 조심해야 하는 거 아니에요?"

"걱정 마. 도착하기만 하면 절대적으로 안전하거든."

자신만만하게 대답하는 빌타이거의 모습에 선애가 살풋 인상을 찡그렸다.

에휴, 이 세계에 와서 선어가 자주 인상을 찡그리는데, 어린 녀석이 벌써부터 주름살이 생길까 걱정이다.

"뭘 보고 그렇게 장담해요? 아아, 혹시 그 무역회사 실권을 빼앗은 핸들리 크로스웰인가 뭔가 하는 사람이 지켜줄 거라고 생각하는 건가요?"

"그것도 있지만, 더 확실한 게 있지."

"뭔데요?"

"국법."

"에엥?"

생각지도 못한 벨타이거의 말에 선애가 눈을 휘둥그레 떴다.

"국법 말이야. 지엄하신 이 나라의 국왕께서 정해놓은 법. 뭐, 현재 국왕이 아니라 몇 대 전 국왕이 정해놓은 법이지만."

대략 3백여 년 전 이곳에서 커다란 전쟁이 일어났는데, 그 규모가 얼마나 컸는지 아벤티노 대륙에 있던 모든 국가들이 전란에 휩싸일 정도였다고 한다. 아무래도 선애와 내가 있던 세계의 1차, 2차 세계대전 정도였던 듯하다.

그런 전쟁 후, 운이 나쁜 쪽은 망했지만 운이 좋게도 승리자 쪽에 설 수 있었던 바이런 국은 전보다 더 큰 규모의 국토와 뛰어난 능력을 자랑하는 데다 든든한 국왕의 편이 되어주는 신생 귀족들을 탄생시킬 수 있었다. 왜, 전쟁은 영웅을 탄생시키는 법이라고 하지 않던가 말이다.

뭐, 그것까지는 좋지만 이 세상 모든 일에는 장점이 있으면 단점이 있는 법. 그 뒤 불안했던 정국이 서서히 안정되어 평화의 시대를 맞이하게 되자 문제가 하나둘 생기기 시작했다. 기존에 있던 귀족들과 신생 귀족들 간의 불화는 물론이거니와, 그 초대 신생 귀족들에게 충성을 받던 왕이 죽고, 그 신생 귀족들도 죽고 그들의 자식들이 대권을 쥐게 되어 충성심이 서서히 약해지게 되자 왕과 귀족 간의 대립이 시작되었던 것이다.

어느 시대, 어느 세상에서든 등 따시고 배부르면 그거에 만족하지 못하고 더욱더 큰 걸 원하는 사람들이 있는 모양이었다.

성경에 가라사대, 욕심이 잉태한 즉 죄를 낳고 죄가 장성한 즉 사망을 낳는다고 했던가. 욕심으로 서서히 시작된 대립은 결국 피까지 보게 되었는데, 그 와중 왕위를 물려받은 어느 똑똑하신 왕이 그런 상황

을 자신에게 유리하게 만들기 위하여 국법을 만들었으니, 그것이 바로
'정당하지 못한 방법으로 작위를 물려받은 귀족은 작위를 박탈하고 지
위를 평민으로 격하시키며 도든 재산을 국고로 몰수한다' 라는 것이었
다.

대전쟁 이후 수가 월등히 갏아져 왕권을 위협하는 귀족들의 숫자를
줄이는 것은 물론이거니와, 자신에게 반항하는 귀족들을 처형하기 위
한 방책으로 생각해 냈는데, 그 당시 각각의 귀족 가문에서도 자식들
간에 치열한 작위 다툼이 있었는지라 귀족들이 순순히 그 법 제정을
찬성했다고 한다. 그리고 얼마 후 자신들의 결정을 뼈저리게 후회했다
고 한다. 그 뒤 작위를 가지고 있는 귀족, 혹은 그 후계자가 독살당하
거나 살해당하는 등의 수상한 죽음을 맞이하면 그 이유가 무엇이든 간
에 무조건 작위 박탈, 재산 몰수를 해버렸으니 말이다. 아마 모르긴 몰
라도 그때 수상한 죽음을 당한 귀족들의 대부분은 왕이 보기에 별 쓸
모 없다거나 자신에게 반항한 귀족들이었을 거다.

하여간 그렇게 귀족들을 휘둘러 자신의 자리를 굳건하게 지킨 왕의
대를 이어 다음 대의 왕도, 그 다음 대의 왕도 대대로 그 국법을 철저
하게 지켜서 지금에까지 이르렀다는 거다.

"내가 이렇게 변두리 귀족이라도 일단은 귀족이라서 말이지, 만약
독살을 당한다든지 살해당한다면 숙부에게 작위가 넘어가기는커녕 모
든 재산이 몰수되고 귀족이라는 타이틀까지 빼앗겨 버린다 이거지. 그
러니 날 죽이고 싶다면 누가 봐도 사고사라고 생각할 방법을 찾아야
한다 이거야. 운이 없어 투숙한 여관에 불이 나 타 죽었다든지, 아니면

도둑이 들어서 싸우다가 죽었다든지 하는."

"오호."

"능력있는 귀족들이야 설사 자기들이 독살시켰다 해도 힘으로 유야무야 넘어갈 테지만, 나처럼 힘없고 돈만 많아 보이는 녀석들은 국법을 들먹이기 딱 좋은 대상이지. 그렇게 해서 쓸데없는 귀족 하나 줄이고 국가 재정도 빵빵하게 하고."

"이야~"

"그걸 잘 아는 숙부님이니 이럴 때를 노린 거지. 도시에서는 아무래도 사고사로 위장시키기도 어렵거니와, 설사 내가 사고사로 죽었다 하더라도 위에서 조사하러 온 관리가 수상하다 여기면 찍소리 못하고 모든 걸 빼앗길 수도 있을 테니."

"여기서 사고사로 죽어도 수상하다고 하면 되는 거 아닌가요?"

벨타이거의 말에서 선애가 허술한 점을 지적하자 벨타이거가 비식 웃었다.

"아, 그게… 귀족들의 힘이 다시 강해졌을 때 그 법을 어떻게 하려고 했나 봐. 그래서 지금은 그 귀족의 영지 바깥에서 사고로 죽으면 무조건 사고사로 여기기로 되어 있어. 위장이든 진짜 사고이든 간에 말이지. 나같이 영지가 없는 경우는 알파두르 항구 도시 바깥에서 죽으면 무조건 사고사로 돼."

웃긴다. 그 법은 그러니까 살해하려면 영지 바깥에서 하라는 소리가 아니고 뭐란 말인가. 이런 게 바로 눈 가리고 아웅한다는 거겠지? 헛웃음이 나오는데도 불구하고 법이랍시고 당당하게 있다니 말이다.

"흠, 그럼 반대로 말하면 도시 안에서는 안전하다는 소리군요."

"맞아, 국법상으로는."

그러면서 벨타이거가 씨익 웃었다. 평소 기생오라비라고 봐도 무방할 그 미소가 지금은 시커먼 검댕을 뒤집어쓰고 있는 그의 몰골로 인하여 크게 빛을 보지 못하고 있었지만, 그래도 선애의 기분을 안 좋게 하기에는 충분했는지 선애가 기분 나쁘다는 표정으로 고개를 팩 돌렸다.

그래도 하늘이 무심치 않았는지, 첫 번째 팀과 두 번째 팀이 아무런 소득 없이 끝났지만 세 번째 팀은 그나마 건진 게 있었다. 열심히 여관을 뒤졌더니만, 그나마 불에 타지 않았던 동전들이 나왔던 것이다.

은화나 금화는 고스란히 녹아버렸지만, 그래도 그것들이 진짜 은과 금이었기에 화폐 가치는 없어졌어도 그 자체만으로도 돈으로 바꿀 수는 있을 것 같았다. 이 마을은 작아서 그게 불가능했지만, 다음 마을에 가면 얼마든지 가능하다고 했다.

아쉬운 게 있다면 녹으면서 사방으로 퍼지고 뒤섞여 온전히 건질 수 있는 게 그나마 얼마 없는 데다, 온전히 건진 것도 은이랑 금이랑 뒤섞여서 제값을 받을 수 있을지 모르겠지만, 그래도 그게 어디인가?

용병들의 무기도 발굴(?)해 낼 수 있었다. 온전한 모습은 아니었지만 그래도 그럭저럭 형태는 잡혀 있었고, 수리만 하면 원래의 모습으로 되돌릴 수 있다니 그나마 다행이었다.

게다가 말들은 다 무사했으니 더 더욱 다행이었다.

여관 주인 식구들의 알아볼 수 없는 시신도 찾을 수 있었다. 혹시라도 선애나 클라리사가 발견할까 봐 최대한 내가 방해한 덕분에 다행스럽게도 그들은 용병들이 발견했고, 마을 사람들과 용병들은 조심스럽게 그들의 시신을 수습하여 그 근처에 있는 자그마한 산에 묻어줬다. 이곳 장례 방식도 입관하여 땅에 묻는 식이었던 것이다. 뭐, 봉분이라든지 묘비를 세우는 것이 한국과는 좀 많이 달랐지만 말이다.

그렇게 여관 주인 식구들의 장례까지 다 마치고 나자 벨타이거는 일행들을 수습해 마을을 떠날 준비를 했다. 금방 쓸 수 없는, 녹아버린 은덩어리와 금덩어리는 잘 챙기고 여관에서 건졌던, 다행히도 제 형태를 간신히 보존하고 있던 구리 동전은 싸그리 싹싹 모아서 촌장에게 넘겨줬다. 아마 그 동전의 절반은 용병들의 것일지도 모르지만, 벨타이거는 아랑곳하지 않았고 용병들도 뭐라 항의하지는 않았다. 우리가 여관을 뒤지느라 머무는 동안 잠자리와 식사를 제공해 준 대가성이기도 했고, 친절하게 대해준 그들의 따뜻한 인심에 조금이나마 보답하고자 하는 마음으로 건넨 것이었으니 말이다.

그러고 나서 그렇게 작지만 친절한 마을 사람들의 배웅을 받으며 우리는 서둘러 다음에 있을 커다란 마을로 출발하려고 했다. 그러나 그보다 먼저 어슬렁거리며 마을 안으로 들어서는 세 사람의 모습에 우리 일행은 멈칫할 수밖에 없었다.

Chapter 22

걸음걸이는 건들거리고 있었지만 주변을 살펴보는 눈빛이라든지, 그들의 손에 쥐어진 무기들을 볼 때 그들이 좋은 의도를 가지고 마을 안으로 들어오는 것이 아니라는 게 느껴졌다. 용병 혹은 검사나 기사라면 무기를 가지고 있는 것이 당연하겠지만, 그렇다고 해서 그들이 당장이라도 무기를 뽑아 들 것처럼 긴장된 폼으로 무기를 들고 있지는 않을 거다. 만약 그러고 있다가는 같은 종류의 사람들이 같이 무기를 꺼내 들어 잘못하면 피를 볼지도 모르는 일이니까 말이다.

한데 지금 마을 안으로 들어서는 세 건달(+용병)으로 보이는 작자들은 그런 상식을 아는지 모르는지, 보는 사람 무척 긴장되게시리 무기를 부여잡고 있었던 것이다. 그러니 그걸 보는 마을 사람들이 조심스레 그들을 주시하는 건 당연했고, 우리 일행들도 섣불리 그곳을 떠나지 못했다. 그동안 마을 사람들에게 이러저러한 도움들을 받았던 터라 그들이 혹여 해코지 당할지도 모르는 상황을 외면할 수가 없었던 것이다.

마을이 조금 커서 자체적으로 치안을 담당하는 자경대라든지 경비대, 혹은 저런 불량배 같은 녀석들쯤은 쉽게 처리할 정도로 장정들의 숫자가 많았다면 그냥 갈 수도 있겠지만, 가구 수가 10여 호밖에 없는 작은 마을에 무엇을 기대할 수 있단 말인가. 게다가 혹여 저놈들이 마을 사람 하나라도 인질로 잡아서 난리를 친다면 이 순한 사람들이 잘 대항할 수 있을 리가 만무했다.

그리하여 일행이 모두 잠시 행동을 멈추고 녀석들을 주시하는 가운데, 드디어 녀석들이 우리 일행 앞에 섰다. 아무래도 우리에게 볼일이 있는 모양이었다.

"너희는 누구냐? 우리에게 볼일이 있나?"

앞으로 나선 이는 당연하겠지만, 용병 대장이었다.

여관 화재 사건 때 옷도 모조리 불타 버려 그는 마을 사람에게 얻은 낡은 티와 바지를 입고 있었다. 그것도 용병 대장은 덩치가 큰데 마을 사람들 중 그만큼 큰 덩치를 가지고 있는 사람이 없어 최대한 큰 사이즈의 옷을 찾아서 줬건만 그에게는 작았다. 마치 중학생이 초등학생 옷을 입은 것처럼 말이다. 그러니 무게를 잡고 말을 해봤자 옷차림 때문에 상대방을 기죽이기는커녕 웃게 하지 않으면 다행이었다.

마을 사람들이야 워낙 맘씨 착한 사람들이었고, 일행들 중에는 용병 대장처럼 작은 사이즈의 옷을 억지로 끼어 입고 있는 사람이 절반 가까이 되었기 때문에 웃지 못했지만, 갑자기 나타난 세 건달은 그럴 이유가 없었다.

"푸하하하~"

"겔겔겔겔~"

"우헤헤헤헤~"

용병 대장을 비롯한 일행을 쓰윽 훑어보더니 그 자리에 주저앉아 배를 부여잡고 마구마구 웃음을 터뜨리는 것이었다.

비록 그들이 웃는 것을 이해할 수 있다고 하나 기분이 나빠지는 것까지는 막지 못한 듯 일행의 이마에 시퍼런 힘줄이 하나둘 돋기 시작하더니만 용병들 중 몇몇은 무기를 잡고 앞으로 나섰다.

"이런 썩어빠질 녀석들 같으니라구!"

"대장, 이런 놈들은 예의를 알려줘야 한다구요."

"이를 몇 개 부러뜨려 주면 될라나?"

"다리까지 부러뜨려!!"

한 명이 입을 열자 여기저기에서 분노에 찬 목소리가 쏟아져 나왔다.

인원도 우리가 훨씬 많은 데다가 우리 일행은 실력이 뛰어난 용병들이었다. 그러니 비록 한 덩치를 하고 있는 이들이라 해도 단 세 명이었기에 쉽게 생각될 수밖에 없었다.

하지만 그렇게 우리 일행이 분노에 찬 말을 한마디씩 내뱉자 주저앉아 배를 부여잡고 웃어대던 녀석들이 딱 웃음을 그치더니 서서히 몸을 일으켜 세우는 거였다. 그리고 그중 어른 머리 크기만한 도끼 두 개가 대칭으로 붙어 있는 데다 도끼 자루가 성인 남자의 허리까지 올 것 같은 커다란 도끼를 가지고 있던 녀석이 도끼 자루를 어깨에다 처억 걸치면서 말하는 거였다.

"헹, 네놈들이 머릿수가 많다고 자신만만한가 본데, 어디 그 주둥아리를 잠시 후에도 놀릴 수 있나 두고 보자."

그 도끼맨의 말이 끝나자마자 우리 쪽 용병 한 명이 나섰다.

"나중까지 기다릴 필요가 있냐?"

그 용병도 도끼를 주 무기로 사용하는데, 보통 나무를 할 때 사용하는 도끼를 양손에 하나씩 들고 있었다. 일명 쌍도끼를 휘휘 돌림과 동시에 목 근육을 풀며 앞으로 나서려는데, 용병 대장이 그를 제지했다.

"그만, 우리는 임무를 수행하는 중임을 잊지 마라."

"쳇."

대장의 제지에 쌍도끼용병이 무지 아쉽다는 표정이었지만 그래도 얌전히 뒤로 물러났고, 대장이 그 세 명을 바라보며 물었다.

"다시 한 번 묻지. 우리에게 용무가 있나?"

그러자 거대한 초승달처럼 생겨 허리에 차면 땅에 질질 끌릴 것만 같은 도를 들고 있던 사내가 대답했다.

"아아… 딴사람에게는 없고, 우리는 거 뭐시냐… 크로스웰 남작이라는 놈팽이에게 볼일이 있어서 말이지."

그의 말이 떨어지자마자 그동안은 맘에 안 드는 동네 건달 하나 만난 분위기였던 일행은 마치 찬물 한 바가지 끼얹은 것처럼 싸늘해졌다. 그건 용병 대장도 마찬가지여서 무게를 잡고 있기는 했지만, 단지 그뿐이었던 눈빛이 날카로워지며 살기까지 떠올랐다.

“네놈들이 남작님껜 무슨 볼일이냐?”

그렇지 않아도 여관 화재 사건으로 남작 경호를 실패할 뻔했던 용병들이었으니 예민하게 구는 것이 당연했다.

그러나 이 세 녀석은 용병들이 거의 살기까지 띤 긴장 어린 눈초리로 자신들을 바라보고 있다는 걸 아는지 모르는지 여전히 껄렁껄렁한 태도를 유지하고 있었다. 거대한 도를 가지고 있는 녀석의 어조도 여전히 껄렁했고 말이다.

“아아, 그게… 우리가 그 놈팡이에게 빚이 있어서 말이지. 좀 갚아 주려는데… 그런데 누가 그 남작 놈팡이야? 여기 있는 건 모두 촌놈들 같은데.”

그 녀석은 껄렁한 눈빛으로 일행들을 쭈욱 훑어보며 좀 당혹한 표정을 지어 보였다. 아마 그는 벨타이거 녀석의 얼굴을 모르는 모양이다. 다만 남작이라는 것 하나로 좋은 옷을 입고 있을 테니 알아보기 쉬울 거라 생각했나 보다. 뭐, 일반 상황이었다면 그의 생각이 크게 잘못된 건 아니었지만, 우리의 상황이 좀 특별하다 보니…….

‘풋, 그러고 보니 이 상황이 도움이 될 줄이야…….’

“흥, 빚이 있다더니 남작님의 얼굴도 모르는 모양이군?”

내가 알아챈 걸 용병 대장도 알아챈 모양인지 그는 비웃는 어조로 이죽댔다. 그러면서도 눈빛만은 신중해서 왠지 언밸런스해 보였다.

어쨌든, 이로써 저 세 녀석이 누군가의 사주를 받고 벨타이거 녀석을 해하려 한다는 것이 명백해졌다. 아마 우리가 드워프 마을로 갈 때 만났던, 도둑으로 위장한 세 사람과 이 마을의 하나뿐인 여관을 몽땅 태우면서까지 벨타이거를 없애려 했던 그 시커머스 무리들과 한패인 모양이다.

그러나 그렇게 생각하자니 또 미심쩍은 부분이 있었다. 그도 그럴 것이 세 팀(?) 모두가 한패라고 한다면 벨타이거의 주위에 실력이 뛰어난 용병들이 많이 포진해 있다는 걸 알 텐데 어떻게 단 세 명만 보낼 수가 있단 말인가? 그것도 첫 번째 팀(?)처럼 밤에 몰래 들어와 암살하려는 것도 아니고 백주 대낮에 당당하게 정면으로 쳐들어오다니 말이다.

게다가 이렇게 온 녀석들도 황당하기는 마찬가지였다. 20여 명이나 되는 용병들이 버티고 있는데도 어떻게 이리 태연할 수 있단 말인가?

'그만큼 실력이 높다는 의미? 그렇다면 특급 용병? 에이, 그건 아니겠지.'

이번에 벨타이거가 용병들을 고용하면서 용병에 대하여 몇 가지 알게 된 건데, 용병들은 전체적으로 실력에 따라 네 단계로 나뉜다고 한다.

특급, 1급, 2급, 3급으로 나뉘는데, 3급은 용병이라고 해도 실력이 무척이나 낮은, 거의 평범한 사람들이기 때문에 무기를 사용하는 일을 하기보다는 순수한 육체 노동의 일을 맡는다고 한다. 용병이 된 지 얼마 안 되어 경험도 실력도 없는 초보자들이거나, 아니면 용병 일을 하다가 몸을 다쳐 더 이상 무기를 다루기 어려운 사람들이 대부분이라고 했다. 상인들 입장에서 보자면 임시로 짐꾼이나 막일을 해줄 사람들이 종종 필요하기 때문에 수요가 제법 되는 모양이었다.

그 다음 2급부터 무기를 다루는 일로 고용을 하는데, 그래 봤자 2급 용병은 한 번에 보통 날건달 서넛, 혹은 하급 몬스터—오크라고 가르쳐 주는데 설명을 들어보니 아무래도 선애와 내가 이 세계에 떨어져 제일 먼저 만난 그 괴상한 돼지 코의 시커먼 괴물인 것 같았다—한둘을 상대할 정도의 실력이라고 했다. 보통 도시의 경비대, 혹은 군대의 일반 보병과 비슷하거나 그보다 좀 더 높은 실력이라고 생각하라지만, 선애나 내가 그 정도를 알 리가 있나. 뭐, 그 정도라도 머릿수만 맞춰주면 웬만한 몬스터 무리나 산적 정도는 거뜬하게 해치울 수 있는 수준이라고 한다. 그러고 보니 우리가 드워프 마을에 갈 때 고용한 이들이 2급 용병이라고 했다. 2급 용병 중에서도 상위 실력자들이라고 하기는 했지만 말이다.

그보다 뛰어난 것이 1급 용병들. 날건달들은 우습게 보는 수준에 하급 몬스터 오크 정도는 한 명이서 대여섯 마리는 거뜬하며, 두셋이서 중급 몬스터까지 상대할 수 있다고 했다. 트롤이나 오우거가 중급 몬스터라는데 선애나 나나 본 적이 없으니 역시 알 수가 없었다. 뭐, 2급 용병들이라면 중급 몬스터 한 마리 상대하는 데 최소한 10여 명 이상이 필요하다는 걸 보니 대충 그들의 배 이상의 실력자인 모양이다. 1급 용병들 중 상위 실력자들은 웬만한 기사들과 비슷한 실력이라나?

그 이야기를 들으면서 떠올린 건 루빈스타인 후작가에 있을 때 인연이 있어 몇 번 도움을 받았던 시오나의 애인 드랙 암스트롱이었다. 처음 만났을 때는 마악 기사 서임식을 앞둔 견습 기사였는데, 그는 견습 기사치고 제법 실력이 뛰어난 편이었기에 남들보다 일찍 기사가 되었다고 들었다.

이번에 벨타이거가 고용한 용병들 중에 용병 대장을 맡고 있는 이를 비롯하여 세 명이 1급 용병이라고 했다. 그래서 드랙이랑 용병 대장이랑 싸우면 누가 이길까… 하고 선애랑 이야기했던 게 기억이 난다.

그리고 그보다 뛰어난 이들이 바로 특급 용병들. 이들은 웬만한 기사가 아니라 그 나라에서도 손꼽히는 뛰어난 기사들과 삐까삐까한 실력이라고 했다. 괜히 '특' 자가 붙은 게 아닌 것이다. 그렇기 때문에 용병들을 무척이나 천하게 여기는 기사들도—계급도 계급이거니와 돈을 받고 무력을 판다는 것으로—특급 용병들은 한 수 접어준다고 하며 각 국가에서도 작위를—큰 국가야 기사 작위를 주지만 작은 국가에서는 귀족 작위까지 준다고 한다—주면서까지 영입하고자 하는 실력자들이라고 한다.

'특' 자를 붙일 정도의 실력을 가진 사람은 극히 드물지만 거기서도 각 국가의 그러한 유혹까지 뿌리치며 용병으로 남은 실력자들은 정말 적었다. 그리하여 현재 특급 용병들은 다섯 명밖에 안 된다고 한다. 그 중 세 명은 용병단에 소속되어 있고, 아무런 소속 없이 자유로이 돌아다니는 특급 용병은 단 두 명뿐이라고 한다.

그런 이들이었으니 한 번 고용하는 데 얼마나 어마어마한 비용이 들겠는가? 1급 용병들도 고용하는 데 꽤 비싸서 벨타이거도 단 세 명밖에 고용을 못했는데 말이다. 것두 용병 대장은 1급 중에서 중간 정도의 실력자고 나머지 두 명은 1급 중에서 아래쪽이었다. 하지만 그래도 1급은 1급이라 2급 용병들의 두 배나 되는 비용을 지불해야 했다.

그렇게 아무리 명색뿐인 남작이라 해도 알파두르 항구 도시에서 손꼽히는 부자인 벨타이거 녀석도 단 세 명밖에 고용 못한 1급도 아닌 특급을 적이 고용할 수 있을 리가 없었다. 뭐어, 그 문제의 숙부는 핸들리라는 놈이랑 마찬가지로 크로스웰 무역 회사에서 중역 자리를 차지하고 있다고 하니 벨타이거 녀석보다 돈이 더 많을지는 모르겠지만, 용병들에게 들은 바에 의하면 1급 용병 고용비가 2급 용병 고용비의 두 배인 거에 비하여, 특급 용병 고용비는 기본이 열 배라고 한다. 그것도 2급 용병의 열 배가 아니라 1급 용병의 열 배인데다 그건 단순히 기본 계약금이고, 일의 경중에 따라 또 돈을 내야 한다고 들었다. 얼마나 비싼 몸인데 불러서 일 맡긴다는 계약금이 1급 용병 고용비의 열 배나 될 수 있는 건지 선애랑 내가 무척이나 기막혀 했었다.

그러니 벨타이거의 숙부가 돈이 많아도 단순히 벨타이거 녀석을 죽이려고 특급 용병을 고용할 스 있을 리가 없을 거다. 특급 용병을 고용해서 처리하느니 차라리 그 비싸디비싸다는, 먹으면 그 즉시 즉사라는 독약으로 죽이는 게 더 싸게 먹힐 듯하다. 뭐, 그 독약이 얼마나 비싼지는 모르겠지만 설마 특급 용병 고용하는 데 비할까 싶다.

이야기가 참 길어졌는데, 결론은 저 녀석들은 절대 특급 용병이 아니라는 것이다. 그럼 1급 용병일 수는 있겠지만, 만약 그렇다면 우리를 상대로 당당하게 있다는 건 말이 안 된다. 우리 쪽에도 1급 용병은 세 명이나 있었고, 그보다 좀 떨어지지만 그래도 실력이 있는 2급 용병은 열다섯 명이나 있었다. 거기다가 잘은 모르지만 벨타이거 녀석도 대충 2급 용병 정도의 실력은 되는 것 같고, 잭 조셉은 1급 용병 정도의 실력은 되는 것 같았다.

'그런데 뭘 믿고 저렇게 자신만만한 것일까나?

내 보기에 저 녀석들은 나이도 어려 보였다. 처음에는 용병 대장만큼이나 좋은 체격에 지저분한 차림새 때문에 알아차리지 못했지만, 이

상하다 이상하다 하면서 계속 살펴보니까 선애나 클라리사 또래로 보였다. 여기 애들은 한국 사람들에 비해 성숙해 보이니까 많아야 20대 초반, 아니면 10대 후반일 거다.

'그럼 아무것도 몰라서 저렇게 당당한 건가?'

그렇게 고개를 갸웃거리며 의아함을 해소하려고 머리를 굴리는 사이, 용병 대장의 말에 발끈했는지 나머지 녀석이 앞으로 나섰다.

그 녀석은 마치 도깨비 방망이처럼 생긴 무기를 들고 있었다. 그러니까 야구 방망이 모양이지만 그보다 좀 더 큰 몽둥이 형태인데, 손잡이 부분을 제외한 나머지 몸통 부분에는 뾰족뾰족한 가시가 붙어 있었던 것이다. 도깨비 방망이는 그나마 재미있어 보이기라도 하지, 녀석이 들고 있는 건 보기만 해도 움찔할 정도로 위협스러웠다.

녀석은 그걸 더 위협스럽게 보이려는지 빙빙 돌리면서 입을 열었다.

"이제라도 알면 되는 거지. 남작인지 뭔지 용기가 있으면 앞으로 나오지 그래? 겁쟁이처럼 뒤에 숨지 말고."

벨타이거 놈이 그 정도의 도발에 발끈해서 나서는 놈이었다면 나는 지금이라도 당장 녀석의 뒤통수를 후려쳐 줬을 거다. 하지만 과연 선애를 선택할 정도로 영리한 놈이라서 그런지 그는 앞으로 나서기는커녕 코웃음도 치지 않아 어느 누구도 자신이 남작이라는 것을 알아차리지 못하게 했다.

그 대신 용병 대장이 앞으로 나섰다.

"보아하니 네놈들도 고용된 모양인데, 누가 사주한 거지?"

그러자 큰 도를 든 녀석이 말했다. 아무래도 세 녀석 중 리더 역할을 하는 모양이다.

"흥, 그런 걸 말할 리가 없잖아? 너희야말로 누가 남작이지?"

"우리야말로 그걸 말해 줄 리가 없지 않겠나?"

"훗, 그래? 뭐, 그렇다면 하는 수 없지."

용병 대장의 말에 큰 도를 든 녀석은 아무렇지도 않은 듯 싱글싱글 웃다가 갑자기 잔인하게 이를 드러냈다.

"다 죽이면 그중 한 놈은 남작이지 않을까?"

그러자 도끼를 든 녀석이 앞으로 나서며 말을 받았다.

"크크크, 그거 옳으신 말씀."

도깨비 방망이 같은 쇠몽둥이를 든 녀석도 거들었다.

"남작이 여자일 리는 없으니 저 계집들은 안 죽여도 되지?"

음흉한 시선으로 선애와 클라리사를 보는데, 너무 기분이 나빠 내가 그대로 달려들 뻔했다.

하지만 나보다도 먼저 용병 대장이 입을 열었다.

"애송이 녀석들이 너무 버릇이 없군. 아무래도 예의를 가르쳐 줘야겠어."

용병 대장에게 지적받은 세 명이 기다렸다는 듯 잽싸게 앞으로 나섰다. 그리고 그중 한 명인 쌍도끼를 든 녀석이 싱글싱글 웃으며 입을 열었다.

"아가들아, 내 오늘 선배로서 너희들에게 거룩한 가르침을 내리겠노라. 고맙게 생각해라, 잉?"

그러자 옆에 같이 지적을 받아 앞으로 나선 용병이 웃으며 충고랍시고 말했다.

"어이, 너무 심하게 다루지 말라고. 그러다 울면 어떻게 해?"

말이야 그렇게 상대를 얕보는 것 같아도 그들은 노련한 용병들, 상대가 어려 보인다고 해도 결코 허투루 보지 않는지 함부로 공격하지 않고 녀석들을 도발했다.

그러나 그런 우리 쪽 용병들과는 달리 세 녀석은 너무나 여유만만이었다.

"아하하하, 더 이상 빛을 보고 싶지 않은 모양인데?"

"선배라… 그럼 선배 대접을 해줘야지. 시신은 곱게 땅에 묻어줄 테니 걱정 말고 가슈."

"어디, 언제까지 주절거리나 볼까?"

그렇게 여유있게 입을 열던 녀석들은 곧장 세 용병에게 달려들었다.

첫 대면인 사람과 싸울 때 보통 첫 공격은 상대방의 힘과 실력을 탐색하기 위한 것이기 때문에 전력을 다하지 않는다. 우리 편 용병들은 세 녀석 또한 그럴 것이라 생각하고 가볍게 막으려는 듯 무기를 들어 올렸다.

그러나 정말 기가 막히게도 우리 편인 세 용병은 첫 공격을 막기는 막았으나 그대로 날려 뒤로 나가떨어져 버리는 것이었다. '이제 시작이군' 하면서 지켜보고 있던 우리로서는 정말 어이없는 결과였다. 그 공격이 얼마나 강했는지 뒤로 나가떨어졌던 용병들 중 벌떡 일어나는 사람이 없었다. 모두 신음을 흘리며 일어나려는 듯 꿈틀거렸지만 결국 다른 사람의 부축을 받아서야 몸을 일으킬 수 있었던 것이다. 비록 그들이 2급 용병들이기는 하지만 1급 용병이라도 그들을 한 방에 쓰러뜨리기는 어려운 일이었기에 우리 쪽 용병들은 얼굴색이 완전히 변해 버렸다.

"후후, 이거 참."

"내가 좀 심했나?"

"좀 봐줄 걸 그랬지?"

세 녀석은 우리 일행이 굳어버린 모습을 보고는 여유있게 웃음을 흘리며 이죽거림을 주고받았다.

"1급 공격 태세."

그런 세 녀석을 노려보며 용병 대장이 중얼거렸다.

1급 공격 태세라는 건 간단하게 말해 1급 용병들이 나서서 공격하는 걸 말하는데, 그들만 나서는 건 아니고 각각 그들을 보조해 줄 2급 용병들이 두 명씩 붙는다. 이건 포위 공격을 할 때 한 사람에게 한꺼번에 공격할 수 있는 숫자가 세 명에서 네 명밖에 안 되는데, 네 명이 공격하면 움직이는 폭이 그만큼 좁아지기 때문에 단 두 명만 붙이는 거였다. 지금은 적이 세 명이니까 1급 용병 셋에 2급 용병 여섯 명이 나서야 했지만, 용병 대장은 용병들을 지휘해야 하는 관계로 빠지고 대신 2급 용병 중 가장 실력이 뛰어난 이가 1급 용병 자리를 맡아 했다.

애송이 세 녀석은 아홉 명의 용병이 나와 저희들을 갈라놓고 포위를 하는데도 태연하게 웃기만 할 뿐 포위를 빠져나간다든지, 자기들끼리 떨어지지 않으려고 하는 기색은 조금도 보이지 않았다. 그만큼 자신들의 실력을 믿고 있는 것인지 오히려 우리가 이끄는 대로 일부러 따라 주는 듯한 모습도 보였다.

그렇게 각자가 세 명의 용병에게 둘러싸이자 커다란 도끼를 어깨에 걸치고 있던 녀석이 도끼 자루로 어깨를 툭툭 치며 입을 열었다.

“이제 다 된 거야? 그럼 싸워도 되지?”

은근히 비웃음이 들어가 있는 어조에 우리 일행은 분노로 눈을 번쩍였다. 하지만 녀석을 둘러싼 용병들은 경험이 많은 노련한 이들이라 발끈하기는 했지만 돌출 행동을 하는 어리석은 짓은 하지 않았다. 오히려 좀 더 조심스레 녀석의 주위를 돌며 살펴보다가 서로 눈짓을 주고받은 뒤 한꺼번에 달려들었다.

“이야아아~!!”

시선을 끌기 위해서인지 놈의 오른쪽에 있던 용병이 큰 고함 소리와 함께 들고 있던 도를 녀석의 정수리를 향해 내려쳤고, 그와 함께 왼쪽에 있던 용병은 놈의 허벅지를, 뒤에 있던 용병은 녀석의 허리를 노리고 쇄도해 들어갔다.

이번에 벨타이거가 고용한 이들은 같은 용병단 소속의 용병들이었다. 그래서 그런지 공격해 들어가는 모습이 손발이 척척 맞아 들어가 나는 이번에야말로 저 건방진 녀석을 제압할 수 있으리라 생각했다.

하지만 이런 내 생각을 비웃기라도 하듯 자신을 향해 달려드는 용병들을 가만히 바라보고 있기만 하던 녀석이 비죽 웃더니 어깨에 걸친 도끼를 들어 크게 휘두르며 제자리에서 한 바퀴 비잉 도는 것이었다.

캉! 캉! 캉!

“크윽…….”

그리고 그와 함께 정확히 세 번의 금속끼리 부딪치는 소리가 들리더니만, 녀석에게 달려들던 용병들이 한꺼번에 뒤로 주춤주춤 물러났다. 낭패한 기색이 역력한 그들은 하나같이 무기를 쥐고 있는 팔을 반대편 손으로 꾸욱 잡고 있었다. 아무리도 녀석의 도끼 자루에 무기를 부딪 칠 때 감당할 수 없는 충격을 받은 모양이다.

놈이 들고 있는 도끼가 비록 커다랗기는 해도 도끼 자루는 나무인 줄 알았는데, 이제 보니 도끼의 자루마저 쇠였다.

'도끼도 큰데다 도끼 자루까지 쇠라면, 도대체 저 도끼는 얼마나 무 겁다는 소리야?'

그걸 가볍게 한 손으로 휘두르는 녀석의 힘도 놀라웠다. 그걸 가지 고 달려들던 세 명을 뒤로 물러나게 할 정도였으니…….

그러나 내가 계속 감탄할 시간은 없었다. 그렇게 세 용병을 뒤로 물 러나게 한 녀석이 곧바로 오른쪽에서 달려들던 용병에게로 향했던 것 이다.

"너, 아까부터 시끄러워서 맘에 안 들었어!"

그의 말대로 그 용병은 아까 녀석들에게 언성을 높이던 몇몇 용병 중 한 명이었다. 도끼를 가지고 있던 놈은 속 좁은 놈이었던지 그걸 기 억하고 있었던 모양이다.

단 한 걸음 떼었다고 생각했는데 어느새 놈은 그 용병의 코앞까지 다가가 도끼를 하늘 높이 치켜들고 있었다. 놀란 용병이 기겁하며 자 신의 무기를 들어 앞을 방어했지만 그에 아랑곳없이 하늘을 향했던 도 끼는 곧바로 그 용병을 향해 내려쳐졌다.

그리고는…

콰직! 푹!

“크억……."

분명히 그 용병이 무기를 들어 막았음에도 불구하고 기세 좋게 내려 쳐지던 도끼는 그대로 용병의 무기를 반으로 쪼개놓고도 힘이 남아 용병의 가슴에 틀어박혔다.

그 모든 것은 정말 순식간에 일어난 일이었다. 그놈이 자신의 동료에게 다가가는 걸 보고 놀란 다른 두 용병이 채 달려들기도 전에 일어난 일이었으니 말이다.

“이놈!!"

가슴에 도끼가 박힌 용병이 뒤로 넘어가자 한 용병이 분노의 괴성을 지르며 달려들었다.

그는 1급 용병으로, 기다란 직사각형처럼 생긴 도를 사용하고 있었다. 중국집 주방장에서 사용하는 식칼을 좌우로 길~게 늘인 모양의 도였는데, 맨 끝 날이 없는 곳에 길고 뾰족한 가시가 달려 있어 되게 특이하게 생각되던 것이었다. 아마도 위협용으로 많이 사용할 듯하지만, 지금 사용되는 것은 그 가시가 아니라 척 보기에도 잘 갈린 날 쪽이었다.

그가 달려드는 속도 그대로 도를 들어 사선으로 내려치려 하자 도끼를 든 녀석은 정말 괘씸하게도 자신의 도끼에 찍혀 있던 용병을 발로 차서 떨어뜨리고는 그대로 도끼를 뒤로 돌렸다.

휘잉~!

거대한 도가 크게 반원을 그리며 뒤로 돌자 멀찍이 떨어져 있는 나에게까지 바람 소리가 들려왔다. 한 대 맞으면 방금 전의 그 용병처럼 될 것만 같은 무시무시한 기세였다.

　그러나 이번에 달려드는 용병은 실력이 뛰어난 1급 용병이었다. 그는 앞쪽에 내딛은 발을 축으로 몸을 90도로 회전시켜 도끼가 내려치는 길에서 벗어남과 동시에 옆으로 내민 다른 발을 다시 축으로 180도 회전하여 도끼를 든 녀석의 등 뒤에 자리를 잡을 수 있었다. 그리고 그와 함께 도를 횡으로 휘둘러 도끼 든 녀석의 허리를 노렸다.

　하지만 이 도끼를 든 녀석의 실력도 만만치 않아 놈은 용병이 자신의 도끼를 피했다는 걸 알자마자 다시 도끼를 들어 뒤쪽으로 쓸어갔다.

　용병은 자신을 향해 달려드는 도끼를 보자 그대로 허리를 숙여 몸을 피했다. 아까 도끼를 막은 용병의 무기가 그대로 반으로 쪼개지는 걸 보고는 자신도 무기를 정면으로 맞대는 것이 불리하다는 걸 깨달은 모양이다.

　그러나 이 노련한 용병은 거기서 물러나는 대신 그대로 허리를 숙이면서 놈의 허벅지를 노려갔다. 도의 등 쪽 끝에 달린 커다란 가시로 놈의 허벅지를 찔렀던 것이다.

　"이 쥐새끼가!!"

　그 커다란 가시 전체가 허벅지를 파고들었으니 무지 아팠을 거다. 도끼를 든 놈은 통증 때문인지 얼굴을 일그러뜨린 채 이를 악문 음성으로 외치며 자신의 앞에서 자세를 낮추고 있는 용병을 걷어차려고 했다.

　하지만 그보다도 먼저 용병이 허벅지에 꽂힌 도를 빼 들고 옆으로 몸을 굴려 그 녀석에게서 벗어났다.

　도끼를 든 놈은 그 용병을 쫓아가려고 했지만, 그전에 두 용병이 그를 향해 덤벼들었다. 원래 그를 담당한 용병 한 명과 용병 대장의 지시로 다시 투입된 용병이었다.

도끼를 가진 녀석의 힘이 부담스러웠던지 이번에 새로 투입된 용병은 기다란 사슬 끝에 낫이 달린 무기를 가지고 있었다. 그리고 사슬의 다른 편에는 추가 달려 있어 지금처럼 멀찍이서 던져 적의 다리를 친 친 감을 때 사용하기에 딱 좋았다.

"켁!"

도끼를 가진 녀석은 갑자기 자신의 발이 묶일 줄은 몰랐던 터라 몸을 굴려 자신에게서 멀어지는 용병을 쫓아가려다가 그대로 고꾸라졌다. 그리고 그때를 틈타 다른 용병이 그 녀석에게 달려들었다.

용병들은 처음 상대하던 한 용병이 너무나 허무하게 당하는 것을 본 뒤로는 전보다 더 더욱 조심하는 눈초리였다. 게다가 도끼를 사용하는 녀석의 힘이 엄청나게 강하다는 것을 깨닫고는 정면으로 부딪치지 않으려 노력하고 있었다.

도끼를 가진 녀석은 힘이 강한 것은 물론이거니와 덩치에 어울리지 않게 몸이 상당히 재빠르고 반사 신경도 빨랐다. 하지만 순수하게 싸움 실력만 보자면 1급 용병보다는 낮았다. 게다가 어려 보이는 외모를 보면 당연하겠지만 경험이 적은 탓인지 노련한 맛이 없었다.

잠시 녀석과 조심스레 대치하며 몇 번 살벌한 부딪침을 가져 보던 용병들도 그걸 알아챘는지 처음에는 일방적으로 밀려 위태한 적이 여러 번 있었지만 나중에는 오히려 녀석을 몰아붙일 수 있었다. 게다가 우리 쪽은 사람들이 많았고, 대장이 계속 지켜보면서 큰 타격을 받아 금방 움직이지 못하면 재빨리 선수를 교체(?)하거나 아니면 한 명 더 투입하는 등 상황을 조율해 주고 있었기에 우리 쪽이 점점 더 유리해져 갔다.

하지만 유리하다고는 해도 녀석들을 가볍게 제압할 수 있을 정도는 아니었다. 뭐, 그러니까 그 꼬맹이 녀석들이 우리 일행을 보고도 여유 있게 나설 수 있었던 거겠지만 말이다.

게다가 체력 또한 상당했다. 우리 팀 용병들은 체력이 달리거나 타격을 받아 운신을 못하는 바람에 한 번이나 두 번 정도 교대를 해서 녀석들을 상대했는데도 불구하고, 녀석들은 마치 이제 싸움을 시작한 것마냥 움직임에는 여전히 힘이 펄펄 넘쳤다.

특히나 그 세 녀석 중 가장 단순하고 열혈 성격을 가진 듯한 도끼를 가진 놈은 시간이 지날수록 자기 마음대로 상황이 되어가지 않자 화가 나서 그런지 얼굴이 벌겋게 달아올라 오히려 더 선불 맞은 멧돼지처럼 날뛰었다.

그 녀석은 아까 1급 용병에게 허벅지를 크게 찔리고도 전혀 아무렇지도 않은지 멀쩡해 보였다. 아마 내가 녀석이 찔리는 걸 보지 못했다면, 녀석의 허벅지에 흘러내린 피가 놈의 것이 아닌 우리 편 것이라고 착각했을 거였다.

뭐, 그동안 녀석이 입은 상처는 그 허벅지의 상처뿐이 아니었다. 용병들이 녀석에게 얻어맞고, 날려지고, 다치고 하면서 줄기차게 녀석에게도 타격을 줬던 것이다. 녀석의 온몸에는 자잘한 상처는 물론이거니와 아마 시간이 좀 흐르면 시퍼렇게 멍이 만들어질 곳도 몇 군데 있었고, 허벅지에 입은 것보다 더 깊은 상처도 있었다.

그러나 놈은 그런 상처를 마치 '모기가 물었나?' 하는 식으로 대수

롭지 않게 여기는 것이었다. 우리에게 얕보이지 않기 위해 아파도 참고 내색하지 않는 게 아니라 정말 아무렇지 않은 양 멀쩡하게 펄펄 날았다.

사실 셋 중에서 도끼를 든 녀석이 제일 많이 다친 거였다. 다른 녀석들은 도끼를 든 놈보다 실력도 좋아서 그런지, 우리 쪽 용병들에게 더 많은 타격을 주었으면서도 덜 다친 상태를 유지하고 있었다.

덕분에 우리 쪽이 조금 유리하다 해도 상황은 별로 좋지 못했다. 비록 우리 쪽 인원이 많아서 지치거나 다치면 교대한다고 해도, 인원이 무한정 있는 건 아니었기 때문에 벌써 한두 차례씩 나섰던 것이다.

지금 나서지 않은 사람은 용병 대장과 벨타이거, 잭 조셉, 선애, 클라리사뿐이었다.

용병들이 수시로 바뀌며 계속 녀석들을 몰아쳐 정신을 빼놓아서 지금은 알아채지 못하겠지만, 잠시 소강 상태가 되어 우리 일행들을 볼 여유가 생기면 녀석들은 누가 자신들의 목표인지 쉽게 알아챌 수 있을 거다.

그것뿐만이 아니라 일행들이 모두 크고 작은 부상을 당했다는 것도 문제였다. 자꾸 교체되는 덕분에 체력을 유지할 수 있고, 부상은 교체되는 순간에 재빨리 처리하고는 있지만 이것도 계속 이어지면 좋지 않았다. 여기에 전문적인 의사가 있는 것이 아닌데다 약 같은 건 여관 화재로 불타 버렸기 때문에 치료한다고 해도 기본적인 응급처치밖에 안되었다. 그러니 좀 심한 부상을 당한 이들은 제대로 된 치료도 받지 못하고 한쪽 구석에 방치되어 있었다. 그들을 빨리 큰 마을로 데려가 의사에게 보여야 했건만, 여기 있는 어느 누구도 그렇게 해주질 못하고 있었다.

작은 부상을 입은 사람들도 마찬가지였다. 그들은 움직일 수 있다는 이유로 동료가 체력이 떨어질 때마다 교체되어 녀석들을 상대해야 했다. 그런 건 상처에 안 좋은 게 당연했고, 그 사람이 비록 움직일 수는 있으나 제 실력을 온전히 발휘할 수는 없을 터였다. 게다가 작은 상처라 해도 계속 입으면 나중에는 위험해질 게 분명했다.

처음에는 녀석들의 힘이 뛰어나다 보니 체력이 떨어질 때를 기다려 제압하려고 했지만, 놈들의 체력이 전혀 떨어질 기미가 보이지 않자 용병 대장의 얼굴엔 초조한 기색이 떠올랐다. 나도 지금은 녀석들을 죽이거나 제압하기는커녕 오히려 우리 쪽이 위험해질지도 모른다는 생각이 드는 상황이었으니 말이다.

[내가 나설까?]

원래는 처음에 놈에게 당하는 녀석이 있어서 선애가 싸우는 걸 보지 못하게 하려고 했지만, 선애가 극구 고집을 부리는 바람에 결국 옆에서 같이 지켜보고 있던 내가 작게 속삭였다.

그러자 선애가 고민하는 눈치였다.

사실 지금까지 내가 나서지 않고 지켜본 것은 물론 용병들이 알아서 해결할 거라고 생각한 것도 있기는 했지만, 남들이 보는 앞에서 활약하고 싶지 않아서였다. 뭐, 여관 화재 사건 때 활약한 걸로 인하여 벨타이거가 선애에게 누군가가 붙어 있다는 건 알았지만 설마 그게 유령이라고는 아직 생각도 못할 거 아닌가?

그러나 내가 지금 나선다면 벨타이거 녀석은 이때가 기회다 하고 선애에게 내 존재에 대하여 꼬치꼬치 캐물을 게 분명했다. 이 상황에서 나서줄 존재란 선애를 안 보이는 곳에서 돕는 존재뿐이라는 게 뻔했으니까.

선애가 입 다물고 모른다고 딱 잡아떼면 더 묻지는 않겠지만 그래도 틈만 나면 귀찮게 굴게 뻔했다. 게다가 툭하면 선애를 보호하는 존재를 써먹으려고 할 거였다. 녀석이라면 분명히 그러고도 남았다. 그러면 나란 존재를 될 수 있는 한 숨기자는 선애와 나의 계획은 물거품이 될 터였다.

그래서 나도 웬만하면 나서지 않으려고 했는데, 상황이 안 좋다 보니 갈등이 생기는 것이다. 계획도 좋은 거지만 그것도 안전한 상황에서나 말할 수 있는 거 아니겠는가? 이러다가 선애가 위험해지면 계획이고 나발이고 무슨 소용이란 말인가.

하지만 선애는 슬그머니 고개를 저었다. 그리고는 입 모양으로 자신의 뜻을 전달했다.

조. 금. 만. 더.

그에 나는 어깨를 으쓱하며 고개를 끄덕였다.

'뭐어… 정 급할 때 나서면 되겠지.'

그런데 생각보다 그 순간은 빨리 다가왔다. 열여덟 명이나 되는 용병이 단 세 명을 상대로 겨우겨우 버티고 있던 주제에 기가 막히게도 우리 쪽에서 먼저 탈진해 버렸던 것이다.

아무래도 녀석들의 실력을 알아 대처하기 전에 큰 타격을 받았던 것이 주원인인 것 같았다. 체력이야 돌아가면서 잠시 잠시 쉬니까 그런대로 버텨줄 만했는데, 부상들이 큰 문제였던 것이다. 한시라도 빨리

의사에게 가서 보여야 하는데도 불구하고 대충 묶어놓기만 하고 교체해 들어가서 계속 싸워댔으니 몸이 반항하지 않을 리가 없었다. 그래도 이들이 실력이 높고 경험이 닳은 용병들이라 이제까지라도 버틴 듯했다.

하지만 그러면 뭐 하는가? 큰 부상을 입은 사람들을 시작으로 하나둘 운신을 못하게 되자 아직은 움직일 수 있는 용병들이 그 자리를 대신 메워야만 했다. 그러니 쉴 시간도 줄어들고 부상을 더 자주자주 입다 보니 또다시 부상과 체력이 달려 쓰러지는 사람이 생겨 나머지 사람들의 부담이 더 커지는 악순환이 반복되었다.

그리하여 결국 보다 못한 잭 조셉과 용병 대장까지 나섰다.

원래 벨타이거까지 나서려고 했지만, 아무리 위급한 상황이라고 해도 그는 보호 대상이었다. 그렇지 않아도 여관 화재 사건 때문에 위약금을 물어야 할 판인데―용병은 의뢰를 제대로 완수하지 못하면 위약금 형식으로 그 정도에 따라 의뢰비의 일부분을 돌려주거나 몇 배가 되는 돈을 오히려 내기도 한다―이 순간까지 보호하지 못한다면 이들이 속한 용병단의 신용은 와장창 떨어질 것이고 위약금도 더 물어야 할지 몰랐다.

그도 그럴 것이 상대는 비겁한 수를 쓴 게 아닌 정면 대결로 온 것이었고 엄청난 숫자가 아닌 단 세 명이었다. 아무리 실력이 뛰어나다고 해도 열여덟 명이서 단 세 명을 막아내지 못한다는 건 웃음거리밖에 되지 않을 거였다. 그것도 1급 용병이 셋이나 있는 상황이었으니 말이다. 뭐어, 실력이 높은 것이 정상참작되어 위약금을 안 물게 될지는 모르겠지만, 세 명에게 패했다는 게 알려지면 명예 실추는 기정사실이었다.

하여간 이 용병단도 고용주를 잘못 만나서 불운만 계속 겹치는 것 같았다.

벨타이거 녀석도 이 정도일 줄은 몰랐을 거다. 혹시나 해서 좀 과하다고 생각할 정도로 용병들을 많이 고용했는데, 그게 부족하게 느껴질 줄 누가 알았겠는가?

그리하여 결국 벨타이거까지 자신의 검을 꾸욱 잡은 채 여차하면 뛰어나갈 기색을 보이며 선애와 클라리사를 향해 속삭였다.

"너희들은 마을 사람들 틈에 들어가 있어."

하지만 선애는 벨타이거의 말에 회의적인 표정을 지어 보였다.

"그래 봤자 아까 우리 얼굴 다 봤잖아요. 차라리 말 타고 도망가는 게 낫겠다."

"그게 좋겠군. 그럼 여차하면 도망갈 준비하고 있어."

벨타이거가 고개를 끄덕이며 선애의 말에 찬성을 표하자 클라리사가 끼어들었다.

"오빠는 어쩌려구?"

"정 안 되겠으면 나도 참여해야지."

"안 돼. 차라리 같이 도망가자, 응?"

클라리사가 화들짝 놀라며 벨타이거를 말리자 선애도 클라리사를 거들었다.

"그게 나을 것 같네요. 만약 우리가 도망치면 저들도 회장님이 남작이라는 걸 알고 쫓아올 테니 오히려 용병들을 돕는 셈일 텐데요. 게다가 우리는 말 타고 도망치는데 어떻게 쫓아올 수 있겠습니까?"

[거기다 여차하면 내가 방해하면 되지 뭐.]

우리 곁에서 휴식을 취하고 있던 용병들이 이 대화를 들었는지 고개를 끄덕이는 모습이 보였다. 역시 그들도 지금은 이 방법밖에 없다고 생각하는가 보다. 하기야 지금 세 녀석을 제압하지 못하는 상황이니 다른 방법이 없는 거겠지.

그리하여 용병 대장이 다른 용병들과 교체하여 들어와 있을 때 사정을 설명하고 도망가기로 한 후 슬그머니 각자 말 한 마리씩 부여잡은 그 순간이었다.

"크어어억~!!"

난데없는 고통스러운 신음 소리에 모든 이들의 시선이 그쪽으로 쏠렸다.

신음 소리야 그동안 용병들이 타격을 받으면서 간간이 내기는 했지만, 지금 이 신음 소리는 다쳐도 인상 하나 찌푸리지 않던 녀석에게서 나는 소리였기에 의아했던 것이다.

보고 있지 않아서 정확한 시간은 모르겠지만, 최소 한 시간이 넘는 그 긴 시간 동안 싸웠으면서 여전히 펄펄 날고 있던 도끼를 든 녀석이 갑자기 그 커다란 몸집을 구부린 채 고통스러운 신음을 흘리고 있었다.

허벅지를 찔렀을 때도, 용병 대장이 나서서 팔뚝에 기다란 검상을 만들었을 때도 신음은커녕 인상 하나 찌푸리지 않던 녀석이 저렇게 고통스러워하니 나는 드디어 놈에게 치명타를 먹인 모양이라고 생각했다.

그런데 황당하게도 녀석을 상대하고 있던 세 명의 용병이 당혹스러워하면서 서로 시선을 주고받고 있는 거였다.

"뭐야, 치명타를 먹인 게 아닌가?"

그 모습에 벨타이거가 당혹스럽게 중얼거렸다.

녀석을 상대하고 있던 용병들은 물론이거니와 그 옆에서 싸우고 있던 도끼를 든 놈의 동료들도 당혹스러운 기색이 역력했다.

그들이 무기를 크게 휘둘러 용병들을 물러나게 한 뒤 웅크린 채 고통스러워하는 도끼를 가진 놈에게 달려오자, 도끼를 든 놈을 상대하던 용병들이 저도 모르게 주춤거리며 뒤로 물러났다.

"야, 괜찮아?"

"이 녀석 왜 이래?"

커다란 도를 들고 있던 녀석이 이제는 아예 땅에 옆으로 누워 웅크리고 있는 녀석을 뒤집었다. 그러자 도끼를 들고 있던 녀석의 얼굴이 드러났는데, 얼마나 심한 고통을 겪고 있는지 얼굴이 불탄 고구마처럼 새빨개져 있었고, 이마에는 드문드문 시퍼런 핏줄까지 솟아 있는 거였다.

"정신 차려!!"

그 모습을 보고 놀란 쇠몽둥이녀석이 도끼녀석의 얼굴을 철썩철썩 때리며 외쳤지만, 도끼녀석은 으으윽… 하는 신음 소리만 낼 뿐이었다.

그런데 그때 대도녀석이 자리에서 벌떡 일어났다. 그놈의 얼굴은 새하얗게 질려 있어 반사적으로 녀석을 올려다보던 쇠몽둥이녀석이 다시 한 번 놀란 표정을 지었다.

"야, 넌 또 왜 그래?"

"설마… 설마 이 녀석……."

하지만 대도녀석은 쇠몽둥이녀석의 말에 대답은 안 하고 신음을 흘리듯 중얼거리기만 할 뿐이었다.

그에 쇠몽둥이를 든 녀석이 일어나며 대도녀석의 멱살을 잡았다.

"정신 안 차릴래? 너까지 이럴 거야?"

그 순간이었다.

"크아아아~!!"

바닥에서 웅크린 채로 있던 녀석이 갑자기 괴성을 지르며 벌떡 일어나는데, 얼굴을 비롯하여 옷으로 가려지지 않아 겉으로 드러난 온몸의 피부란 피부는 모두 붉게 물들어 있는 거였다.

그런데 그것뿐이 아니었다. 눈이 완전히 뒤집혔는지 동자가 보이지 않았는데, 보이는 흰자위도 실핏줄들이 다 터졌는지 새빨개져서 마치 동자 없는 붉은 눈을 보는 것만 같았다.

"크어어어~!!"

그렇게 괴상하게 변해 버린 녀석의 모습에 동료들조차도 놀라서 뒤로 주춤주춤 물러났고, 어느새 우리 옆으로 다가온 용병들도 놀라워했다.

"크르르르~!! 크아아아~!!"

녀석은 동자가 없는 눈으로도 마치 보이는 것처럼 사방을 둘러보더니 어느새 집어 든 도끼로 가장 가까이에 있던 자신의 동료들을 향해 휘둘렀다.

"야~ 이 새끼가~!!"

힘에는 자신있던 쇠몽둥이가 그 모습에 기가 막혀 하며 쇠몽둥이를 가볍게 들어 도끼를 막으려고 했다.

카가강~!

고막이 찌잉~ 울릴 정도로 날카롭고 큰 소리가 나더니만 쇠몽둥이를 든 녀석이 뒤로 주춤주춤 물러나는 것이었다.

대여섯 발자국 물러났을까? 쇠몽둥이녀석은 들고 있던 쇠몽둥이를 떨어뜨린 채 바닥에 주저앉아 허리를 굽혔다.

"웨에엑~!!"

그의 배는 가시가 가득한 쇠몽둥이를 그대로 들이 맞았는지 피투성이었다. 아마 그 충격 때문에 속이 놀라 요동하는 바람에 구토를 한 것이었겠지만.

그런데 더 놀라운 건 도끼와 맞부딪친 쇠몽둥이 한쪽이 마치 고무찰흙을 누군가 우그러뜨린 것처럼 큼지막하게 우그러져 있다는 점이었다.

그 모습을 보고 있던 용병들 중 한 명이 질린 목소리로 말했다.

"…버서커?"

그 소리에 용병 대장이 그제야 상황을 납득했다는 표정으로 고개를 끄덕이며 말했다.

"그랬군. 이제야 알겠어. 어째 묘하게 보기보다 육체적 능력이 월등하다 했더니… 버서커 시술을 받은 것이었군."

원래 버서커란 마법으로 인하여 몸에 있는 잠재 능력을 격발시켜 신체 능력을 순식간에 몇 배로 향상시키는 방법이라고 한다. 삼류검사가 버서커 시술을 받고 일류검사 열 명을 상대로 이겼다는 기록까지 있다니 얼마나 대단한 건지 짐작할 수 있으려나? 뭐, 시술받는 사람이나 하는 사람의 능력에 따라 다르겠지만 말이다.

그러나 뭐든 장점이 있으면 단점이 있는 법. 그렇게 몸의 능력을 순식간에 향상시켜 주는 대신 지속 시간이 한 시간에서 두 시간 정도라고 한다. 마법을 걸어주는 마법사의 능력에 따라 시간이 길어진다고 하지만, 그래 봤자 세 시간이 넘어가지 않는다고 한다.

그리고 그렇게 능력을 발휘하는 몸은 갑자기 향상된 능력을 지탱하지 못하기 때문에 균형이 깨져 일주일은 침대에서 일어나지 못하고 심하게 끙끙 앓는다고 한다.

3백여 년 전 이 세계의 대전이 일어났을 때 한 왕국의 왕이 모든 병사와 기사들에게 이 마법을 사용하여 크게 한 번 이겼지만, 그 후 부작용으로 군사들이 끙끙 앓고 있을 때 적들의 공격을 받아 오히려 왕국을 잃었다는 일화도 있단다.

그러나 이 모든 것은 능숙한 마법사가 마법을 걸어줬을 때의 일일 뿐, 현실에서는 그러한 능력있는 고서클의 마법사가 아닌 조잡하다고 할 수 있는 낮은 서클의 마법사, 혹은 그러한 마법사들이 만든 스크롤을 이용할 수밖에 없다고 한다.

이것도 '마법' 이기 때문에 엄청 비싸다나 어쨌다나.

보통 실력있는 사람들보다는 실력이 낮은 용병들이나 필요해할 법한데, 그런 이들이 돈이 많을 리가 없었다. 그러니 어쩔 수 없이 꼭 필요한 사람들은 조잡한 마법을 걸 수밖에 없었고, 그렇기에 심각한 부작용을 겪게 되는 것이다.

단순히 몸이 아픈 것에서 끝났으면 좋겠지만, 버서커 마법의 특징인 잠재 능력을 발현시켜 주면서 두려움을 없애고, 용기가 과잉되게 하는 점까지 부작용을 일으켜 사람의 이성은 마비된 채 광포한 살심만이 남아 신체의 모든 기력이 떨어질 때까지 말 그대로 미친 전사가 되어 난리를 치게 된다는 것이다.

그런 사람들이 많다 보니 그 마법은 대단한 마법이 아니라 공포의, 피해야 하는 악의적인 마법의 대명사가 되어버리고 말았다. 그리고 버서커란, 마법을 지칭하는 말이 아니라 그 마법으로 인하여 광전사가 된 사람을 일컫는 말이 되어버렸다.

"어쩐지 허벅지를 이놈에게 찔렸는데도 불구하고 아무렇지도 않더라니……."

용병 대장의 말이 끝나자 옆에 있던, 맨 처음 도끼녀석의 허벅지를 찔렀던 용병이 자신의 피 묻은 무기를 어루만지며 중얼거렸다. 그 버서커 마법 시술을 받으면 신체적 아픔도 모르는 모양이었다.

"어서 돌아가자. 이 녀석 끌고 가서 마법을 풀어야 해."

대도를 든 녀석이 다급한 표정으로 말하며 도의 뒷등으로 도끼녀석의 뒤통수를 내려쳤다. 그대로 데려갈 수가 없으니 아무래도 기절시켜서 데려가려고 한 모양이었다.

그러나 말 그대로 완전히 광전사가 된 도끼녀석은 신체도 갑작스레 강화가 되었는지 그 커다란 도로 뒤통수를 맞았는데도 기절은커녕 잠시 휘청거리고 마는 것이었다. 그리고는 자신에게 무기를 휘두른 녀석을 광기 어린 붉은 눈으로 쏘아보며 흉흉한 살심을 드러냈다.

"크르르……."

"완전 괴물이잖아? 자기 동료도 못 알아보나 봐."

그걸 본 선애가 질렸다는 표정으로 중얼거리자 벨타이거가 말을 받았다.

"미친놈이 뭘 들 알아보겠냐. 어쨌든 우리는 이 틈을 타서 자리를 피하도록 하지. 자신들끼리 싸워서 공멸하면 더 더욱 좋겠지만, 그게 아닐 수도 있으니."

"알겠습니다."

용병 대장이 벨타이거의 말을 받고 용병들에게 재빨리 지시를 내렸다.

부상이 심해 혼자 말을 타지 못하는 사람들은 운신이 가능한 사람들이 한 명씩 맡아 같이 말을 타고 가기로 했다. 부상자들이 너무 많아서 벨타이거와 잭 조셉까지 한 명씩 맡아야 했다.

남은 말들까지는 어떻게 할 수가 없었기에 마을 사람들에게 넘겨 버렸다. 혹시라도 이들이 마을 사람들에게 피해를 줄지 모르는 일이었기에 마을 사람들도 얼른 멀찍이 피하라고 이르면서 말이다.

그렇게 녀석들의 주의를 끌지 않도록 될 수 있는 한 조용히 조심조심 움직이고 있는데, 갑자기 또 한 번의 고통에 찬 커다란 비명이 들려왔다.

"끄아아아~!!"

반사적으로 고개를 돌려보니 이번에는 쇠몽둥이를 든 녀석이 고통을 이기지 못하고 온몸을 부들부들 떨다가 땅으로 풀썩 쓰러졌다.

그 모습에 도끼녀석을 어떻게든 기절시키려고 애쓰던 대도를 든 녀석의 얼굴이 참혹하게 일그러졌다.

"너마저……."

"끄어어어……."

쇠몽둥이녀석에게서 고통을 참지 못한 비명이 다시 한 번 터져 나오자 대도를 든 녀석이 갑자기 우리를 향해 시선을 돌리며 간절하게 외쳤다.

"부탁이야, 도와줘! 지금 데려가면 치료할 수 있을지도 몰라!"

하지만 우리 일행들이 머뭇거리기만 할 뿐 움직이려 들지 않자—그도 그럴 것이 방금 전까지 신나게 싸우던 적이 도와달란다고 답싹 '도와주마!' 할 사람이 어디 있겠는가?—대도를 들고 있던 녀석이 다시 외쳤다.

"도와주기만 하면 남작을 죽이라고 사주한 녀석을 가르쳐 줄게! 부탁이야. 이렇게 무릎 꿇고 빌 테니까 제발 도와줘!"

녀석은 다급했는지 그 자리에서 무릎을 꿇고 우리 쪽을 향해 머리를 숙였다.

그런데 참 기가 막히게도, 도끼를 든 녀석은 그가 자신들을 위하여 무릎을 꿇고 도움을 요청하는 걸 모르는지 자신에게 등을 돌려 엎드린 녀석을 향해 그 커다란 도끼를 내려치려고 하는 것이었다.

"위험해!"

용병 중 하나가 다급하게 외치자 대도녀석은 그게 자기를 향한 말이라는 걸 용케 알아듣고는 엎드린 상태로 잽싸게 몸을 옆으로 굴렸다.

푸욱~!

그가 있던 자리에 커다란 도가 내려와 땅속으로 깊숙하게 박혀들었다.

만약 대도녀석이 움직이지 않았다면 도가 박혀든 건 땅속이 아니라 그 녀석의 몸뚱어리였을 것이다.

"어쩔까요?"

용병 대장은 그들을 돕고 싶다는 기색이 역력한 얼굴로 벨타이거를 바라봤다.

하지만 벨타이거는 회의적인 표정이었다.

"우리가 뭘 어떻게 할 수 있겠습니까?"

그도 그럴 것이 인원 모두가 성했을 때도 저들을 제압하기는커녕 간신히 버티고 있던 형편이었다. 그런데 지금은 반수 이상이 다쳐서 움직이지 못하고, 나머지도 움직일 수 있다 뿐이지 자잘한 부상들과 체력이 떨어진 상황이었으니 벨타이거가 회의적인 것도 이해가 갔다.

"그, 그건……."

용병 대장도 돕고 싶은 마음은 간절했지만 별 뾰족한 수가 있었던 건 아닌지 벨타이거의 질문에 대답을 못하고 어물거렸다.

그러자 도끼녀석의 공격을 피하는 상황에서도 이걸 눈치챘던 건지 대도녀석이 멀찍이서 고함을 쳤다.

"옆에 있는 큰 마을로 데려가기만 하면 돼! 가는 중에 우리 마법을 풀어줄 마법사가 대기하고 있겠다고 했어. 당신들은 말이 있잖아. 제압하기 불가능하면 유인해서라도 데려가 줘! 부탁이야."

그의 외침에 용병 대장이 환해진 얼굴로 말했다.

"그거면 가능하지 않겠습니까?"

그때 대화에 끼는 대신 상황을 지켜보던 한 용병이 다급한 목소리로 말했다.

"어이, 대장, 빨리 결론을 내려줬으면 좋겠는데? 쇠몽둥이녀석이 완전히 버서커가 되어버렸어."

그의 말에 용병 대장과 벨타이거의 시선이 돌아갔다.

아까까지만 해도 고통으로 경련을 일으키며 바닥에 쓰러져 있던 녀석이 완전히 일어나 있었는데, 도끼녀석처럼 맛이 갔다는 걸 여실히 나타내는 외모를 하고 있었다. 눈동자가 사라진 시뻘건 눈 하며 붉어진 피부, 군데군데 솟아난 검푸른 신경들이 완전히 도끼녀석과 똑같았다.

"하는 수 없군요. 그렇다면 우선 저 녀석 말대로 하죠."

이대로라면 지금 도끼녀석의 공세를 아슬아슬하게 피하는 대도녀석도 언제 버서커로 바뀔지 모르는 일이었다. 그러느니 차라리 대도녀석이 말한 대로 이들을 유인해 가서 마법사가 있는 곳으로 데려다 주는 게 좋았다.

"괜찮겠어요? 혹시 거기서 대기하고 있다는 마법사들이 우리를 공격하면 어떻게 해요? 저 녀석들을 보낸 사람들이라면 분명 한패일 게 뻔한데."

벨타이거의 지시에 따라 말에 오르며 선애가 걱정스레 묻자 벨타이거가 어깨를 으쓱해 보였다.

"몰라, 그건 그때 가서 생각할 문제야. 그들이 위험하다고 여기 죽치고 있을 수도 없잖아?"

[그건 또 그렇군. 뭐어, 정 위험하다 싶으면 나도 나설게.]

아직은 제정신을 차리지 못한 듯, 아니면 덤비고 싶은 녀석들이 너무 많아 누구를 선택해야 할지 모르겠다는 듯 주변을 두리번거리기만 할 뿐 움직일 기색은 보이지 않는 버서커 2, 즉 이제 막 버서커가 되어 버린 쇠몽둥이녀석을 주시하며 일행은 조심스레 사방으로 흩어지기 시작했다.

　마을이 작은 관계로 마을 경계에 석벽이나 목책을 쌓지 않은 게 천만다행이었다. 그건 즉, 어느 쪽으로 가도 마을 밖으로 나갈 수 있다는 거였으니 말이다. 일행은 우선 사방으로 흩어진 다음 밖에서 만나기로 했다.

　그리고 1급 용병 중 두 명이 여전히 버서커 1, 즉 도끼녀석을 막고 있는 대도녀석을 위해 움직였다. 그들은 우선 마을 사람들에게 넘기기로 한 말들 중 한 마리를 다시 양해를 구하고 끌고 왔다. 대도녀석을 위한 것이었다. 당장이라도 버서커가 될지 모르는 녀석이었지만, 아직 변하지 않았으니 그냥 놔두고 갈 수는 없는 일 아닌가. 게다가 녀석 혼자 태울 거고 버서커가 말 타고 난리 친다는 이야기는 없었으니, 그가 버서커로 변한다 해도 크게 문제될 건 없으리라 여긴 거였다. 뭐, 여차하면 내가 밀어서 말에서 떨기던 되는 거고 말이다.

　그리하여 대도녀석을 위한 말이 준비되자 미리 말을 타고 준비하고 있던 1급 용병 한 명이 말에 박차를 가해 앞으로 튀어나갔다. 목표는 대도를 향해 열심히 도끼를 휘두르고 있는 버서커 1 녀석.

　녀석의 뒤로 돌아간 그는 마치 카우보이가 밧줄을 휙휙 돌리다가 소의 목에 걸려고 하는 것처럼 기다란 쇠사슬을 고리로 만들어 휘휘 돌린 뒤 버서커를 향해 던졌다. 멀찍이서 커다란 고리를 달고 날아오는 거라 대도녀석을 향해 광기를 내뿜고 있던 버서커 1 녀석은 미처 눈치채지 못하고 그대로 쇠사슬에 묶여 버리고 말았다.

　“으랏차차~!!”

　그 상태 그대로 한쪽 쇠사슬을 잡은 용병이 말을 타고 달리자 당연하겠지만 버서커 1이 뒤로 벌러덩 넘어짐과 동시에 질질 끌려갔다.

그렇게 버서커 1과 대도녀석이 떨어지자 대기하고 있던 1급 용병이 말 한 마리를 끌고 와 대도녀석에게 넘겼다.

"얼른 타!"

그런데 황당하게도 대도녀석은 말이 자신에게 넘어오자 난처한 표정으로 우물쭈물거리는 것이었다.

"어… 저… 난 말 못 타는데……."

그건 당연했다. 어딜 봐도 이 세 녀석이 돈 많은 녀석들로 보이지 않았다. 하기야 돈 많은 녀석들이었다면 버서커 시술을 받고 여기 벨타이거 녀석을 처리하기 위해 오지도 않았겠지.

일반 평민 중 말을 탈 줄 아는 사람들이 극히 드물다는 건 상식. 용병들 중에서도 큰 용병단에 소속된 경우가 아니면 말을 탈 수 있는 사람을 보기 힘들었다.

그러나 지금은 미처 그 생각을 못한 것이었다.

대도녀석의 말에 당혹스런 표정을 짓던 그 용병은 자신 쪽으로 서서히 다가오는 버서커 2의 모습을 발견하고는 내뱉듯이 말했다.

"그럼 매달려서라도 가. 저놈 온다!"

그러면서 치사하게 자신 먼저 말을 타고 내빼 버리는 것이었다. 뭐어, 의리를 지켜줄 정도로 좋은 사이는 아닌데다 말을 챙겨주는 것만으로도 크나큰 은혜를 베푼 거긴 하지만, 그래도 좀 치사하다는 생각이 드는 건 어쩔 수 없었다.

나는 원래 선애를 따라가려고 했지만, 혹시나 싶어 뒤에 남아 있던 터라 다 지켜볼 수 있었다.

버서커 2는 천천히 다가오고 있다가 말에 탄 용병이 잽싸게 말을 타고 달아나 버리자 뛰어오기 시작했다.

그 모습에 기겁한 대도녀석은 화들짝 놀라서 잽싸게 말에 올라탔다. 하지만 말을 타본 적이 없는 녀석이라 출발을 하지 못하는 거였다. 말은 계속 투레질만 하고 갈 생각은 안 하지, 버서커 2는 금방이라도 달려와서 흉악한 쇠몽둥이를 휘두를 것 같지… 이런 게 바로 사면초가라고 하는 것일까나? 특히 버서커 1을 담당하던 용병도 어느새 쇠사슬을 손에서 놓고 달아난 상태라 남아 있는 건 대도를 가진 녀석뿐이었다.

'쯧쯧, 남아 있길 잘했지.'

말이 도저히 말을 안 듣자 다시 내리려는 듯 보이는 대도녀석의 모습에 나는 한숨을 내쉬고 움직였다. 우선은 이제는 빠른 속도로 달려드는 버서커 2의 진로를 가로막아 선 나는 녀석의 발을 걸었다.

쿠당탕~!

엄청 빠른 속도로 달려오던 녀석은 내 발에 걸려 그만큼 빠르게 바닥과 부딪쳐 버렸다. 그 소리가 얼마나 컸는지 보는 내가 움찔할 정도였다.

그런데 그렇게 심하게 넘어졌음에도 불구하고 놈은 아무렇지도 않은 듯 벌떡 일어나는 것이었다.

'아… 버서커는 고통을 느끼지 못한댔지.'

그리하여 나는 일어나려는 녀석의 머리를 사뿐히 밟아주고 잽싸게 대도녀석이 타고 있는—말이 자꾸 움찔거리는 바람에 내리지도 못하고 있었다—말에게 다가가 꼬리를 잡고는 엉덩이를 사정없이 갈겨줬다.

찰싹~!

이히히히힝~!!

그 효과는 정말 좋아서 때리자마자 말은 앞발을 한 번 쳐들더니 쏜 살같이 달려 나가기 시작했다.

"우와아아악~! 임마, 천천히, 천천히 가란 말야~!!"

말을 탈 줄 모른다던 대도녀석은 고삐를 잡을 생각은 못하고 말의 목에 매달린 채 갈기 속에 얼굴을 묻었다. 이래 가지고서는 마을 밖 대로에서 합류하여 대도녀석이 말한 방향으로 가려는 일행을 쫓아가지 못할 것 같았다. 앞을 보지 못하고 매달려 있으니 말이 어느 쪽으로 갈지 알게 뭐란 말인가.

그에 나는 다시 한 번 한숨을 내쉰 뒤 꼬리를 잡은 채 편안히 날아갈(?) 생각을 접고 말 위로 기어올라 갔다.

'공기의 저항' 이란 말은 나에게는 아무런 의미가 없었다. 바람이 분다고 내 머리카락이 날리는 것도 아니고, 옷자락이 휘감기는 것도 아니었기에 나는 달리는 말 위에 쉽게 올라가 대도녀석의 등에 걸터앉아 고삐를 잡아당겼다.

히히히히힝~!

자기 멋대로 달리려던 말은 내가 고삐를 잡고 조종하자 제대로 방향을 잡고 달려가기 시작했다.

그리고 얼마 달리지 않아 옹기종기 모여 달려가고 있는 일행을 발견했다. 어차피 목적이 버서커들을 유인해서 가는 것인데다가 말 위에는 부상자들이 있었기에 전속력으로 달릴 수가 없었던 것이다.

선애 녀석도 요즘 제법 말 타는 거에 익숙해져 그럴듯한 폼으로 클라리사와 벨타이거 사이에 껴서 달리던 중에 힐끔 나를 바라보았다.

그에 나는 손을 들어 흔들며 환히 웃어줬다.

내가 말을 몰고—물론 다른 사람들 눈엔 난 안 보이지만…—그들 가까이 다가가자 뒤를 힐끔힐끔 보고 있던 사람들 중 대도녀석에게 말을 건네준 용병이 비식 웃으며 말하는 게 들렸다.

"허, 그래도 저놈 딴 데 안 가고 잘 왔군."

"그리고 저놈들도 잘 달고 왔는데?"

다른 용병의 말에 뒤를 돌아보니 두 버서커가 두다다다 달려오는 모습이 보인다. 그들이 달려오는 모습을 보니 '눈에 불을 켜고 달린다'란 묘사가 떠올랐다. 눈에는 광기뿐이었지만, 따악 그 짝이었던 것이다. 게다가 달리는 속도가 얼마나 빠른지 일행이 녀석들이 따라오기 쉽게 천천히 달린다 해도 얼마 지나지 않아 20미터 정도까지 따라잡혔던 것이다.

그 모습을 본 용병 대장이 지체없이 소리쳤다.

"속도를 높인다!"

일행에 합류한 후 늦춰진 속도 덕분에 갈기에서 고개를 들고 뒤를 돌아볼 여유를 가지던 대도녀석이 용병 대장의 말에 비명을 지르며 다시 갈기 속으로 고개를 파묻었다. 그리고 나는 씨익 웃으며 말 옆구리를 찼다.

이히히힝~!

그런데 문제가 생겼다. 한 시간이 넘게 달렸는데도 마을과 마을 중간 거리쯤에서 기다리겠다던 마법사는커녕 그 비슷한 사람도 보이지 않는 거였다. 물론 대로를 오가는 무리들은 가끔 있었지만, 그들 중에 마법사는 보이지 않았다.

나는 우리 일행 뒤에서 광기 어린 눈을 빛내며 열렬하게(?) 달려오는 버서커 1, 2를 보고 복잡한 한숨을 내쉬었다.

버서커가 되면 이성을 잃고 본능에 사로잡힌다고 하더니만, 이성을 잃어 무지 단순해졌는지 그들은 맨 처음 녀석들을 유혹한 우리 일행만 줄기차게 바라보며 쫓아올 뿐 딴 곳으론 시선조차 돌리지 않는다.

뭐어, 우리로서는 천만다행한 일이지만 말이다. 만약 보이는 족족 다른 곳으로 눈을 돌린다면 그들을 다시 유인하고, 녀석들이 덤비는 상대에게 사정을 설명하는 등등 피곤한 일이 많았을 거다.

아니, 오히려 불행한 일인가? 다른 사람들에게 눈 돌리는 사이 우리는 사삭 빠져나가면…….

'쩌비… 양심적으로 그건 좀…….'

"야, 어떻게 된 거야?"

용병들 중 성격 급한 사람이 말 목을 잡고 겨우겨우 붙어 있는 대도 녀석에게 물었다.

그러나 당혹스러운 건 대도녀석도 마찬가지인 모양이었다.

"그, 그걸… 나에게 물어도……."

"기다리기로 한 지점이 아직 멀었나 보지. 어차피 마을도 보이지 않는데, 좀 더 가보자."

용병 대장의 말에 의심스러운 눈초리로 대도녀석을 바라보던 용병들의 시선이 거두어졌다.

뭐, 대도녀석의 표정을 보자면 누구도 뭐라 하기가 어려웠을 거다. 왜냐하면 일행 중 가장 초조한 표정을 짓고 있는 건 바로 그 녀석이었으니까 말이다.

처음에는 버서커로 변한 지 얼마 안 되었으니 금방 마법사를 만나 마법을 풀면 정상으로 되돌아갈지도 모른다는 희망이라도 있었지만, 지금은 시간이 너무 지나 버려 그 희망이 이제는 원래대로 돌아올 수 없다는 절망으로 바뀌고 있었던 것이다.

게다가 아무리 가도 마법사의 모습이 보이지 않자 나는 점점 이 녀석들이 혹시 버리는 말이 아니었나 하는 생각이 들었다.

아마 나 말고도 이런 추측을 하는 사람들이 있을 거다.

'뭐, 그건 그거고 이 녀석은 그래도 뭔가 능력이 뛰어나나 보네. 다른 녀석들은 벌써 버서커로 변했는데 얜 아직도 버티고 있으니.'

그러나 내가 그 생각을 하자마자 마치 기다렸다는 듯 내 엉덩이 밑에 깔린 녀석으로부터 고통에 찬 신음이 터져 나오는 거였다.

"끄어어어~!!"

"뭐냐, 이 녀석!!"

"이놈도 변하는 거냐?"

"떨어져!!"

녀석에게서 고통에 찬 비명 소리가 나오자마자 근처에서 같이 달리고 있던 일행들은 후다닥 녀석에게서 떨어졌다.

하기야 우리가 녀석을 위해 해줄 수 있는 게 없었으니 해를 당하지 않으려면 일찌감치 피하는 게 좋았다. 아니, 차라리 변하기 전에 편히 가시도록 배려해 주는 게 좋으려나?

녀석에게서 후다닥 멀어져 버린 일행과는 달리 녀석 위에 올라타고 있던 나는 이대로 놔둘 것인지, 아니면 말 위에서 떨어뜨릴지 진지하게 고민했다. 뭐어, 나야 아무래도 상관없지만 버서커를 태우고 달릴 말이 가엽기도 하고, 또 녀석이 위에서 몸부림치다 말까지 놀라서 난리치면 어쩌는가? 그렇다고 고통에 떠는 녀석을 떨어뜨리는 건 좀 양심에 찔려서 완전히 변한 뒤에 떨어뜨리기로 마음먹고 나는 슬며시 뒤를 돌아보았다.

거기에는 버서커 1, 2가 여전히 광기 어린 눈을 빛내며 쫓아오고 있었다.

하여간 대단한 녀석들이다. 버서커가 되기 전 이성을 가지고 있을 때도 엄청난 체력과 반사 신경을 가지고 있긴 했지만, 그때도 신나게 싸우고서는 지금도 한 시간이나 넘는 시간 동안 말 탄 우리들을 쫓아오고 있으니 말이다. 물론 일행이 녀석들이 잘 쫓아오게끔 말의 속도를 조절하고 있기는 했지만, 한 시간이나 뛰어온다는 건 정말 경이적이다. 그러니 부작용이 있음에도 불구하고 여전히 이 마법을 사용하는 사람들이 있는 거겠지만.

"끄으으으……."

신음 소리가 잦아져 가고 있었다. 이건 앞선 두 녀석의 반응과 비교해 봤을 때 거의 변화(?)가 끝났다는 이야기였다.

'흠, 그러고 보니 반응이 각자 다르구만. 도끼를 든 녀석은 가장 먼저 변화를 시작해서 금방 정신을 차리던데, 쇠몽둥이를 든 녀석은 좀 늦게 변하더니 한참 있다가 정신을 차렸지. 그럼 이 녀석은 더 한참 있다가 정신을 차리려나?

내가 그런 생각에 잠겨 있는 사이, 이 녀석과 멀찍이 떨어진 일행들 사이에서는 녀석에 대한 논의가 이뤄지고 있었다.

"대장, 어쩌죠?"

"지금 정신 못 차릴 때 다가가 말에서 떨어뜨리죠?"

"그게 좋겠네."

"그래도 돼? 저 녀석은 이제 막 변하기 시작했으니까 제대로 돌아올 수 있을지도 모르잖아. 이만큼 왔으니 그 마법사라는 사람들도 곧 만날 테고."

용병 중 한 사람이 그렇게 긍정적인 말을 꺼내자 사방에서 비웃는 소리가 들려왔다.

"멍청하기는."

"내가 뭘?"

그에 긍정적인 말을 꺼낸 용병이 볼멘 표정으로 사방을 돌아보며 항의하자 벨타이거가 한숨을 내쉬며 말했다.

"어쩌면 그 마법사라는 사람은 우리가 마을에 도착할 때까지 보이지 않을지도 모릅니다."

"그, 그런… 그럼 그들이 저 녀석들을 속였단 말입니까?"

놀라는 긍정적인 용병의 말에 옆에 있던, 그 용병과 제법 친하게 지내는 다른 용병이 비식 웃었다.

"그걸 이제 알아챘냐?"

"그, 그런 나쁜 녀석들이라니… 하지만 정말 기다리고 있을지도 모르잖아요.”

끝까지 긍정적으로 생각하는 용병의 말에 이번에는 용병 대장이 한숨을 내쉬며 말했다.

“저들에게 마법을 건 그 사람이 정말 마법을 풀어주려 했다면 뭐 하러 멀찍이서 기다리고 있겠다고 했겠느냐? 그에게 가는 사이 버서커로 변하면 어쩌려고? 만약 내가 그 마법사였다면 마을까지 같이 왔을 거다.”

“그렇다는 건… 저 녀석들… 혹시 이용만 당하고 버려진 셈?”

당혹스럽다는 듯이 중얼거리는 그 긍정적인 용병의 말에 사방에서 한숨이 새어 나온다.

“바보.”

“바보라니까.”

“누가 바보 아니랄까 봐…….”

“시, 시끄러!”

결국 결론은 이대로 둬보자로 나버렸다. 내가 보기에는 너무나 긍정적인 용병을 주위에서 놀리느라고 제대로 된 의논을 할 수가 없어 그랬던 것 같지만 말이다.

한편으로는 그것밖에 달리 어찌할 바가 없을 것 같기도 했다. 뒤에서 버서커 1, 2가 여전히 쫓아오는데 여기서 걸음을 멈추고 이제 저 녀석들의 동료가 된 버서커 3을 처리할 수는 없는 일이었으니 말이다.

일행이 여전히 달리는 가운데 기다린다고 했던 마법사는―당연하겠지만―보이지 않았고 그 와중에 결국 버서커 3이 정신을 차렸다. 흔들리는 말 위에서 부스스 고개를 든 그 녀석은 자신의 눈앞에 보이는, 달리느라 고개를 상하로 흔드는 말의 뒤통수가 어리둥절한 모양이었다. 그러나 그건 잠시뿐이었고, 곧 그는 광기 어린 눈을 빛내며 대도를 쥔 손을 높이 치켜들었다. 의도는 명백했다. 말을 죽이려 하는 것이다.

그러나 그걸 내가 놔둘 리가 없었다. 나는 말의 머리 위에 올라서서 대도를 치켜 올리고 있는 녀석의 가슴을 발로 힘껏 밀어 찼다. 다행히도 녀석이 말의 갈기를 잡고 있는 것도, 등자에 발을 올리고 있는 것도 아니었기에 생각보다는 쉽게 말에서 굴러 떨어졌다.

쿠당탕~!

그리고 이 기특한(?) 녀석은 말에서 떨어진 뒤에도 힘이 남아 몇 번 데굴데굴 구르더니만 우리 일행 뒤에서 따라오고 있는 두 버서커 앞에까지 굴러갔다.

'이런, 내가 너무 세게 찼나?'

일행이 녀석에게서 떨어지는 바람에 맨 뒤에서 말을 달리고 있었기에 그럴 수 있었던 것이다. 만약 일행 중간에 끼어 있었다면, 잘하면 말에 몇 번 밟혔을지도…….

그렇게 버서커 3이 나머지 두 버서커 앞에까지 굴러가자 그 두 버서커 녀석은 폴짝 뛰어넘지도 못하고 그대로 걸려 넘어지는 바람에 셋은 뒤엉켜 바닥에 나뒹굴고 말았다.

'오오, 이게 웬 횡재람?'

하도 소리가 요란했기에 앞에서 달려가던 일행이 모두 제자리에 멈춰 서서 뒤를 돌아보았다.

세 녀석도 그렇지만, 녀석들이 들고 있던 무기들도 모두 덩치가 큰 것들이라 그 모든 게 다 뒤엉키다 보니 녀석들은 넘어진 통증에 상관없이 쉽게 일어나지 못하고 버둥대는 것이었다.

"저 녀석은 또 왜 떨어진 거야?"

"버서커가 되더니 말을 잡는 것도 잊어버린 모양이지."

"하긴, 버서커가 말 타고 다닌다는 게 웃긴다."

"뭐, 덕분에 우리야 잠시 쉬고 좋지만⋯ 그런데 지금 굉장히 좋은 기회 같은데 이대로 둬도 돼나?"

한 용병이 일어나지 못하고 버둥대는 버서커 녀석들을 바라보며 아쉽다는 듯 입맛을 다시자 용병 대장이 덤덤한 어조로 말했다.

"그럼 네가 가서 처리해."

"헉! 대장, 그 무슨 무서운 말씀을⋯ 내 능력으로는 택도 없다구요."

버서커가 무섭긴 무서운 모양이다. 거기다가 한 명도 아니고 세 명이나 있으니 그 용병은 얼른 꼬리를 내리며 도리질을 쳤다.

"그나저나⋯ 이거 문제긴 문제군요. 어차피 저 녀석들이 이용만 당하고 버려진 거라면⋯ 이대로 마을까지 데리고 갈 수도 없는 거 아니겠습니까? 마을이 커서 자경단이 있다고는 하지만, 그런 마을의 자경단이 버서커를 쉽게 감당할 수 없을 테니까요."

벨타이거가 걱정스런 어조로 말하자 용병 대장이 고개를 끄덕였다.

"옳으신 말씀입니다만⋯ 저희로서도 어떻게 할 수 없는 일이니까요."

"지나가는 상인 무리에게 부탁하면 어떨까요? 그들에게도 호위를 위해 고용한 용병들이나 상단 소속 무사들이 있을 테니까요."

한 용병이 말을 꺼냈지만, 대부분의 일행들이 회의적이었다.

"그들이 자기들 일도 아닌데 도와주려고 하겠어?"

"차라리 마을로 끌고 가서 자경단이랑 힘을 합치는 게 낫지."

내가 생각해도 무척이나 회의적이었다. 물품 수송 중이거나 하러 가는 중인데 버서커랑 싸워 다치기라도 하면 그들만 손해 아니겠는가? 버서커가 그들을 향해 달려드는 것도 아닌데 말이다. 지금 우리가 저 버서커들을 달고 다니는 것도 그들이 벨타이거를 목표로 왔기 때문이지, 만약 다른 사람을 목표로 온 거였다면 두 번 생각할 것 없이 저 녀석들을 피했을 것이다.

그렇게 우리끼리 속닥이는 동안 쇠뭉치, 즉 내가 버서커 2라고 부르는 녀석이 겨우겨우 뒤엉킴을 풀고 일어나는 데 성공했다. 그런데 그렇게 일어난 것까지는 좋았는데, 뒤엉킨 두 버서커에게서 벗어나려고 나오다가 버서커 1이 가지고 있던 도끼의 기다란 자루가 튀어나와 있는 걸 보지 못했는지 거기에 걸려 벌러덩 넘어진 것이었다.

"푸하하하~!!"

그걸 지켜보던 용병 중 하나가 그 웃긴 포즈에 그만 큰 소리로 웃고 말았다. 뭐, 나도 웃었으니 그걸 뭐라고 할 마음은 없었다.

그런데 문제는 그 다음이었다. 도끼 자루에 걸려서 넘어지기는 했지만, 그 바람에 두 버서커에게서 완전히 벗어났던 버서커 2가 고개를 번쩍 들어 크게 웃은 용병을 노려봤던 것이다. 웃어서 노려본 건지, 아니면 큰 소리 덕분에 시선이 간 건지는 모르겠지만 말이다.

원인이 어떻게 되었든 그렇게 시선이 마주치자마자 버서커 2는 그

즉시 크게 웃은 용병을 첫 번째 재물로 삼은 모양이었다. 엎드려 있는 상태에서 슬그머니 엉덩이를 하늘 높이 쳐들고 몸을 구부린다 했더니만 그대로 몸을 튕겨 올려 그 용병을 향해 덮쳐 갔던 것이다.

버서커가 힘이 강하다고는 했지만, 점프력까지 높을 줄은 몰랐다. 그건 아마도 우리 일행 중 어느 누구도 예상치 못했던 것이리라. 비록 우리가 멈춰 서기는 했지만, 언제든지 도망갈 수 있을 만큼 멀찍이 자리를 잡고 있었는데 버서커 2는 그 먼 거리를 단 한 번 튕겨 오르는 것만으로 좁혀왔던 것이다. 그것도 살벌한 쇠몽둥이를 든 채로 말이다.

"우와아악~!!"

먹이를 낚아채기 위하여 상공에서 활강하는 매… 라고 하기에는 별로 품위가 없었고 멋있지도 않았지만, 위압감만은 확실했다. 그 덕분에 버서커 2의 목표가 된 용병은 물론이거니와 그 용병과 부상 용병을 한 명 더 태우고 있던 말도 얼어서 비명만 지를 뿐 움직이지도 못했으니 말이다.

빠르기도 엄청 빨라서 어느 누구도 움직일 여유조차 없었다. 단지 피하라고만 외칠 뿐.

그러나 그 와중에 움직이는 존재가 있었으니, 바로 나였다. 오홋홋홋~!!

이 몸에 완전히 익숙해진 후로 나는 요즘 이것저것 새로운 능력을 개발하고 있는데, 그중 한 가지는 바로 스피드였다. 뭐, 판타지 소설에 나오는 공간 이동만큼이나 빠른 건 아니지만, 그래도 무협지에 나오는 전설적인 경공술에 비할 만하지 않을까… 스스로 생각해 본다.

이유인즉슨, 실체가 있는 모든 존재들이 움직일 때 받는 공기 저항을 전혀 받지 않기 때문이었다. 아마 우주에 나가 무중력 상태로 움직이는 것과 비슷하지 않을까 싶다.

학창 시절엔 100m 달리기에서 거의 20초에 가까운 뜀뛰기 실력자였지만, 지금은 마음만 먹으면 엄청난 스피드로 움직일 수가 있었다. 예전에 실험해 봤을 때 내가 너무 빨리 움직여서 나 스스로도 빠르게 바뀌는 주변 환경을 감당 못해 당황해한 적이 있을 정도였다.

덕분에 나는 버서커 2 녀석이 날아가기 시작하는 모습을 보고 움직였음에도 불구하고, 용병 위로 채 떨어지기도 전에 난 그 용병이 타고 있는 말 뒤에 서 있을 수 있었다.

생각 같아서는 미친 녀석을 한 대 때려주고 싶기도 했지만, 사람들이 다 빤히 보는 데서 그럴 수는 없는 일이었기에 나는 대신 용병이 타고 있는 말의 엉덩이를 차버렸다.

이히히힝~!

온몸을 얼어붙게 해 한 발자국도 움직이지 못하게 하는 어마어마한 광기도 몸에 직접적으로 가해지는 통증에는 이길 수 없는 모양이었다. 내 발길질에 말은 거의 본능적으로 울음을 터뜨리며 투타닥 앞으로 달려 나갔고, 덕분에 기껏 날아온 버커서 2는 땅바닥과 그대로 조우하게 되어버렸다.

콰앙~!

거기서 그냥 20층에서 떨어진 메주와 같은 꼴이 되어버렸으면 좋겠지만, 버서커 2 녀석의 반사 신경은 놀라울 정도여서 곧 큰 소리를 내기는 했지만 두 발로 땅 위에 척 하니 내려서는 거였다.

게다가 거기서 끝이 난 게 아니었다. 소리로 들어보아 녀석은 분명 적지 않은 충격을 받았을 다리를 가지고 조금의 불편한 기색 없이 튕기듯 앞으로 달려 나갔다. 버서커가 통증을 느끼지 못한다는 건 익히 알고 있었지만, 온몸까지 몇 배로 단단해지는 건가 보다. 아까 그 충격은 일반 사람 같으면 다리뼈가 부러지는 거에서 그치는 것이 아니라 산산조각나고 근육까지 파열되고도 남았을 텐데 말이다.

그러나 나는 그런 버서커 몸체의 단단함에 감탄하고 있을 수만은 없었다. 버서커 2는 한순간에 자신을 피한 말에 다가가 들고 있던 쇠몽둥이로 말을 쳐올렸던 것이다. 그 힘이 얼마나 강한지 말은 그 자신의 몸체도 건강했고 위에 사람을 둘이나 태우고 있었음에도 불구하고 네 발이 땅에서 떨어져 붕~ 뜨는 것도 모자라 그대로 허공에서 반 바퀴 회전하고는 나가떨어졌다. 한마디로 뒤집어진 채 나가떨어졌다는 것이다.

버서커와는 달리 그 덩치 큰 말은 얼마나 허약했던지 그 정도의 충격을 견디지 못하고 뒤집어진 채 몇 번 허우적거리더니 머리와 네 발을 추욱 늘어뜨렸다. 순간적으로 뭐 이렇게 약한 녀석이 다 있나 싶었지만, 아무래도 뒤집혀 땅에 떨어진 충격보다는 그전에 쇠몽둥이로 얻어맞은 충격이 더 컸던 모양이다. 입과 코에서 피를 흘리며 쓰러진 걸 보면 말이다.

그러나 얼결에 날아가 땅에 떨어지며 말에 깔린 용병은 죽지 않았는지 곧 정신을 차리고 그곳에서 빠져나오려고 꿈틀거렸다.

하지만 곧 나직한 용병 대장의 목소리에 행동을 멈췄다.

"움직이지 마. 가만히 있어."

긴장된 시선으로 버서커 2를 주시하며 하는 말에 용병은 곧바로 바닥에 납작 엎드린 채 움직임은 물론이거니와 숨소리까지 낮췄다.

그건 정말 현명한 선택이었던 것 같다. 광기 어린 시선으로 뒤집어진 말을 주시하며 다가가던 버서커 2는 말은 물론이고 용병이 꿈틀거림을 멈추자 더 이상 다가가지 않고 주변을 돌아보기 시작했다. 이성이 없어진 덕분에 지능까지 현저하게 낮아진 건지, 녀석은 죽은 척하고 있으면 정말 죽은 줄 아는가 보다. 거기다가 확인 사살을 할 줄 모른다는 것도 우리로서는 천만다행이었다.

버서커는 움직이거나 소리를 내는 존재들에게만 반응을 하는 모양이었다.

그렇게 처음 찍었던(?) 존재가 움직임을 멈추자 녀석은 다른 표적을 찾으려는 건지 그 자리에 멈춰 선 채 두리번거렸다. 덕분에 일행들은 녀석이 아까보다 무척이나 가까운 거리에 서 있음에도 불구하고 함부로 움직이지 못하고 있었다. 제일 먼저 움직이는 사람이 표적이 될 것이 뻔한데 누가 움직이려 하겠는가 말이다.

그런데 문제는 거기서 끝나지 않았다. 아까 버서커 2와는 달리 아직 뒤엉킴을 풀지 못해 일어나지 못했던 버서커 1, 3 녀석들도 드디어 엉킴을 풀고 일어나 다가왔던 것이다.

그런데 웃기게도 이 녀석들이 아까는 광기를 흩날리며(?) 끈질기게 쫓아와 놓고서는 지금은 아까 녀석들의 행동이 마치 꿈이었던 양 주변을 두리번거리며 천천히 걸어서 다가올 뿐, 어느 누구에게도 달려들 기미는 보이지 않는 거였다. 아까 세 녀석이 뒤엉켜 심하게 넘어지고 나더니만 자신들이 찍었던 표적들을 잊어버린 모양이다. 아니면 아무도 움직이거나 큰 소리를 안 내니까 목표를 찾지 못하는 걸까?

'눈동자가 없어 보이는 게 아니라 움직임이나 소리로 상대를 찾는 거였나?'

버서커 1, 3 녀석들이 버서커 2가 있는 곳까지 다가와서 두리번두리번거리자 일행은 숨소리까지 죽인 채 바라보고 있었다.

내가 나서고 싶었지만 녀석들은 날 보지도 느끼지도 못하니 어떻게 할 수 있을 리가 없었다. 일행에게서 주의를 돌리려고 녀석들의 등 뒤에서 무릎 뒤쪽이나 엉덩이를 걷어차 보기도 했지만, 녀석들은 통증을 느끼지 못하니까 웬만한 자극에도 아무 느낌이 없는지 뒤돌아보는 시늉조차 하지 않는 거였다.

생각 같아서는 용병들이 가지고 있는 도나 단검이라도 가지고 와서 푸욱 찔러볼까 했지만, 통증도 느끼지 못하는 녀석들에게 별 효과가 있을지 의문이다.

'그냥 목의 동맥을 잘라서 콱 죽여 버려? 아니면 불을 일으켜 화상을 입혀볼까? 헉! 나 왠지 막 나가는 것 같아……'

영화에서는 평생 폭력과는 관련없는 사람도 위험 상황에 닥치면 쉽게 적의 심장을 찔러 죽이는데—물론 그 뒤에 놀라서 정신을 빼놓기도 하지만, 그건 일단 제쳐 두고…—그건 현실적으로 어려운 일이다. 뭐어, 엄청나게 운이 좋은 사람이라면 1/1,000의 확률 정도로 성공할 수 있겠지만, 실제로 사람의 심장을 찔러 죽인다는 건 그런 걸 교육받고 훈련받은 사람이 아니라면 힘든 일이다.

심장은 우선 갈비뼈로 보호받고 있는데, 그 좁은 갈비뼈 틈 사이로 검을 찔러 넣는다는 게 쉬운 일이 아니다. 찔러 넣다가 갈비뼈 틈에 끼던가 아니면 갈비뼈로 인하여 빗나가기가 일수다.

설사 운이 좋아서 정확하게 틈 사이로 끼운다 해도 사람 근육 찌르는 게 짚단 속에다 검 박는 것처럼 쉬운 게 아니다. 사람의 근육이란 생각하는 것보다 탄력이 뛰어나고 질기기 때문에 단 한 뼘, 아니, 반 뼘을 찔러 넣는 건 보통 사람에게는 무척이나 어려운 일이다. 뭐, 정 확인하고 싶다면 사람 머리통만한 커다란 고깃덩어리를 놓고 과도로 한 번 찔러보라. 한 번에 손가락 한 마디에서 두 마디 정도 들어가는 게 고작일 것이다.

그러나 살아 있는 사람의 심장을 찔러 확실하게, 단번에 죽이려면—정확히 심장을 찌른다는 전제 하에—넉넉하게 한 뼘 정도는 찔러줘야 심장을 멈출 수가 있다고 한다. 나도 한 번도 안 찔러봐서 확인은 해보지 않고 들은 이야기지만, 심장에 쬐께 기스난다고 사람이 금방 죽는 건 아니라고 한다. 그런 건 치료만 제시간에 해주면—물론, 이건 내가 살던 한국 시대의 의료 기술이 있을 때의 이야기겠지만—살아날 수 있단다. 뭐어, 운이 없으면 죽는 거겠지만.

어쨌든 그렇기 때문에 이런 경험이 없을 때 사람을 가장 쉽게 죽일 수 있는 방법은 목을 찌르는 거다. 목에 있는 동맥만 찌르면 사람이 과다 출혈로 즉사가 가능하니까 말이다. 그것도 잘 찌르면 순식간에 목숨을 잃기 때문에 고통도 없다. 목에는 동맥을 보호하는 뼈 같은 건 없는 데다 근육도 적기 때문에 가장 죽일 확률이 높은 부분이다. 손목도 그 비슷하지만, 움직이기 쉬운 손목을 잡아 자르기가 쉬운 건 아니니 말이다.

하여간 그 어느 쪽도 움직이지 않는 대치 상황이 길어질수록 광기

어린 눈이 점점 멍청하게 풀리는 듯한 기분이 드는 버서커 1, 2, 3과는
달리 우리 쪽 일행은 점점 더 초조해하는 기색이 눈에 보였다. 특히나
죽은 말에 깔린 채 차마 나오지도 못하고 가만히 쥐 죽은 듯 있는 용병
은 말이다.

사실 벨타이거나 용병 대장이 마음을 독하게 먹으면 이 상황에서 벗
어나는 건 가능하다. 모든 일행이 한꺼번에 다른 방향으로 퍼지면서
달려간다면 최소 한 군데, 최대 세 군데로 간 사람들만 빼고 나머지들
은 살 수 있을 테니 말이다. 아니면 버서커들이 너무 많은 인원이 한꺼
번에 움직여 어디로 따라갈지 몰라 버벅거리고 있는다면 누군가의 희
생 없이 이 자리를 벗어날 수 있을지도 몰랐다.

하지만 이건 어디까지나 희생이 있을 걸 각오하고 움직이는 것이고,
그 희생이 고용주인 벨타이거나 선애, 클라리사가 될지도 모르는 일이
었다. 게다가 사방으로 퍼질 경우 벨타이거나 선애, 클라리사를 보호
한답시고 그쪽으로 몇 명의 용병이 붙었다가 소리가 더 크다고 그쪽으
로 따라오면 큰일 아니겠는가?

물론 선애 쪽으로 온다면 내가 나서겠지만, 클라리사나 벨타이거 쪽
으로 간다면 대책없다. 나는 선애에게 붙어 있을 테니까 말이다.

벨타이거나 용병 대장도 차마 누군가를 희생양으로 삼고 싶은 건 아
니었는지 계속 대치하는 상태가 되었지만, 그 시간이 점점 길어지자 사
람들의 얼굴에 초조함이 드러나기 시작했다. 기실 일행은 세월아 네월
아 하면서 느긋하게 기다릴 수 있는 처지가 아니었던 것이다.

그리하여 결국 내 존재를 들키는 것을 감수하고 나서려 했던 바로
그때였다.

평상시에 들었다면 정말 싹수없는, 그러나 지금 현재 상황에서는 천사 강림 같기만 한 소리가 들려왔다.

"거기 뭐야? 길 한복판을 막고 있으면 어쩌자는 거야? 당장 비키지 못해!"

내가 이 세계에 와서 지내면서 알게 된 건데, 저렇게 처음 보는 사람에게 다짜고짜로 하대하는 녀석들은 귀족 저택에서 일하는 시종들이었다. 귀족도 아닌 시.종. 말이다.

귀족들은… 그들은 평민에게 함부로 말을 섞지도 않는다. 평민에게 볼일이 있으면 시종을 시켜서 용건을 말하거나, 아니면 말을 직접 건넨다고 해도 극히 드문 사람들에게일 뿐이다. 뭐어, 일부러 평복하고 여행 다니는 귀족들이나 사상이 개방적이라 평민도 사람 대우해 주는 아주 특이하고 몇몇 없는 귀족들은 제외하고 말이다.

평민들이라면 부유하거나 가난하거나 속으로는 남을 깔보거나 하더라도 우선 겉으로는 예의를 지켜 준다.

그러니 말만 들어도 저 녀석은 '어느 귀족가에서 일하는 녀석' 이라는 건 쉽게 알 수 있었다. 바로 지금처럼 말이다.

갑작스레 나는 큰 소리에 나는 속으로 안도의 한숨을 쉬며 한편으로는 그 건방진 '어느 귀족가의 시종' 에게 동정심을 금치 못했다.

일행들도 그 비슷한 심정이 나타나는 표정으로 자연스레 그쪽으로 돌리자, 거기에는 내가 벨타이거네 집이나 클라리사네 집에서 보던 것 만큼이나 고급스럽고 화려한 마차가 네 마리의 말에 이끌린 채 서 있었다. 그리고 그 주위에는 열 명 정도 되는 기사가 말을 탄 채 마차를 둘러싸고 있었다.

우리에게 큰 소리친 사람은―아마도 귀족이 타고 있을―마차를 모는 마부 녀석이었다.

마차의 고급스러움이나 마부 녀석이 깔끔한 제복을 차려입는 것, 게다가 기사들의 호위를 받는 걸 보니 어느 정도 재력이 있는 귀족가임이 틀림없었다.

'잘됐군, 돈이 많은 녀석이라서.'

헤스딩스 남작가에는 드워프가 만든 물품을 거래하고 싶어 하는 상인들도 많이 오지만, 귀하다거나 특정한 물품을 구입하기 원하는 귀족가 사람들, 혹은 귀족 당사자가 직접 오는 경우도 있다고 들었다. 아마 저들도 그런 경우인 듯싶었다.

마부 녀석은 자신이 지금 처한 상황을 아는지 모르는지 우리가 돌아보자 말을 모는 데 사용하는 채찍을 들고 다시 큰 소리로 외쳤다.

"당장 비키지 못하겠느냐! 지금 마차에 타고 계신 분이 감히 뉘신데 네놈들이 길을 막느냐!"

마부 녀석이 날뛰는 걸 보니 이들은 우리를 용병으로 생각하는 게 분명했다. 만약 우리가 옷만 고급스럽고 깔끔하게 입고 있었다면 저 마부 녀석이 함부로 하대를 하며 고함 치는 대신 마차 주위를 둘러싸고 있는 기사들 중 한 명이 나와서 말했을 것이다. 우리를 평민이라 생각하면 하대를, 신분이나 지위가 있을 거라면 존대를 사용하면서 말이다.

뭐, 우리가 각자 말을 타고 있기는 했지만 모두들 행색이 남루했으니 그렇게 오해하는 것도 어쩔 수 없는 거지만 그래도 기분이 좋을 리 없었다.

‘그러니 어느 누구도 우리 뒤에 버서커가, 그것도 셋이나 있다는 걸 알려주지 않은 걸 테지.’

“어허, 이놈들이 정녕 뜨거운 맛을 봐야…….”

우리 일행들도 움직여 저 건방진 녀석 일행에게 길을 내주고 싶었지만, 뒤에 버티고 있는 녀석들 때문에 움직일 수 없었다. 그래 꼼짝도 않고 보고만 있자 마부 녀석이 다시 한 번 전보다 더 크게 고함을 지르려고 했다.

그런데 그가 채 말을 끝내기도 전에 결국 녀석들이 움직였다.

타다닥~!

덩치가 무척이나 건장한 것에 비하여 참으로 가벼운 발소리가 들린다 싶었더니 휘익~ 하고 검은 그림자가 일행 사이를 빠져나가 마차를 향해 덮쳐 갔다.

“헉!”

채재쟁~!!

과연 기사는 기사였다. 시커멓던 그림자가 마차에 채 다가가기도 전에 검을 뽑아 들고 마차 앞을 가로막았던 것이다.

놀란 마부는 외마디 소리를 내뱉었지만, 그도 귀족가의 마차를 모는 사람답게 침착하게 말들이 요동치지 않게 진정시키고 있었다.

‘오호, 과연 귀족가의 마부.’

아마 마차에 뒤로 가는 기능이 있었다면 그는 벌써 잽싸게 뒤로 빠졌을 것이다.

버서커들은 다시 자신들이 달려들 만한 표적들이 나타나자 아까의 멍한 표정은 버리고 다시 광기에 가득 찬 표정이 되어 있었다. 그리고 그 모습 그대로 마차 앞을 가로막은 다섯 명의 기사에게 달려들었다.

"지금입니다."

세 버서커의 정신이 온통 기사들에게 쏠려 있었고, 마차를 보호하고 있는 기사들 또한 버서커들에게 온 신경을 쓰는 걸 눈치챈 용병 대장이 벨타이거를 향해 속삭이며 용병들에게 수신호를 보냈다.

이제나저제나 이 상황을 빠져나갈 궁리를 하던 일행이었다. '우리 때문에 저 죄없는 사람들이…' 하는 생각 따윈 할 것도 없었다. 설사 조금 났다고 해도 그전에 보인 마부 녀석의 태도 때문에 쉽게 지워 버렸을 것이다.

'그러니 사람은 평소에 잘해야 한다니까.'

조심조심, 살금살금, 길에서 벗어나 마차에서 좀 떨어져 돌아간 사람들은 그러고 나서 잽싸게 달리기 시작했다.

"저, 저……!!"

누군가 도망가는 우리를 발견한 듯 소리치는 게 들렸지만, 우리 일행 중 아무도 그에 신경 쓰는 사람은 없었다.

그런데 얼마 달리지 않아 뒤쪽에서 작지 않은 폭발 소리가 나는 게 들렸다.

콰과광~!

"귀족 마차에 마법사가 같이 있는 모양인데요."

그 소리에 용병 대장이 비죽 웃음을 흘리며 말했다.

"다행이네요. 그러면 버서커들도 쉽게 이길 수 있을 거 아녜요?"

클라리사는 내심 녀석들에게 버서커들을 떠넘기고 도망치는 게 양심에 찔렸던 모양이다.

그러나 그건 별로 다행스러운 일이 아니었다.

우리 일행들은 드디어 그 지겨운 버서커로부터 해방되었다는 것에 안심하고 느긋하게 가고 싶었지만 그럴 수가 없었다. 각자 말에 탄 부상병들 때문이었다.

한시라도 빨리 의원에게 보여야 했지만, 그렇다고 최대 속도로 빠르게 말을 달릴 수도 없었다. 부상병의 몸이 말이 달리면서 생기는 충격을 버틸 수가 없었기 때문이다.

그동안이야 상황 때문에 어쩔 수 없었다지만, 그로 인해 부상이 심해져 위중하게 된 용병들도 있느니만큼 이제부터라도 조심스레 가야 했다. 그러니 그들이 마을에 도착할 때까지 버텨주기를 바랄 수밖에 없었다.

버서커 2에게 말이 쇠몽둥이로 얻어맞아 죽는 바람에 졸지에 말을 잃게 된 용병은 다른 이와 같이 타고 있었다.

그와 같이 타고 있던 심한 부상을 입고 있던 용병은 말이 죽을 때 같이 죽어버렸다. 버서커 때문에 말에 깔려 있었으면서도 움직이지 못한 채 숨죽이고 있던 용병을 구할 때 안 거지만, 말이 뒤집어지며 쓰러질 때 아무래도 잘못 떨어졌는지 목이 기괴한 방향으로 꺾여 있었다. 즉사하는 바람에 고통은 없었을 거라고 용병들은 말하지만, 그래도 씁쓸함을 감출 수 없었다.

그 용병의 시신 말고도 세 구의 시신이 한 마리의 말 위에 얹어져 있었다. 응급처치만으로 오랜 시간을 견딜 수 없었던지 결국은 버서커에게 쫓겨 달려가는 동안 숨을 거두고 말았던 것이다.

그래도 그들은 동료들에게 시신이 거두어져 용병단으로 돌아갈 수
나 있었지만, 버서커들이 찾아온 마을에서 싸우다가 숨진 세 명의 용병
은 그러지도 못했다. 워낙 그때 상황이 급박했기에 제대로 수습하지도
못했던 것이다.

뭐, 마을 사람들이 안면이 있으니 그나마 장례는 치러줄 테고 나중
에 그 마을로 돌아가 수습하면 될 테지만, 그래도 동료들의 시신을 방
치하고 왔단 사실에 용병들 마음이 무거울 터였다.

그렇게 가능한 한 빠른 속도로 가기 시작한 지 제법 시간이 지났을
무렵이었다. 갑자기 우리 뒤쪽에서 두두두두~ 하는 힘찬 말발굽 소리
가 들리는 것이었다.

뒤에서 들리는 급박한 소리에 누군가 급한 일이 있어 달려가나 보
다… 라고 여긴 일행은 자연스럽게 반으로 나뉘어 길을 벗어나며 뒤쪽
의 일행들에게 길을 내주었다.

그러면서 돌아보는데…

"어라? 어디서 본 일행 같은데?"

"아까 본 그 귀족 마차잖아?"

그랬다. 급한 기색으로 열렬하게 달려오는 마차는 아까 우리 대신
버서커들을 떠맡게 된 바로 그 귀족 마차 일행이었던 것이다.

그 마차를 바라보는 일행의 시선은 안도감과 착잡함이 뒤섞여 있었
다. 우선 안도감은 멀쩡하게 나타난 마차의 모습을 보니 버서커 일이
잘 해결된 듯했으니 드는 것이었고, 착잡함은 내 일을 남에게 미뤄서
드는 것이었다. 뭐, 단순한 학교 숙제 같은 거라면 오히려 기분 좋게

느꼈겠지만서도 이번 일은 단순한 게 아니었으니 말이다.

게다가 급하게 달려가는 폼을 보아하니 아무래도 안 좋은 일이 있나 보다… 라고 생각하고 있을 무렵이었다. 우리 앞까지 도착한 일행이 급정거를 하는 것이었다.

바쁜 일이 있는 줄 알고 기껏 길을 비켜줬더니만, 신나게 먼지를 피우면서 급정거를 하는 건 또 무슨 심보란 말인가. 그래 일행이 모두 안 좋은 눈초리로 그들을 바라보고 있는데 아주 황당한 말이 울려 퍼졌다.

"드디어 잡았다, 이놈들!"

'이게 뭔 소리래?'

챙챙챙~!

먼지가 가라앉고 보이는 건 살기등등한 시선으로 우리를 노려보며 검을 뽑아 들고 있는 기사들이었다. 그리고 언제 내렸는지 모를 마부가 마차 문을 열자 거기서 두 사람이 내려서는 것이었다. 한 사람이야 마법사 로브를 입고 있으니 그가 마법사인 줄 알겠고, 다른 한 사람은 고급스럽고 화려한 옷차림을 한 거 보니 귀족인 모양이었다.

"당장 말에서 내리지 못할까! 감히 귀족 앞에서 말을 타고 있다니, 너희들이 정녕 죽고 싶은가!"

이번에는 마부가 아니라 기사 중 한 사람이 나서서 외친다. 검을 들어 우리를 향하는 그 기사는 멋들어진 '八' 형 콧수염을 기른 30대 후반에서 40대 초반으로 보이는 남자였다.

귀족 앞에서는 귀족보다 높은 시선을 가지는 건 저 기사가 말한 대로 '죽을죄' 에 해당하기 때문에 우리 일행은 얼른 분분히 말 위에서 내렸다. 그러자 기사들 또한 말에서 내리더니 우리 일행을 포위하기 시작했다.

처음 봤을 때와 수가 전혀 줄지 않는 걸 보니 버서커들을 상대로 용케 죽거나 죽을 만큼 부상을 당한 사람이 없는 모양이다. 하기야 기사가 괜히 기사겠는가? 거기다 마법사도 있었으니.

만약 버서커 시술을 받은 애들이 2급 용병이나 하다못해 3류 검사였다면 이 정도로 무사하지 못했을 테지만, 그 녀석들은 척 보기에도 일반 양아치였다. 어린 나이에 거들먹거리기만 하고 입만 산 녀석들.

뭐어, 그런 녀석들을 감당 못해서 저 녀석들에게 떠넘기고 도망친 우리가 못나게 느껴지기는 하지만서도, 용병들이 그 정도로 실력이 뛰어나다면 다 1급 용병하거나 아니면 지방의 기사가 되었지 괜히 2급 용병을 하겠는가 말이다.

하여간 그러한 이유로 인하여 우리 일행은 우리 일행 숫자보다 적은 기사들에게—다섯 명이 우리를 포위하고 나머지는 귀족 주변에 있었다—둘러싸여 꼼짝도 못하고 긴장한 시선으로 사방을 둘러보고 있었다.

사실 우리 쪽에도 귀족은 있었다. 비록 남작이기는 하지만 그래도 귀족은 귀족이었고, 이 지방에서는 당당히 어깨에 힘주고 다니는 두 집안의 귀족이 있었다. 물론 지금 차림새가… 으음… 좀… 옷도 남루한데다가 지금까지 신나게 달려온 바람에 먼지를 온통 뒤집어써서 꾀죄죄… 하지만…….

아마 그래서 벨타이거 녀석이나 클라리사도 자신들이 귀족이라고 밝히고 나서지 못하는 건가 보다. 그 사정을 짐작한 용병 대장도 뭐라 하지 않고 말이다.

그래도 이 기사들은 마음이 넓은 사람들이었던지 큰 부상으로 인하여 제대로 운신하지 못하는 용병들이 말을 타고 있는 건 뭐라고 하지 않았다.

"저희들이 무슨 잘못이라도……."

우리 일행이 말에서 내리자 귀족과 마법사, 마부가 우리 쪽으로 두어 걸음 더 다가왔다.

그에 용병 대장이 한 걸음 대표로 나서서 말을 걸어보려고 하는데, 그가 채 말을 끝내기도 전에 그와 가까이 있던 기사 하나가 검을 불쑥 내밀며 말을 끊는 것이었다.

"시끄럽다!"

그러나 그거에 겁먹어 굴한다면 그래도 꽤 이름있는 용병단의 한 조를 담당하는 조장이자 1급 용병이라는 그의 이름이 울 것이었다.

용병 대장은 다시 한 번 침착하게 입을 열었다.

"무슨 일인지 가르쳐 주셨으면 합니다만?"

"이 건방진~!"

척 보기에도 용병 대장브다는 대여섯 살은 어려 보이는 기사가 무게를 잡는 것인지 두 눈을 무섭게 부라리며 말했다.

뭐, 맨땅 위를 몇 번이나 이리 구르고 저리 구르고 한 지저분한 몰골로 무게 잡아봤자 웃기기단 할 뿐이다. 전에 봤을 때는 기사들이 꽤나 깔끔했었는데, 잠깐 동안 안 본 사이 지저분해진 걸 보니 아무래도 버서커들의 영향인 듯했다. 그것까지 생각하니 우리를 꽤씸하

다는 듯 바라보는 기사들의 시선이 이해가 되기도 했다. 하지만 그렇
다고 '아이고, 죄송합니다…' 하고 숙이고 들어갈 수는 없는 일 아닌
가.

용병 대장은 여전히 침착한 어조로 옆의 기사가 위협을 하든 말든
말을 꺼냈다.

"저희가 사고를 당해 이런 몰골을 하고 있기는 하지만, 지금 저희는
어떤 귀족 분의 의뢰를 수행하고 있는 중입니다."

살기등등했던 기사 녀석들은 용병 대장의 말에 움찔하더니 살벌한
기색을 좀 누그러뜨리는 것이었다. 역시 어느 세계를 가든 사람은 뭔
가 비빌 언덕이 있어야 했다.

아까 우리에게 호통을 친 '八' 자형 콧수염을 가진 기사가 앞으로 나
와 질문을 던졌다. 아무래도 여기 있는 기사들 중 그가 대장인 모양이
었다.

"네놈들이 정말 귀족의 의뢰를 수행하는 용병이란 말이냐?"

"그렇습니다."

"그렇다면 어디 소속 용병인지 용병패를 내보여라."

용병패란 그 용병의 신분을 증명하는 것으로 출생지, 출생 년도, 날
짜, 그리고 소속된 용병단, 등급이 적혀 있다고 했다.

그러나 우리 일행 중 용병패를 가지고 있는 용병은 아무도 없었
다.

'우쒸… 사람 구하기도 바빴다니까.'

"죄송합니다만, 지금은 가지고 있지 않습니다. 며칠 전 묵었던 여관
에 큰 불이 나서 소지품들이 몽땅 다 타버렸습니다."

용병 대장이 사실만을 말하고 있었지만, 기사들은 비식 비웃음만 흘릴 뿐이었다. 녀석들은 우리가 이 상황을 모면하기 위하여 거짓말을 하고 있는 줄 아는가 보다.

"거짓말도 참 능숙하게 하는구나."

"거짓이 아닙니다. 용병 길드에 물어보시면 당장이라도 아실 수 있을 겁니다."

"시끄럽다."

'난감하군.'

이제는 어쩔 수 없이 벨타이거와 클라리사가 나서야 하는 게 아닌가 하는 생각이 들었지만, 용병 대장의 말도 안 믿어주는데 둘이 나선다고 믿어줄 리가 없었다. 게다가 설사 믿어준다고 해도 나중에 이 일로 꼬투리가 잡혀 귀족들 사이에서 비웃음의 대상이 되기라도 하면 어쩐단 말인가. 그렇지 않아도 둘 다 평민이었다가 귀족이 된 거라 얕보이는 신세인데 말이다.

용병 대장이 기사의 윽박에 입을 다물자 기사는 괜히 인상을 써 분위기를 잡으며 말했다.

"버서커들을 만들어낸 것만으로도 중죄이나, 그것을 이용하여 감히 귀족을 해하려 했으니 이는 결코 용서받지 못할 죄! 당장 무릎 꿇고 너희 목을 내밀라!"

그제야 나는 이 녀석들이 우리에게 급박하게 달려온 이유를 알 수 있었다. 그러니까 간단히 말해 버서커를 자기들에게 떠넘긴 게 열받는다고 우리를 죽이려 한다는 거 아닌가?

"그 버서커들은 우리와 대치 중이었습니다. 그런데 그때 여러분들이

오셔서 큰 소리를 내는 바람에 버서커들이 그쪽으로 반응한 것이었습
니다.”

기가 막히다는 시선의 용병 대장이 황급히 입을 열었지만, 기사들은
믿으려 하지 않았다. 아니, 어쩌면 그들은 사실이 어떻든 상관없을 것
이다. 단지 그들이 우리들 때문에 버서커들과 싸우게 되었다는 것만이
중요했을 뿐.

‘젠장… 자기들은 피해도 거의 입지 않았구만, 그냥 봐주면 안 되
나?’

용병 대장은 그 말에 입술을 깨물며 시선을 뒤로 돌려 일행들을 훑
어보더니, 결국 절망 어린 시선으로 벨타이거를 바라봤다. 자신으로서
는 해결책이 없다는 모습이었다.

우리 일행을 보호하고 있는 용병들 중에서 그래도 자신들의 무기를
들고 검을 휘두를 수 있는 이들은 여덟 명에 불과했다. 그것도 다쳐서
본래의 능력을 내지 못할 이들이 태반이었다. 그러나 상대는 우리가
이런 사상자를 내면서도 제압하지 못한 버서커를 사상자 없이 거뜬하
게 해결한 녀석들이었다. 녀석들에게 예의나 국법을 따지고 싶은 생각
은 없으니 여차하면 무력을 써서라도 뚫고 도망치고 싶었지만, 무력으
로도 우리 쪽이 달렸다. 게다가 저쪽은 실력이 얼마인지는 모르지만
마법사까지 딸려 있었다.

난감하기는 나도 마찬가지였다. 지금 같은 상황이라면 내 존재가 드
러나는 것에 상관없이 나서주고 싶었지만, 나라고 딱히 무슨 방법이 있
는 건 아니었기 때문이다.

도망가려면 우선은 일행을 포위하고 있는 기사들을 처리해야 하는

데, 그들만 붙잡는다고 해도 뒤에 나머지 기사들은 물론이거니와 마법사라는 녀석이 제일 마음에 걸렸다.

'으음… 그래도 그냥 한번 저질러 볼까? 우선 밖에 있는 녀석들의 발밑에서만 불을 일으키고 마법사가 달려든다면… 어떻게 하지?

이 세계에 와서 마법사도 만나본 데다 마법도 본 이상 뭔지는 대충 안다.

하지만 내가 직접 맞서본 적이 없어서 나의 힘이 얼마나 통용되는지를 알 수가 없는 것이다. 게다가 저 마법사의 실력도 모르고.

기사들이야 대충 불로 막으면 잠시 시간이라도 벌 수 있지만, 마법사라는 존재 또한 불도 일으키고, 물도 쏟아지게 하고, 바람도 불게 할 수 있으니 말이다.

하지만 속으로 우물쭈물하던 심정도 점점 살기를 뿌리며 다가오는 녀석들의 모습에 다급히 마음을 정했다.

'에잇, 나도 몰라. 선애만 무사하면 되지 뭐.'

나는 그렇게 말하고는 벨타이거와 클라리사 사이에 서 있는 선애에게 다가갔다.

[우선 너희들을 포위하고 있는 녀석들을 제지할 거야. 그러니 그 틈에 우선 도망치도록 해.]

내 말에 선애는 작게 고개를 끄덕이고는 클라리사의 팔을 슬며시 잡았다. 이 상황에서도 클라리사는 챙겨주고 싶은 모양이다.

그 모습을 본 나는 크게 심호흡을 한 번 하고 힘을 개방했다.

쾅과과과광~!

내가 직접적으로 움직이는 것은 그동안 여러 가지를 해보느라 많이 업그레이드되었지만 불을 다루는 건 쉽게 시험해 볼 수 있는 게 아니었기 때문에, 작은 힘이면 몰라도 큰 힘을 사용할 때는 아직까지도 영어색한 감이 남아 있었다. 그래도 엉뚱한 사건이 일어나는 건 아니라서 다행히 불꽃은 내가 원하는 대로 우리를 둘러싼 기사들 밑에서 터져 나왔다.

그 틈에 마차 쪽에 있던 기사들이 놀라 우왕좌왕하는 사이 선애는 내 재촉에 클라리사의 팔을 잡고 말 위로 올라탔다. 벨타이거와 잭 조셉은 주변에 있다가 선애가 도망치는 걸 느끼고 황급히 같이 움직였고, 그건 용병들도 마찬가지였다.

"잡아라, 놈들이 도망친다!"

"멈춰라!"

도망가는 녀석들에게 멈추라고 한다고 멈추는 사람이 있을까?

미리 용병들에게 말을 한 것도 아니었는데 채 10을 세기도 전에 선애와 벨타이거 일행은 물론이거니와 용병들도 모두 말에 올라타 있었다. 참 잽싼 몸놀림들이었다.

하지만 빠른 건 용병들뿐만이 아니었다.

"너희는 쫓아! 너희는 저들을 구해. 너희는 남는다!"

다행이라고 한다면, 마법사가 우리의 발걸음을 제지하기 위하여 공격 마법을 퍼붓는 대신 나에게 불꽃을 선사받은 기사들을 구하기 위해 움직였다는 거다. 대신 대장의 지시를 받은 세 기사가 우리를 쫓아오기 위하여 얼른 말 위에 올라타는 것이 보였다.

'미안하다.'

그걸 그냥 냅둘 수는 없었기에 나는 얼른 그쪽으로 뛰어가 말들에게 속으로 사과를 하고는 다리 하나를 붙잡아 그 안에 손을 집어넣어 손톱을 세웠다.

보통 사람의 손톱으로 고통을 줄 수는 없었지만, 나는 보통 사람이 아니었다. 말의 가죽을 뚫고 들어간 뒤 그 속에서 손톱을 세우는 것도 모자라 좀… 에… 많이 휘저어줬으니 말이다.

이히히힝~!

갑작스러운 통증에 놀란 갈이 앞발을 쳐들며 통증을 참으려는 것인지 투레질을 치자 영문을 모르는 기사는 말을 진정시키느라 뒤를 쫓지 못했다.

그 모습에 나는 속으로 미소를 지으며 막 앞으로 출발한 다음, 말에 들러붙었다.

'처녀 귀신은 무서운 법이야아~'

세 마리의 말을 달리기는커녕 제대로 걷지도 못하는 절뚝발이 말로 만들어 버린 뒤 주위를 둘러보자 그 기사들이 다른 말 위에 오르려고 하는 모습이 보였다.

그리하여 나는 내친김에 그들이 데리고 있던 모든 말들—그러니까 기사들이 타는 말을 비롯하여 마차를 끄는 말들까지 몽땅—절뚝발이 말로 만들어 버렸다.

말들에게는 너무 미안하지만… 그래도 어쩔 수가 없었다.

날 볼 수는 없겠지만 말들에게 미안함에 고개를 한 번 꾸벅 숙여 보인 뒤 나는 일행들이 사라진 쪽으로 달리기 시작했다.

'으음… 그런데 생각보다 사건을 쉽게 해결한 것 같아. 나는 내가 인식한 것보다 능력이 더 높았던 모양이야.'

　내가 선애를 거의 다 따라잡았을 즈음 일행들은 마을에 도착해 있었다. 시간은 어느덧 늦은 저녁 시간. 기억을 더듬어봤을 때 여관 화재 사건이 있었던 마을과는 꽤나 가까운 거리였음에도 오는 중간에 여러 가지 사건이 있다 보니 거의 하루를 다 보내고 나서야 도착할 수 있었던 것이다. 덕분에 꽤나 피곤하고 배도 고플 테지만 일행들은 그런 거에 신경 쓸 겨를도 없이 급히 의원 집을 찾아 우르르 몰려가야 했다.

　의원 집에서는 처음에 남루하고 지저분한 우리 행색을 보고 안 받아주려고 해서 용병들을 분노하게 만들었다. 뭐어, 용병 대장이 나서서 급한 대로 말 한 마리를 넘겨주고 나서야 제대로 치료를 받을 수 있었지만 말이다.

　선애와 클라리사를 비롯한 모든 이들이 작은 부상이라도 입고 있었기에 일행들은 여관으로 가는 대신 입원 형식으로 의원 집에서 머물기로 했다. 다행히 그 의원 집에서는 우리처럼 오고 가다 다쳐서 오는 사람들을 위하여 입원실(?)을 마련해 놓고 있었기 때문에 선애와 클라리사까지 머무는 데 문제는 없었다. 여관 같은 서비스까지는 기대하기 어려웠지만, 선애와 클라리사만 여관으로 보내기에는 위험하다는 일행들의 의견을 따라 그대로 머물렀던 것이다.

　역시 여자라는 이유로, 그리고 방이 많지 않다는 이유로 클라리사와 같은 방을 사용하게 된 선애는 좀 늦은 저녁을 먹고 올라와 대충 씻자마자 곧바로 클라리사가 곯아떨어지자마자 나에게 말을 걸었다.

　"그 인간들 어떻게 됐어?"

척 보아하니 녀석도 꽤나 피곤해 보이는 얼굴이었는데, 클라리사가 완전히 곯아떨어질 때까지 안 자고 버티고 있다가 물어본다는 게 아까 그 귀족 녀석들에 대한 거라니… 여기까지 쫓아올까 봐 꽤나 걱정이 된 모양이다.

[음… 그냥 녀석들이 가지고 있던 말들을 모조리 절뚝발이로 만들어 놨어. 마차 끌기도 힘들 테고 타고 오기도 힘들 테니 아마 여기까지 쫓아오는 건 어려울걸?]

내 말에 선애의 눈썹이 살풋 찡그려졌다.

"어차피 거기서 이 마을까지 거리가 얼마 되지도 않는데 뭐. 게다가 절뚝발이라도 마차는 끌 수 있는 거 아니야?"

[에… 그런가?]

그때는 그 정도면 충분하다고 생각했건만, 선애의 말을 듣자니 내가 너무 안일하게 대처한 건가 하는 생각이 든다.

"언니, 잘 거 아니면 좀 찾아보지 그래? 혹시 녀석들이 여기 왔을 수도 있잖아?"

[야, 여관들을 모조리 둘러보라구? 넘한다… 나 혼자 그걸 어떻게 돌아보냐?]

"다 돌아볼 필요 있남? 여관의 마차 보관소에 가서 그 마차가 있는지만 보면 되잖아. 그럼 오래 걸리지도 않겠구만."

[아… 그렇군.]

이런 마을이 생긴 이유가 대로를 지나가는 사람들을 위한 하루 정도의 편의 시설 때문이었기에 마을 전체가 여관, 아니면 생필품 가게라고 해도 과언이 아니었다. 그 덕분이라고 해야 할지 같은 업종의 가게들은 한곳에 몰려 있었는데, 여관도 마찬가지라 여관을 찾는답시고 마을 전체를 돌아다닐 필요는 없었다. 거기에 여관 중에서도 마차 보관소가 있을 만한 큰 여관만 골라서 돌아보면 되는 일이라 선애 말대로 오래 걸리지 않을 일이었다.

[에휴~ 그건 그런데 너는 이 피곤한 언니를 꼭 부려먹어야겠냐?]

내가 짐짓 애처롭게 말했지만 선애는 눈썹 하나 까딱하지 않았다.

"언니, 피곤해?"

[쳇, 말이 그렇다는 거지.]

"피곤하지도 않으면서 동생을 위해 이 정도도 못해주냐?"

[어우, 야… 부탁하려면 좀 더 애교를 떨면서 해야 하는 거 아니냐? 그렇게 냉정하게…….]

"언니, 나 졸리거든? 갔다 오려면 빨리 갔다 오지?"

[녜에…….]

너무나 차가운 선애의 모습에 나는 풀이 죽은 채로 물러날 수밖에 없었다.

속으로 애를 잘못 키웠다느니, 나한테만 냉정하다느니 하며 겉으로는 내뱉을 수 없는 말들을 꿍시렁대고 있는데 마악 침대에 누우려던 선애가 고개만 돌려 날 보더니 입을 열었다.

"아아… 그리고 혹시 그 녀석들 만나면 피해 보상비 넉넉하게 받아오는 거 잊지 마."

그 순간 나는 울 꼬맹이 녀석이 날 보내는 게 놈들이 정말 쫓아올까 봐 두려웠던 건지, 아니면 피해 보상비를 받기 원했던 건지 헷갈렸다.

　의원 집을 쉽게 빠져나온 나는 여관들이 몰려 있는 쪽으로 발걸음을 옮겼다. 뭐, 찾는 건 어렵지 않았다. 여관들은 마을 입구 쪽에 있었으니 말이다. 아마 이 마을에 들르는 대부분의 사람들이 원하는 서비스일 테니 입구 가장 가까이에 있는 건 당연할 터다.

　그리고 그들 중에서 가장 큰 규모를 가진 여관의 마차 보관소를 보자 과연, 그곳에 낯익은 마차가 떡억 하니 버티고 서 있었다.

　‘에엥? 분명히 말들을 다 절뚝발이로 만들었는데 어떻게 마차를 여기까지 끌고 온 거지?

　마차의 모습에 당혹감을 감추지 못한 나는 그 옆에 있는 커다란 마구간으로 가봤다. 그랬더니 그곳에는 당연하겠지만서도 무척이나 낯익은 말들이 주르르 앉아서 잠을 자고 있는 거였다.

　‘아니, 그럼 절뚝발이 말들을 타고 왔던 거였어? 이런, 사람들이 못됐네. 아무리 말이라고 해도 다친 녀석들을… 여기 도착하면 치료해 줬겠지만서도… 가만 치료?

　그제야 나는 그들 중에 마법사가 있었음을 기억해 냈다. 그리고 마법 중에 다친 이들을 치료하는 마법이 있다는 것도.

　설마 사람도 쉽게 받기 힘든 마법 치료를 받았겠나 싶었지만, 그랬을 수도 있다. 옆에 귀족이 떡억 버티고 있었으니 마법사가 치료해 주기 싫어도 어쩔 수 없었겠지. 거다가 마법사 자신도 걸어오기 싫었으면 말이다.

　‘허참… 아주 호강하는 말들이네그려.’

　그러면서 떠오르는 것은 한국에 있을 때도 간간이 들었던 이야기들.

부잣집의 애완 동물들은 일반 서민이 꿈도 못 꿀 아주 비싼 보석 목걸이를 착용하고, 서민들보다 더 고급스런 식사를 하며 고급 잠자리를 가지고 있는 등등.

'쳇, 생각하지 말자. 금방 찾았으니 어쩌면 잘된 건지도. 녀석들의 성격으로 보아하니 아마 우리 일행을 쫓아올 게 뻔하니 방해 좀 해줘야겠어.'

나는 녀석들이 있음 직한—돈 많은 귀족이 어디에 있을지는 뻔~했다—이 여관의 특실을 찾아 올라갔다.

과연 그 귀족 일행은 여관에서 가장 큰 특실에 묵고 있었다. 마법사와 귀족이 특실을, 그리고 그 양옆과 건너편의 룸에는 기사들이 있었다. 마부는 귀족의 시중 때문인지 특실에 딸려 있는 거실 소파에서 잠을 청하고 있었다.

'흐음……'

혹시 마법사가 도둑이 드는 걸 방지하기 위하여 마법이라도 장치한 게 아닌가 걱정이 되긴 했지만, 침대에 널브러진 마법사를 보니 엄청 피곤했는지 핼쑥한 얼굴로 누가 업어 가도 모를 정도로 깊이 곯아떨어져 있었다.

그래도 혹시나 몰라 그의 소지품을 이것저것 찝쩍거려 봤지만 전에 벨타이거가 머무는 방에 수상한 놈들이 침입했을 때처럼 큰 소리가 울린다던가, 빛이 난다던가 하는 건 없었다.

'좋아, 알람 마법은 안 걸려 있군. 그럼 안심하고……'

나는 히죽히죽 웃으면서 작업을 시작했다.

다음날, 일행들 중 거뜬히 자리를 떨치고 일어날 수 있을 만큼 회복된 사람들만 아침을 먹고 느지막이 의원 집을 나왔다. 벨타이거는 돈을 마련하기 위하여, 용병 대장은 소속 용병단에 연락하기 위하여, 그리고 선애와 클라리사는 옷과 소지품들을 마련하기 위해서였다. 서로 목적이 다른데 다 같이 우르르 다니기도 뭣해서 각자 두어 명씩 호위해 줄 용병을 데리고 흩어졌다.

아침에 일어난 뒤 선애가 클라리사에게 옷을 사러 가자고 제의할 때 클라리사는 참 황당해했었다. 화재가 난 여관에서 거의 맨몸으로 나왔는데 당당하게 옷을 사러 가자고 했으니 말이다.

어제까지만 해도 선애는 빈털터리였겠지만, 오늘은 아니었다. 뭐, 클라리사가 갑자기 생긴 돈에 으아해했지만, 그건 화재 난 여관에서 멀쩡한 돈을 발견하여 챙겨뒀다고 둘러댔다. 원래 그곳에서 발견한 돈은 모두 벨타이거에게 넘기기로 했지만, 선애가 원래 자기 것을 조금 챙겨뒀다니 클라리사도 할 말이 없었다. 조금… 이 아니라 제법 넉넉한 돈을 보고 클라리사가 선애를 슬쩍 흘겨봤지만 말이다.

선애는 그걸로 자기와 클라리사의 옷을 두어 벌씩 사고 마을을 돌아다니며 놀다가 점심을 밖에서 먹고 들어가기로 했다. 그런데 생각 외로 시간이 많이 걸려 선애 일행은 좀 늦은 시간에 식당 안으로 들어가게 되었다.

때를 지나쳐 식당 안이 한산했기에 일행은 가장 좋은 자리를 잡고 용병들에게도 비싼 음식을 푸짐하게 차려주었다. 그리고 선애와 클라리사도 그날 스페셜 메뉴를 선택해 주문하고 음식을 기다리던 중이었다.

"그게 정말이야?"

"그렇대도. 얼마나 웃겼는지."

"크하하하! 그거참 아쉽구만. 나도 그때 있어야 했는데……."

"그러게 말이야. 거들먹거리던 귀족이 돈이 없어서 자기 마차를 넘겼다니… 푸하하하, 볼 만했겠군."

"그런데 정말 그럴 수가 있어? 아니, 화려한 옷차림에 기사까지 거느린 귀족이 돈이 한 푼도 없었다니 말야."

"누가 아니래? 거기다 화려한 마차에 기사들 말까지 있었으니 여관 주인은 당연히 봉인 줄 알고 굽신댔는데, 그 다음날 돈이 한 푼도 없다는 게 발견되었으니 뒤통수 맞은 꼴이었지."

"에이, 그래도 그 여관 주인은 마차라도 받았잖아. 그럼 됐지 뭘."

"아하하! 그러게."

옆 자리에 앉은 세 명의 사내는 작은 목소리로 말하다가 점차 기분이 좋아졌는지 큰 소리로 말하기 시작해 그 소리가 옆에 있는 우리에게도 잘 들렸다.

뭐, 앞부분 이야기는 듣지 못했지만 대충 내용은 알 것 같았다.

나중에 선애는 의원 집에 돌아와 나에게 속삭였다.

"아니, 도대체 얼마나 뜯은 거야?"

[있는 돈 다 싸그리 싹싹. 마법사랑 기사들이 갖고 있던 것까지 다 뒤져서. 그 녀석들 돈이 있으면 우리를 쫓아와서 난리를 칠지 모르잖아. 원천봉쇄를 하느라고 그랬지. 아, 그래도 기사들의 검까지 모조리 가지고 온 건 심했나?]

"기사들 검까지? 그건 어디 있는데?"

[여기로 가지고 올 수는 없잖아. 게다가 돈이랑은 달리 가지고 있다
가 들키기 쉽구. 그래서 마을 밖에다 땅 파고 묻어버렸어.]
　"오오… 잘했어, 언니."

CHAPTER
23

FANTASY FRONTIER SPIRIT

Chapter 23

선애가 휴와 자스민을 단난 날로부터 사흘 후, 선애와 클라리사는 남작의 저택을 나섰다. 그들의 옆에는 모건이 함께 동행하고 있었고, 그들을 호위하기 위한 기사가 다섯이나 따라붙었다.

원래 선애는 길 안내와 호위를 해줄 겸 해서 경험이 많은 용병들을 고용할 생각이었다. 울 꼬갱이가 원래 계급 없는 사회에서 살았던 터라 그런 거에 별로 신경을 쓰지는 않지만, 괜히 뭔가 대단한 것마냥 뻣뻣하게 대하는 기사들을 데리고 여행을 다니려면 꽤나 피곤할 것 같았기 때문이다.

선애도 후작가 저택에서 몇 개월 지낸 덕분에 뻣뻣하게 구는 기사들의 모습은 많이 봐왔던 것이다. 뭐, 후작가에서야 선애가 하녀였고 지금은 레이디 신분이었으니 기사들이 선애를 향해 정중하게 대하기야

하겠지만, 그래도 이면에는 선애는 평민이고 자기들은 기사라는 인식
이 있기 때문에 알게 모르게 뻣뻣할 건 뻔했다. 일행 리더가 선애임에
도 불구하고 꼬맹이의 말은 아마 '레이디는 그러시면 안 됩니다', '레
이디는 모르서서 그럽니다' 등등 하며 자기들 멋대로 선애를 휘두르려
고 할 게 틀림없었다.

여행 다니는 내내 그렇게 그들과 신경전을 벌이느니 차라리 돈 주고
용병 구하는 게 백 배는 낫겠다 싶었는데, 선애 옆에 클라리사가 거머
리처럼 처얼썩~ 붙는 바람에 어쩔 수 없이 기사들까지 따라오게 되었
던 것이다.

클라리사는 엄연히 남작가 영애니 기사들이 찍소리 못할 테고, 그
클라리사는 선애 말에 껌뻑 죽으니 어느 정도 컨트롤이 가능하리라는
생각에 위안을 하면서 말이다.

처음에 선애는 낯선 길인데다 날도 추워져 여행 다니기 좋을 때가
아니었기에 모건과 단둘이서만 갈 계획이었다. 선애야 정보 길드 본부
와 계약을 하는 건 물론이거니와 앞으로 그 다섯 도시의 가게들을 관
리하고 또 그쪽 정보 길드를—휴의 말로 하자면—써먹으려면 직접 다니
면서 안면을 익혀놓는 게 좋았기 때문이다. 모건은 그동안 휴 대신 알
파두르 항구 도시를 뺀 나머지 네 도시를 다니며 가게를 구하고 내부
공사를 준비해 왔으니, 시작하지 않은 나머지 세 군데 도시의 내부 공
사 계약을 맺으려면 당연히 같이 가야 했고 말이다.

그런데 선애가 간다니까 클라리사가 자기는 선애의 보좌관이라면서
극구 따라가야 한다고 나섰던 것이다. 그래 벨타이거에게 밑에서 잔심
부름이라도 시키고 있으랬더니만, 그 녀석이 처음에 클라리사를 관리

하겠다고 나선 건 선애가 아니었냐고 하면서 데리고 가라는 것이었다.
아무래도 클라리사가 벨타이거 녀석을 조르기라도 한 모양이다.

그리하여 클라리사가 선애에게 들러붙었고, 그 클라리사가 간다니
벨타이거가 그냥 보낼 수 없어 기사 다섯을 붙여준 거다. 처음 선애에
게 붙여주려고 했다가 선애가 거절해서 그냥 됐지만, 클라리사가 같이
가니까 거절해도 극구 붙여주게 되었던 거다. 하기야 클라리사가 수도
로 간다고 하는데 그냥 보냈다면 벨타이거가 헤스딩스 남작 볼 면목이
없겠지. 그리하여 결국 선애와 클라리사, 모건이 길을 떠나게 된 것이
었다. 크로스웰 남작가 기사 다섯을 붙이고 말이다.

날이 추워 기사들은 몰라도 선애와 클라리사, 그리고 모건은 마차에
탔다.

아벤티노 대륙은 물이 풍부한 곳이었다. 그런 대륙답게 강과 호수가
많았는데, 아벤티노 대륙에 있는 강 중에서 가장 크고 긴 강이 바로 세
라핌 강이었다. 이 강은 아벤티노 대륙의 남쪽에 있는 강이었는데, 얼
마나 길었는지 대륙을 거의 횡단하고 있어 대륙 남쪽에 있는 세 나라
를 거쳐 아드리아 해(이 세계의 동해에 해당)에 도착했다. 아마 증국의 장
강이라고 할 수 있을 것이다. 그러한 대단한 강이라 그런지 사람들은
자비의 여신 이름을 붙여 부르고 있었다.

세라핌 강은 카르파티아 산맥으로부터 시작되어 바이런 국의 수도
인 맨지스를 지나 에퍼시드 국으로 흘러가기 때문에 일행은 웨이벌리
도시에서 배를 타고 수도로 가기로 했다. 육로로 가는 길이 있긴 했지
만 날이 추운데 계속 마차로 가기보다는 좀 늦더라도 따뜻한 선실 안

에서 편히 가는 걸 택했던 것이다. 물론 웨이버리 도시까지는 마차를 타고 이동해야 했다.

원래 웨이버리 도시는 카르파티아 산맥에서 내려오는 몬스터들을 막기 위한 요새 도시였다고 한다. 그곳에 병사들과 물자를 공급하기 쉽도록 세라핌 강 옆에 일부러 도시를 만든 것이었는데, 그것이 지금은 알파두르 항구를 통해 해상 무역이 활발해지자 덩달아 교역 도시로 발전하게 되었던 것이다. 수도로 손쉽게 이동할 수 있는 수로가 있는 도시였기에 알파두르로부터 온 물품들이 웨이벌리로 와서 강을 타고 수도로 들어갔기 때문이다. 물론 반대로 수도로부터 온 물품이 알파두르 항구로 이동하기도 했다.

그렇기 때문에 이 두 도시, 알파두르와 웨이벌리는 귀족에게 영지로 주어 다스리게 하지 않고 국가에서 직접 관리하는 도시였다. 다른 나라는 모르겠지만, 지금 선애와 내가 있는 이 바이런 국가는 중앙 집권제와 봉건제를 적절하게 섞어 나라를 다스리고 있었던 것이다.

쌀쌀해진 날씨 탓인지, 아니면 마차 주위를 호위하고 있는 다섯 명의 위풍당당한 검사들의 모습 탓인지—선애와 클라리사가 크로스웰 남작 가문의 문장을 달지 않겠다고 해서 기사들은 그냥 평범한 검사 차림을 하고 있었다—일행은 추운 날씨를 제외하면 아무 일 없이 편안하게 웨이벌리에 도착했다.

하기야 알파두르에서 웨이벌리로 오는 길이 잘 뚫려 있어서 크게 어려움은 없었다. 암살자들의 주요 목표인 벨타이거 녀석도 없었고 말이다. 단지 선애가 마차를 지긋지긋하게 여기게 되었다는 걸 빼면 말이다. 그래서 울 꼬맹이는 웨이벌리에 도착하자 제일 먼저, 그리고 제일

크게 기뻐했다. 드디어 마차에서 벗어나게 되었다는 것 하나로 말이
다.

웨이벌리는 처음 몬스터들을 막기 위한 요새 도시로 만들어져서 그
런지 성벽이 무척이나 높고 두터웠다. 멋은 하나도 없이 오로지 실용
성만 강조하여 마치 너무 드터운 갑옷을 보는 것만 같아 삭막함과 함
께 약간의 답답함마저도 느껴졌지만, 주위에 바글바글 모여 활기차게
움직이는 사람들 덕분에 그런 기운이 약간 가라앉았다.

알파두르 항구 도시도 국제 무역항이었기 때문에 외부의 침입을 방
어하는 성벽과 해군은 물론이거니와 군대도 상주하고 있었다. 그러나
항구 도시로 이름을 날리게 된 이후 한 번도 외세의 침략을 받아본 역
사가 없는 고로, 거의 형식적으로 해군은 항구를 들락거리는 배들의 질
서와 해적의 위협 정도만 담당하고 일반 군대는 치안을 담당하고 있는
실정이었다.

하기야 알파두르는 국가에서 특정 목적으로 세워진 것이 아니라 서
대륙과의 무역을 뚫기 위하여 애쓰던 상인들이 발전시켰다고 해도 과
언이 아니었다. 그 무역에 성공하여 점점 발전하자 나중에 치안과 세
금 관리 등등을 위하여 정부에서 관리를 파견하게 된 것뿐이었다. 어
차피 몇백 년 전만 해도 거의 단절되던 대륙이었으니 이제 와서 서대
류이 아벤티노 대륙에 눈돌을 들일 거라고 생각하기는 어려웠다.

만약 항구에 외세의 침입이 있다면 그건 서대륙 무역으로 경쟁을 하
고 있는 헤이븐 국일 확률이 높았는데, 헤이븐 국의 침입을 대비하여
바이런의 진정한 정예의 허군이 있는 항구는 또 있었다.

헤이븐과의 무역을 담당하고 있는, 바이런 국의 제2의 항구 도시 펨

브르크가 바로 그것이었다.

이 도시는 알파두르 항구 도시가 생기기 이전부터 국가에서 해상 무역은 물론이거니와 해군 육성 목적으로 국가에서 만든 계획 항구 도시였다. 그러다가 알파두르가 생기고 서대륙과의 무역으로 더 발전해 버림으로써 지금은 제1 항구 도시라는 이름을 양보했지만 말이다. 아마 그곳에는 이 웨이벌리 못지않은 외세 침입을 대비한 두터운 성벽이 있을 거였다.

"우와! 성벽이 삭막해서 안도 그럴 줄 알았는데, 알파두르 항구 도시보다 더 북적이는 것 같아요!"

성안으로 들어서자 바깥보다 더 활기찬 내부의 모습에 클라리사가 놀랍다는 어조로 말했다.

그에 모건이 싱긋 웃으며 친절하게 설명을 해준다.

"하하하, 당연합니다. 여긴 바이런 국 북부에서 제일가는 교역 도시니까요. 여기에서 수도까지 곧바로 수로가 뚫려 있는 바람에 북부 대부분의 물자가 이쪽으로 운송되어 수도로 들어가지요. 수도에 있는 물품도 마찬가지구요."

"그렇구나아……."

"여기서 잠시 머물게 될 겁니다. 두 분도 아시다시피 여기에 타이거 상회의 두 번째 가게가 개점될 예정이잖습니까."

그랬다. 여기가 바로 알파두르, 수도와 함께 야생화 가게를 세우기로 결정된 세 도시 중 한 곳이었던 것이다. 북부에서 최고의 교역 도시로 손꼽히는 이곳을 그냥 냅두기에는 너무나 아까운 일이었으니 말이다.

다음날, 고급스러운 여관에서 하루 푹 쉬고 모건의 안내를 받아 우리는 이곳에서 오픈하게 될 가게로 구경 갔다. 가게는 시내 중심가와 변두리 사이 정도 즈음에 위치해 있었는데, 아침을 먹자마자 곧바로 갔기 때문인지 그날 공사를 위하여 준비하는 모습을 볼 수 있었다.

돈이 부족해서 모두 다 계약하기보다는 몇 군데만 확실하게 시작하자는 모건의 선택으로 인하여 이곳의 가게는 공사를 시작한 지 꽤 되어 제법 완성된 모습을 갖추고 있었다.

"어서 오십시오. 오랜만에 둘러보러 오셨나 보군요."

가게 안에서는 막 일꾼들에게 이것저것 지시를 내리고 있던 중년 남자가 모건을 보더니 서둘러 다가와 인사를 해왔다. 그가 바로 이 가게의 내부 공사를 담당하는 사람이었다. 모건은 그 중년 남자를 선애와 클라리사에게 소개를 했다.

그들이 그렇게 소소한 이야기를 주고받는 동안 나는 혼자서 가게 안을 둘러보기 시작했다.

가게는 제법 넓었다. 아무래도 고급 쪽을 지향하다 보니 가게도 제법 그럴듯하게 꾸미려는 건 당연했다. 전에 선애가 잠시 운영한 야생화 향수 가게의 세 배 정드?

가게는 2층으로 된 건물이었다. 1층은 전체를 매장으로 할 건지 하나로 다 터놓은 상태였고, 2층은 사무실과 창고를 겸용하는 모양이었다. 사무실로 사용하기 딱 좋은, 제법 널찍한 방 하나와 복도를 앞에 두고 나란히 있는 세 개의 그보다 작은 방이 한창 공사 중이었다. 아무래도 작은 세 개의 방을 귀중품 보관 창고로 사용하려는 예정인지 보안이 좋게끔 벽이며 문 등을 튼튼하게 만들고 있었다.

'흠… 제법 괜찮네.'

사람들이 여기저기 돌아다니고 있었지만 그런데 전~혀 상관없었던 나는 찬찬히 2층까지 둘러보며 만족스러워했다.

창이 크게 나 있어서 햇살이 환히 들어오는 사무실이 될 방을 다시 한 번 둘러본 나는 넓이도 괜찮고 채광도 좋으니 펌프 시설과 하수도 시설만 잘 해놓으면 간단하게 살림을 차려도 될 것 같다는 생각을 하고 있는데, 계단을 통해 선애 일행이 올라오는 모습이 보였다.

공사를 담당한 중년 남자가 앞장서서 여기저기를 가리키며 설명하고 있었고 나머지 셋은 듣고 있었는데, 선애는 중년 남자가 말하는 걸 진지하게 들으며 가끔은 이해했다는 듯 고개까지 끄덕이는 것이었다.

'푸핫… 자기가 얼마나 안다구.'

그 모습이 마치 이쪽 일에 전문가인 것처럼 보여 나는 피식피식 나오는 웃음을 멈출 수가 없었다.

하기야 뭐, 아주 모르는 것도 아니었다. 알파두르 항구 도시의 작은 야생화 향수 가게를 다 뜯어고칠 때도 선애가 자주 가서 이것저것 물어보고 설명도 들었으니 말이다. 단지… 잘 아는 게 아니라 어설프게 알아서 문제지만… 그런 어설픈 지식을 가지고 이것저것 괜한 참견을 하는 건 아닌지 걱정되었지만, 우리 현명한 꼬맹이는 그런 어리석은 일을 하는 대신 중년 남자의 설명을 알아듣는 것에만 만족하는 모습이었다. 모르는 건 직접 물어보고 말이다.

선애 표정을 보니 가게의 모습도, 그리고 완공되었을 때의 가게 디자인도 꽤나 흡족한 모양이었다.

그리고 보니 모건도 제법 눈썰미가 있고 일 처리도 잘하는 모양이었다. 하기야, 그러니까 벨타이거가 자기가 자리를 비운 사이 그에게 모든 걸 맡긴 거겠지만.

오전에는 그렇게 가게에 가서 담당자에게 이것저것 설명을 듣고 공사가 시작되는 것도 보다가 점심때가 되어 그들에게 비싼 점심을 사주고 빠져나왔다. 이렇게 공사하는 사람들에게는 간간이 성의를 보여줘야 그들이 더 기분 좋게 일하는 법이었다.

그 후 일행은 이 도시에서 제법 유명한 식당에 가서 점심을 먹고 난 뒤 두 패로 헤어졌다. 모건은 우리가 수도로 타고 갈 배를 알아보러 갔고, 선애와 클라리사는 도시를 구경하고 다녔던 것이다.

날이 제법 쌀쌀했기 때문에 해가 질쯤 되자마자 여관으로 돌아와야 했지만, 그래도 새로운 도시를 구경하는 재미가 꽤 쏠쏠했던 모양인지 둘은 즐거운 얼굴로 재잘대고 있었다. 아마 손에 들고 있는 쇼핑 꾸러미가 그 기쁨을 좀 더 업그레이드시켜 줬겠지만 말이다.

그때쯤 돌아온 모건도 득의 어린 표정을 짓고 있었다.

"배를 구했습니다. 역시 교역 도시라는 명성에 걸맞게 여객선도 많더군요. 말과 마차까지 모두 태울 수 있는 배로 내일 오전에 출발한답니다."

"드디어 수도인가."

선애가 수도에 가서 정보 길드 본부와 접촉을 한다는 건 타이거 상회에서 선애와 벨타이거만 알고 있는 일이었다. 모건과 클라리사는 선애가 단지 상회의 이사로서 가게들을 둘러보고 고용할 사람들을 알아보기 위해 가는 건 줄 알고 있다. 뭐, 틀린 말은 아니었지만 말이다.

기실 모건은 수도로 가기 전 여기서 더 며칠 머무르게 될 줄 알았다고 했다. 이 웨이벌리 도시에 오픈될 가게에서 일할 사람들을 오자마자 찾아볼 줄 알았던 모양이다. 하지만 아직 길드 본부와 정식으로 계약을 체결하지도 못한 상황이니 하는 수 없었다. 물론 광고를 떠억 붙이면 몰려드는 사람들도 있을 테고 그들을 면접하고 뽑으면 되기야 하겠지만, 쉽게 뛰어나고 인품도 확실하게 보장되는 사람들을 고용할 수 있는데 그런 쓸데없는 수고를 할 필요가 없었다. 뭐어… 점원들만 그렇고, 빨리 상회의 중간 관리자들을 찾아야겠지만 말이다.

그리하여 모건에게 이곳 가게에 고용할 사람들은 돌아오는 길에 구할 거라고 하니까 좀 불안해하면서도 그냥 물러났다. 비록 모건이 먼저 타이거 상회에서 일을 시작했고, 얼마 전까지만 해도 가게 오픈하는 일의 총책임자였지만, 지금은 엄연히 선애의 아랫사람인데다 사람을 고용하는 건 선애의 담당이 되었기 때문에 뚜렷하게 손해가 나지는 않는 이상 뭐라 하지 못하는 거였다.

어차피 공사가 완공되려면 시간이 좀 있어야 했고, 오픈도 아직 몇 개월 남았기 때문에 다시 웨이벌리로 돌아올 때쯤 사람을 고용해도 크게 늦는 건 아니었다. 다만, 이번 일로 선애가 모건에게 일을 귀찮아하여 뒤로 미뤄놨다가 닥치면 급하게 하는 타입의 사람으로 비춰진 것 같아 쬐게 마음에 걸렸다. 선애의 사정을 모르는 모건이니 이해는 가지만 말이다.

게다가 그것 말고도 마음에 걸리는 건 또 있었다.

[난 말이다… 아무래도 너 혼자 간다는 게 걱정이다.]

고급 여관의 독방을 쓰게 된 선애가 즐거운 마음으로 오늘 하루 일정을 끝내고 잠자리에 눕다가 뜬금없는 내 말에 날 돌아봤다.

"뭔 소리야? 언니가 있잖아."

[물론 난 네 옆에 함께 있긴 할 거지만… 내가 대단한 고수가 아니잖니. 그러니까 자꾸 걱정이 된다 이거야.]

"에이, 알파두르 지부장의 소개장도 가지고 가는데 설마 날 해치기야 하겠어?"

[정보 길드야 안전하겠지만서도… 아닌 놈들이 덤비면 어쩐다니? 아무래도 네 호위를 한 명 알아보는 게 어떨까 싶은데.]

"난 불편해. 정 언니 혼자 하기 힘들다면 나중에 외출할 때나 호위 기사를 두던지 하지 뭐. 그럼 됐지?"

더 이상 말하기 귀찮다는 표정으로 이불을 포옥 뒤집어쓰는 선애를 바라보며 나는 한숨을 내쉬었다.

'인석아, 되기는 뭐가 되냐?

그 소설책에 보면 '주군으로 모시겠습니다~!' 하는 닌자 같은 사람들이 있던데 여기는 그런 사람 없나 모르겠다. 여기 주군으로 모시기 괜찮은 아가씨가 있는데 말이다.

'이번에 정보 길드 본부에 가면 한번 물어보라고 해야지.'

생각 같아서는 같이 가는 다섯 기사도 다 데리고 찾아가고 싶었지만, 휴가 비밀은 아는 사람이 적을수록 좋다고 충고하는 데다 벨타이거 놈도 가능하면 혼자 가라고 신신당부를 하는 바람에… 거기다 그들의 말도 맞는 것 같고 해서…….

'에휴, 나는 다른 능력 없나? 이럴 줄 알았으면 진즉에 도장에 다녀서 최소한 부사범 자격증까지는 따놓는 건데…….'

나의 이런 걱정에는 전혀 관심이 없는 듯, 시간은 무정하게 흘러 날이 밝았다.

내가 밤새도록 걱정했다는 걸 아는지 모르는지, 울 꼬맹이는 폭신한 침대에서 늘어지게 잔 것이 기분 좋은 듯 상쾌한 얼굴로 자리에서 일어나 씻은 후 클라리사와 만나 재잘대며 아침 먹으러 식당으로 내려가는 것이었다.

'으음… 아무래도 호위 기사가 낫겠어. 닌자라면 넘 가엽잖아. 차라리 친구 같은, 거기다 가끔은 조언자 역할을 해줄 수 있는 여자 검사로… 용병 쪽으로 알아볼까? 1급 용병이면 웬만한 기사 실력인데다 경험도 많을 테니 조언자로 딱 좋을 듯… 그런데 1급 용병 중에 여자가 있었던가?

언니라는 게 뭔지, 선애의 뒤를 따라가면서도 나는 마구마구 떠오르는 생각들로 인해 다시 한 번 한숨을 내쉬었다.

'울 꼬맹이는 이런 내 심정을 알라나 몰라.'

푸짐한 아침 식사를 한 일행은 곧바로 모건의 안내를 받아 도시 성곽 바깥에 있는 커다란 선착장으로 갔다. 이 도시에 도착했을 때 강을 볼 수 있었지만, 날이 추워서 마차 창문을 꼭꼭 닫고 있는 바람에 보지 못해 이제야 이 대륙에서 가장 크고 길다는 세라핌 강을 볼 수 있었다.

"와~ 확실히 크다."

"그러게."

확실히 크기는 컸다. 그리고 제법 깊어 보였다. 그러니 커다란 여객선과 수송선이 얼마든지 지나다닐 수 있는 거겠지만 말이다.

사실 일행은 이 도시에 오면서 이 강 말고도 다른 강 하나를 더 지나야 했다. 그건 헤스딩스 남작네 영지를 지나쳐 좀 더 남으로 내려오면 나오는 강이었는데, 카르파티아 산맥 아래에서부터 시작되어 넓게 알파두르를 감싸듯 지나 헤이븐 국으로 흘러갔다.

그 강의 크기는 대충 한강 정도? 다리가 없어 배를 타고 건너야만 했는데, 강을 건너는 데 두세 시간 정도밖에 안 걸렸던 것이 기억났다.

그러나 그 강이나 이 강이나 선애와 나는 그런가 보다… 하는 시선으로 바라보고 있었다.

울 꼬맹이와 나는 춘천에서 살았던 몸이다. 춘천은 호반의 도시라고 불리던 곳, 댐으로 인하여 큰 호수처럼 되어버린 강이 있는 곳이었다. 여기서 보는 세라핌 강은 대충 소양댐으로 인해 생긴 커다란 강만했던 것이다. 차를 타고 조금만 시 외곽으로 가면 얼마든지 볼 수 있는 강의 규모였으니 그렇게 큰 감흥이 생길 리가 없었다.

'흠… 중국의 그 장강을 직접 보지는 못했는데… 둘 다 대륙을 횡단한다고 하니 그게 이거만하려나?'

"하하하, 제가 듣기로는 여기보다 더 넓은 곳도 있다고 하더군요. 수도 가까이에 있는 세라핌 강은 건너편이 보이지도 않는 대신 수평선이 보인다더군요. 이번에 수도에 가면 그 모습을 한 번 볼 수 있을 겁니다."

넓은 강의 모습을 보고 놀라 감탄하는 클라리사를 바라보며 모건이 웃었다.

"세상에… 강에서 수평선이 보인다구요?"

"그러니까 세라핌 강이 아니겠습니까?"

가을이 된 덕분에 강 주변에 무성하게 우거져 있던 나무들이 붉고

노랗게 물들어 잔잔하게 흐르는 커다란 강과 함께 제법 멋진 광경을 연출해 내고 있어 강의 크기에 별다른 감흥이 없던 선애와 나도 기분 좋게 구경하고 있었다. 하지만 날이 쌀쌀한 데다가 곧 출발할 때가 가까워졌기 때문에 일행은 경치를 오래 감상할 시간 없이 배에 올라야 했다.

모건이 마련한 선실은 일등석이었다. 말은 물론이거니와 마차까지 운반할 수 있는 배라 그런지 엄청 컸고, 그 때문인지 2인실인 일등석도 제법 널찍한 방이었다.

선실 안 바닥에는 부드러운 초록색의 카펫이 깔려 있었고, 고급 목재로 만든 듯한 우아한 탁자와 안락의자는 물론이거니와 벽 한쪽에 벽난로까지 놓여 있어 선애와 나를 꽤나 놀랍게 만들었다.

나무로 만든 배 안에 벽난로가 있으니 말이다. 뭐, 추운 겨울에 난방 준비도 없다면 그게 무슨 고급 여객선인가마는, 그래도 배 안에 벽난로까지 있는 건 처음 봤다. 이곳에 오기 전 재클리 강을 건너기 위해 탔던 배에서는 벽난로가 없었던 것이다. 하기야, 그 강이야 건너는 데 겨우 몇 시간 정도면 되니까 그럴 수 있었고, 이 배는 며칠이나 되는 거리를 계속 운행해야 했으니 당연한 일일 거다. 그동안 계속 선실 안에서 외투를 입고 생활할 수는 없는 일 아니겠는가.

배 안의 식당도 완전 고급스러운 레스토랑 못지않게 멋들어졌다.

덕분에 선애와 클라리시는 비교적 편안하게 수도까지 도착할 수 있었다. 뭐, 너무 선실 안에만 있었기 때문에 지루함도 느끼기는 했지만 말이다. 그래도 정오 정도에는 잠깐 갑판으로 나가서 경치 구경도 할 수 있어서 견딜 만한 것 같았다. 게다가 모건이 이들이 지루해할 줄 알고 몇몇 책도 구비해 놓은 상태였다.

확실히 모건은 유능한 보좌관이었다.

'아아… 저런 보좌관이 선예에게도 있어야 하는데 말이야. 클라리사가 저 정도까지 해줄 수 있으려나?

왠지 벨타이거 녀석이 부러워지는 순간이었다. 이게 녀석의 인복인지 실력인지는 모르겠지만 말이다.

우리가 수도에 있는 거대한 선착장에 도착했을 때는 점심 시간이 다 된 시각이었다.

그곳 선착장에 내리면서 강을 바라보는데, 세상에~ 정말 장난이 아니게 넓었다. 미리 모건으로부터 설명을 들었을 때는 그러려니 했는데, 정말 강인데도 불구하고 수평선이 보이는 것이었다. 처음에 그 모습을 봤을 때는 나는 정말 여기가 강인가 의심이 될 정도였다. 마치 바다를 바라보고 있는 듯한 느낌이었던 것이다. 아마 내가 미각을 느낄 수만 있었다면 직접 가서 물을 손에 찍어 맛을 봤을 것이다.

중국에는 거대한 서호인가 동정호인가 하는 무지 넓어서 바다로 착각하게 하는 호수가 있다더니만, 이건 바다로 착각하게 하는 강이었다. 여기에 비하면 한강은 정말 사끼 강처럼 느껴질 정도였다.

뭐어, 이렇게 넓은 곳은 이곳 수도 근처뿐 다른 곳은 수평선은 없고 강 건너편이 보이는 넓이라고 하지만 말이다. 그래서 이곳은 세라핌 강의 일부분이긴 하지만, 강이라기보다는 호수로 보이기 때문에 수도 이름을 따서 멘지스 호수라고 불린다고 한다. 원래는 다른 이름이었는데, 바이런 국에서 호수 옆에 척 하니 수도를 세운 뒤로 이름을 그렇게 바꿨다나?

지금은 쌀쌀한 날씨라서 보이지 않는데 날이 따뜻해지면 뱃놀이하는 작은 배들이 무척이나 많이 뜬다고 한다.

특히나 여름에는 뱃놀이 축제가 있다고 한다. 마치 브라질의 카니발 축제처럼 가지각색으로 꾸며진 소형 배들이 호수 위로 떠다니며 아름다움이나 특이함이나 재미있음을 뽐내는 축제인데, 이게 얼마나 유명한 축제인지 외지 사람들도 많이 구경을 오는 데다가 '아름다운 배', '개성있는 배' 등등으로 심사위원들이 뽑아서 상품을 주는데 상품이 꽤나 푸짐하다고 한다.

이 축제 날은 원래 바이런 국을 세운 초대 국왕의 외동딸 생일이었다고 한다. 그날 생일을 축하하기 위하여 호수에서 파티를 열자~ 하고서는 귀족들을 이끌고 뱃놀이를 나갔는데, 그때 귀족들이 각자 타고 온 호화찬란한 배들을 보고 시민들이 우르르 와서 구경한 것이 축제의 기원이라나?

그렇게 해서 시작된 축제가 엄청 커져 이제는 배 카니발 말고도 무투회 등등을 같이 열어 축제 기간이 거의 한 달 가까이나 된다고 한다.

"언니, 언니, 우리도 그 축제 꼬옥 보자."

"그래, 그래."

"하하, 그 축제에 맞춰서 여기 출장 오시면 되겠네요."

드디어 수도에 도착했다는 것 때문인지 셋은 환한 얼굴로 대화를 나누며 선착장에 미리 나와 있는 마차에 올라탔다. 그리고 그들의 뒤를 따라온 다섯 기사 또한 미리 대기하고 있던 말에 올랐다.

즐겁게 재잘거리는 선애와 클라리사를 바라보던 나는 문득 고개를 돌려 마차 주위를 둘러싸고 있는 기사들을 바라보며 인상을 썼다. 이 기사들은 역시 처음에 예상했던 대로 철저하게 선애와 모건은 무시한 채 거의 클라리사 위주로 움직이고 있었다. 그동안은 위험한 일이 없어서 그러한 태도 때문에 뭔 일이 있었던 건 아니지만, 그래도 상당히 기분이 나빴다. 모건이야 자신에 대한 태도가 원래 그러려니 하는 사람이었고, 그가 선애를 꽤나 신경 써주고 선애 또한 달라붙는 호위 기사의 존재를 귀찮게 여기는 녀석이라 크게 불쾌감을 느끼지는 않았지만, 보고 있는 나는 상당히 열받았다. 엄연히 여기의 리더는 선애였는 데 말이다.

벨타이거에게 선애와 클라리사를 동급으로 보호하라는 명을 받았는데도 저런 태도는 뭐란 말인가. 이건 벨타이거의 명을 무시하는 것과 같았다.

'벨타이거 녀석, 당장에 저런 기사들을 갈아치우지 않고 뭐 하고 있는 거람.'

그런 걸 볼 때 역시 선애만의 사람이 무지무지 필요하다는 걸 절실하게 느꼈다.

그날 저녁, 모건이 마련한 여관에서 저녁까지 배부르게 먹고 난 선애는 여관을 나섰다. 평범한 베이지색 드레스 위에 두터운 짙은 남색 로브를 쓰고 로브에 달린 후드까지 쓰자 곁에선 누구인지 알아보지 못할 정도였다. 거기다가 날씨도 어두웠으니 말이다.

수도라서 그런지 날이 어두워졌음에도 거리에는 더러 사람들이 돌아다녔다. 게다가 영업 마차들도 많이 돌아다녀 쉽게 마차를 잡은 선애는 휴가 알려준 주소를 찾아가기 시작했다.

"여기가 거깁니다. 아가씨 혼자 가기 위험할 텐데……."

인상 좋은 마부는 선애를 인적이 드문 허름한 골목에 내려놓으며 걱정스럽다는 어조로 입을 열었다.

"괜찮아요. 감사합니다."

나라도 선애 혼자 이런 데 간다고 하면 절대로 안 보낼 거다. 이번에도 내가 같이 있긴 하지만, 정말 보내고 싶지 않았다.

그런데 왜 하필이면 정보 길드 본부 사람과 만나려면 이런 곳으로 가야 한단 말인가.

'본부가 비밀스럽다고 꼭 이런 음침한 곳에 접선 장소가 있어야 하냔 말이야.'

"내가 상관할 일은 아니지만, 조심해요."

걱정해 주는 마음씨가 고마워 두둑하게 마차 삯을 내며 돌려보내자 마부가 다시 한 번 당부하며 마차를 몰고 가버렸다.

"우쒸… 나도 오고 싶어서 온 게 아니라고."

마차가 사라지자마자 방긋 웃던 선애가 인상을 팍 찡그리며 투덜댄다.

[거, 계약한 다음에 꼭 이야기해라. 다음부터 접선하고 싶을 때는 좀 좋은 데서 만나자고. 처녀한테 위험하게시리 이런 데서 만나자고 하다니… 센스가 없어요, 센스가.]

척척 발걸음을 옮기는 선애의 옆을 따라가며 말하자 선애가 고개를 끄덕였다.

"그러게 말야. 휴는 그래도 고급스러운 식당에서 만났는데."

[맞아. 차라리 휴가 길드 본부에서 일하면 좋을 텐데…….]

"그러게. 정보 길드에서는 전근 같은 거 없나?"

가로등이 있어도 음산할 것만 같은, 허름한 데다 인적도 없는 골목길을 가로등도 없이 가려는 게 그래도 부담스러웠는지 선애는 내 말을 계속 이어받고 있었다. 뭐, 나도 선애의 신경을 좀 가라앉히려고 일부러 떠들고 있는 것도 있었지만 말이다.

그런데 대충 5분 정도 걸었을까? 그렇지 않아도 어두컴컴한 골목길에서 더욱더 그늘이 져 안 보이는 구석에 누군가가 슬그머니 몸을 일으키는 것이었다. 그리고 그걸 신호 삼아 여기저기에서 사람들이 나타나는데, 도합 다섯 명이나 되는 껄렁한 녀석들이 선애의 앞을 가로막았다.

'역시 선애를 호위할 사람이 필요하다니까. 도대체 정보 길드 녀석들은 여기가 위험한 곳이라는 걸 모르는 거야? 여자애를 혼자 보내게 하다니…….'

선애의 앞을 가로막으며 나는 속으로 이곳 정보 길드 녀석들을 향해 신나게 투덜거렸다.

"여, 아가씨는 이런 데 오면 안 돼."

"그럼, 그럼, 여기는 위험한 곳이라고."

"자자, 어서 돌아가도록 해. 어, 무섭다고? 이런, 이런. 아가씨께서 무섭다는데?"

"큭큭큭, 이를 어쩌나. 그럼 마음씨 넓은 우리가 가만있을 수 없지."

"우후후후, 그렇다면 우리가 친절하게 아가씨를 호위해 드리도록 하지."

“물론, 수고료는 아주 조~금만 받고 말이야.”

대여섯 발자국 떨어진 자리에 서서 건들거리는 포즈와 말투로 저마다 입을 여는 녀석들을 아랑곳하지 않고 나는 녀석들의 뒤쪽을 주시해서 바라보고 있었다.

유령이 된 뒤로 다른 감각들이 모두 사라진 대신 남은 감각인, 시각과 청각이 예전에 비해 무척 좋아짐을 가끔 느끼는데 지금도 그랬다. 안경도 쓰지 않았건만 어두컴컴한 곳에 조용히 숨죽이고 있는 사람의 실루엣이 희미하게나마 보였던 것이다.

“참내.”

내 뒤에 있는 선애가 어이가 없었는지 헛바람 소리를 내는 게 들려왔다.

[조심해. 아무래도 사람이 더 있는 것 같아.]

내 말에 후드 아래로 얼핏 보이는 선애의 입술이 씰룩거린다. 얼굴 전체가 보이지 않아도 그것만으로도 선애가 인상을 팍 찡그리고 있다는 걸 알 수 있었다.

“자자, 아가씨. 그럼 우리랑 같이⋯⋯.”

한 남자가 앞으로 나서며 말하자 선애의 차가운 목소리가 그의 말을 잘랐다.

“호위 같은 거 필요없거든요? 그러니 그만 비켜주시죠?”

“에이, 우리의 호의를 거절하지 마.”

“당신들의 호의 같은 건 필요없는데요?”

“어허, 그렇게 차갑게 말하면 아무리 가슴이 넓은 우리라도 섭하지.”

선애가 그 건달 모드의 녀석들과 말장난(?)을 하는 동안 나는 홀로 고민하고 있었다.

'이 녀석들을 어떻게 처리해야 잘 처리했다고 소문이 날까?

뒤쪽에 몸을 숨긴 채 지켜보고 있는 놈들은 분명 이들과 같은 패거리일 게 뻔했다.

'그럼 이들이 쓰러지면 저놈들이 나선다고 봐야겠지? 그러면 좀 요란하더라도 한 방에 불덩어리로 쓰러뜨릴까? 저놈들까지 놀라서 덤비지 못하게 말야. 하나하나 일일이 상대하기도 힘드니……'

그렇게 슬슬 내 생각을 정리하그 있을 때였다. 녀석들과 말장난하기도 지겨워졌는지 선애가 날 부르는 소리가 들렸다.

"언니!"

[오냐!]

마침 공격 방법도 정한 때라 나는 주저없이 힘을 개방했다.

쿠과과광~!!

놈들이 선애에게 좀 찝쩍거리기는 했지만, 크게 해를 가한 건 아니었기 때문에 가벼울 정도로만 힘을 줬다. 덕분에 녀석들은 옷들을 좀 태우고 머리카락 좀 그슬리고 긷댕이 좀 물을 정도였지 크게 화상을 입거나 하지는 않았다. 뭐, 옷이 보호하지 못한 구석은 1도 화상 정도로 붉게 익기는 했지만, 그것도 많은 부위는 아니었다.

"뭐, 뭐야?"

"이, 이게……!"

놈들은 너무 놀라 말도 제대로 안 나오는 모양이었다. 그리고 엄습한 건 선애에 대한 두려움이었는지 주춤주춤 뒤로 물러섰다.

그러한 녀석들을 향해 선애가 오히려 한 걸음 다가서더니 괜히 목

주위의 근육을 풀면서 말했다.

"아… 녀석들, 괜히 사람 앞을 가로막아서 힘쓰게 하네."

"아, 아니… 우리는 그냥……."

선애가 다가서자 녀석들이 주춤거리며 뒤로 물러났다. 그리고 한 녀석이 뭐라 말을 하려고 입을 열었는데 선애가 가로막았다.

"시끄, 시끄. 변명은 들어줄 생각 없으니까 입 다물고, 이제 계산을 좀 해보자고."

"계, 계산?"

다른 녀석이 선애의 말에 얼떨떨한 표정을 지었다.

"어허, 가는 게 있으면 오는 게 있는 법. 당신들이 날 귀찮게 했으니 피해 보상을 하는 건 당연한 게 아닌가? 자자, 모두들 성심 성의껏 자기 주머니들을 비우기 바라."

선애의 친절한 설명에 녀석들의 얼굴에 허탈한 표정이 떠올랐다. 아마 선애가 자신들의 주머니를 털려고 할 줄은 꿈에도 몰랐으리라.

'에궁, 그나저나 울 꼬맹이도 이런 녀석들 주머니 터는 거에 재미 들린 것 같아. 그럼 안 되는데…….'

내 걱정도 무리는 아닌 것이 울 꼬맹이의 눈은 반짝반짝 빛나 있었고, 얼굴에는 기대감까지 떠올라 있었다. 마치 '이번에는 얼마나 벌 수 있을까…' 라고 생각하고 있는 것처럼 말이다.

"뭐 하는 거지? 내가 직접 주머니를 털어줘야 하는 거야? 그런 수고까지 시킬 게 아니면 빨리 손을 움직이지 그래? 나도 더 이상 살. 타. 는. 냄.새.는 맡고 싶지 않다고."

선애가 은근히 말 안 들으면 태워 버린다는 협박까지 들먹이자 녀석들은 주춤주춤거리며 서로의 눈치를 살피기 시작했다. 그러다가 곧 한 녀석이 자신의 품을 뒤적뒤적하는가 싶더니만 번개같이 품에서 손을 빼내어 휘둘렀다. 그 녀석의 손에서 선애를 향해 쏘아져 오는 것은 동전 따위가 아니라 날카롭게 날을 세운 단검이었다. 한쪽만 날이 있는 게 아니라 양쪽에 있어 찌르기 위주용으로 보이는 단검.

'눈이 좋아지니 별게 다 토인다니까.'

녀석들을 압박하느라 앞으로 나선 선애 옆에 있던 나는 한숨을 쉬며 재빨리 선애 앞으로 이동하여 단검을 쳐냈다.

그리고 선애는, 한 박자 늦게 사태를 깨닫고는 펄펄 뛰었다.

"너, 너, 너어~! 너 가만 안 둔다!"

그러나 그놈은 선애의 협박에도 한 번 씨익 웃고 뒤로 물러났고, 그 대신 옆에 있는 두 녀석이 그새 꺼내 든 단검을 선애에게 날리는 것이었다.

물론 그건 내가 다시 쳐냈으니 별로 위협이 안 되었는데, 문제는 그 틈을 타서 나머지 두 녀석이 선대를 향해 달려들었다는 거다.

"흭!"

그 모습에 놀란 꼬맹이가 움찔하며 작게 비명을 내지르는 게 들렸다. 하지만 호들갑을 떨며 도망가거나 벌벌 떨며 자리에 주저앉는 기색은 없다.

'역시 내 동생~!'

흐뭇한 마음으로 나는 달려드는 녀석들을 바라보았다.

그런데 어째 이놈들 덤비는 모습이 손발이 척척 맞는 데다 체계적으로 틀이 잡힌 깔끔한 동작을 취하는 거 보니 평범한 불량배들이 아닌 것 같았다.

한국에서야 껄렁껄렁한 녀석들이라 해도 돈만 있고 시간만 내면 얼마든지 도장에 가서 체계적으로 배울 수 있기는 하지만, 이 세계에선 무술을 배우는 건 어려운 일이었다. 이곳에서 체계적으로 무술을 배운다는 건 학문을 배우는 것과 함께 돈 많은 사람들의 전유물이라고 할 수 있는 과소비 중 하나였던 것이다. 뭐, 운이 좋아 어려서부터 어떤 단체에 의해 길러진 경우를 제외하고 말이다.

그렇기에 이 세계의 불량배들이란 보통 성격 거친 평범한 청년들이 무리를 지어 다니며 인원수 하나로 괜히 어깨와 목에 힘주는 껄렁껄렁한 녀석들일 뿐이었다. 개중 좀 나은 녀석은 좀 더 힘이 세다거나 아니면 싸움 감각이 좀 나은 정도? 거기서 더 나은 녀석은 그렇게 타고난 신체를 가지고 많이 싸워 경험이 높은 정도?

하지만 그 정도만 되면 보통 용병이 되거나 경비병이 되거나 조직(?)에 가입하는 등등 일자리를 찾지 괜히 쓸데없이 백수 불량배로 있지는 않는다.

그런 사실에 입각해 봤을 때, 이놈들은 결코 평범한 불량배가 아니라는 사실.

'저 뒤에 있는 놈들도 역시 평범한 게 아닐까나?'

나는 얼른 뒤로 물러나 선애의 허리를 덥싹 잡아 들고 옆으로 비켜서며 생각했다.

나야 아무리 빨리 움직여도 별문제가 없지만, 울 꼬맹이는 그렇지 않은지 갑작스러운 빠른 움직임에 적응 못하고 다시 놀란 비명을 토해냈다.

"으헥!"

[아, 미안. 놀랐냐?]

이 몸 덕분에 여러 가지 능력이 생기기는 했지만, 아직까지는 이렇게 두 명 이상의 사람이 합공을(?) 해올 경우 한꺼번에 제압한다거나 하지는 못했다. 기껏 할 수 있는 거라고는 선애를 그 녀석들의 공격 범위 밖으로 이동시키는 것이었다.

골목 구석으로 선애를 내려놓으며 묻자 선애가 흘겨봤다.

"언니 같으면 안 놀라겠어? 다음부터 이럴 거면 미리 말을 해줬으면 하는데……."

꼬맹이도 지금이 위급 상황이라는 걸 아는지 별로 화내는 기색은 아니다.

[그럴 수만 있다면 말이다.]

피하는 속도가 놀라웠는지 녀석들의 얼굴에 놀란 빛이 스쳐 지나간다. 하지만 그건 정말 잠깐이었고, 두 녀석이 허탕치자 뒤에서 단검을 던져 선애를 움직이지 못하게 잡아두던 두 녀석이 다시 덤벼들었다. 한 놈은 공중에 떠서, 다른 한 놈은 허리를 숙여 아래를 향해서 말이다.

[역시, 이놈들 일반 불량배가 아닌 것 같지?]

그놈들에게는 이번에 화려한 불꽃을 선사해 주며 선애에게 묻자, 선애는 대답 대신 다급한 외침을 발했다.

"어, 언니. 옆, 옆!"

두 녀석이 공격할 동안 남들은 그냥 가만히 놀고만 있었던 게 아니었다. 오른쪽과 왼쪽에 각각 한 명씩 덮쳐 오는 바람에 나는 왼쪽을 향해선 불의 장벽을 만들고 오른쪽으론 직접 마주쳐 갔다.

퍼억~!!

내가 아무리 경험이 없다 하더라도 체계적인 훈련을 받은 듯한 이들에게 타격을 줄 수 있었던 건, 역시 날 녀석들이 보지 못하기 때문이었다.

선애에게 달려들던 녀석의 어깨를 잡아 가벼이 몸을 띄운 나는 그 녀석의 배를 향해 정확하게 무릎으로 올려쳤다. 그리고는 고통으로 허리를 굽힌 그의 앞에 살포시 착지한 다음 멋들어지게 뒤돌려 차기를 선보여 뒤꿈치를 녀석의 볼에 정확하게 꽂아줬다.

퍼억~! 쿠당탕~!!

좀 힘을 많이 줬는지 녀석이 그대로 옆으로 나가떨어지는데 어째 신음 소리 하나 안 낸다.

"오오… 짱이야."

보고 있던 선애가 감탄했는지 내 뒤로 다가와 속삭였다.

"언니, 도장 다닌 보람이 있었네?"

[보람은 무슨… 너무 조금 배운 것 같아 후회하고 있는 중이다.]

이번에 덤벼든 녀석들에게 맛보여 준 불덩어리들은 아까 처음에 맛보기로 보여준 것과는 차원이 달랐다. 화력도 훨씬 세졌고, 잠깐 나타났다 곧바로 꺼져 깜짝 놀래켜 주는 게 아니라 지속성(?)도 갖추고 있어 확실한 데미지를 입혀주고 있었다. 덕분에 녀석들은 선애에게 다가오지도 못하고 황급히 뒤로 물러섰는데, 보아하니 온몸에 꽤나 화상을 입은 듯했다.

녀석들이 뒤로 물러나는 걸 본 내가 불꽃들을 다 사그라뜨리자 선애가 앞으로 나서더니 차가운 어조로 녀석들에게 선언했다.

"날 이렇게 놀라게 하다니, 피해 보상 금액은 아까의 두 배를 받을 줄 알아. 만약 내가 생각한 금액에 미치지 못한다면 그 몸으로 직접 때워야 할 거야."

선애의 말에 사람들은 그 아픈 와중에서도 어이없다는 표정을 떠올렸다.

그러나 나는 선애의 말이 헛소리가 아니라는 걸 증명하기 위해 녀석들이 도망가지 못하도록 골목을 불의 장벽으로 완전하게 차단하였다.

그걸 바라본 선애가 씨익 웃으며 말했다.

"자, 이제 계산하지? 만약 계속 멍청하게 군다면 친절하게 옷을 태워준 뒤 직접 찾아보겠어."

선애의 말에 효과를 덧입히기 위해 나는 녀석들의 발치에 가벼운 불꽃이 화르르 일어나게 했다.

그에 놈들은 화들짝 놀라 뒤로 몇 걸음 물러나더니만 한 녀석이 더듬더듬 입을 열었다.

"미, 미안하지만 우리에게는 가진 돈이 아무것도 없소."

"내가 그걸 믿을 거라고 생각하나?"

"정말이오. 당신이 우리를 다 태우고 뒤진다 해도 1실링도 찾을 수 없을 것이오."

그렇게까지 말하는 거 보면 정말 빈털터리인 모양이다.

"그럼… 지금 빈털터리 주제에 나에게 찝쩍거렸단 말이냐?"

선애의 목소리가 험악해지자 대표로 말했던 남자가 우물쭈물거렸다.

"그, 그게……."

그러면서 불의 장벽 너머를 힐끔힐끔 바라보는 걸 보니 아무래도 어둠 속에 몸을 숨기고 있는 녀석들을 바라보는 것 같았다.

'흠… 그럼 저놈이 리더?'

[선애야, 저 뒤에 있는 녀석이 아무래도 대장인 것 같은데, 어쩔까?]

내 말에 선애는 생각할 것도 없다는 듯 속삭였다.

"그럼 돈은 대장한테서 받으면 되겠네."

[그렇겠지?]

그렇게 선애랑 내가 속닥거리고 있을 때였다.

"대단한 능력이군요."

불의 장벽 너머에서 낯설지만 침착하고 매끄러운 어조의 목소리가 들려왔다. 아무래도 그동안 쭈욱 지켜보고만 있던 녀석인 것 같다.

"괜찮으시다면, 얼굴을 보고 이야기하고 싶습니다만?"

어조만 봐서는 절대로 불량배들의 리더로 보이지 않았다.

녀석의 말에 나는 선선히 불길을 모두 잠재웠다. 나도 녀석이 어떤 녀석인지 꽤나 궁금했기 때문이다.

그러자 생각 외로 그곳에는 두 명의 사람이 서 있었다. 나는 한 명인 줄 알고 있었는데 말이다.

한 사람은 방금 선애에게 말을 건넨 사람인 듯해 보였고, 나머지 한 사람은 그 사람의 뒤에 서 있었는데 허리에 검을 차고 있었다.

선애에게 말을 건 사람은 갈색의 단정한 커트 머리를 하고 있는 남자였다. 20대 후반이나 30대 초반으로 보이는, 갈색 눈동자의 평범한 인상이라 어디서든 흔하게 볼 수 있어 한 번 스쳐 지나가면 금방 잊어버릴 것 같았다.

옷도 흔히 볼 수 있는 베이지색 티셔츠에 짙은 녹색의 바지, 투박한 신발을 신고 있어 어디 한구석 특별한 구석을 찾아볼 수 없었는데, 단지 입가에 사람 좋은 미소를 띠고 있어 상대를 편안하게 해주는 구석이 있었다. 마치 마음씨 좋은 옆집 오빠 같은 인상이라고나 할까? 그를 보니 어째 자스민이 떠오른다.

그 남자 뒤에 있는 사람은 그 갈색 머리 남자보다 머리 하나가 더 큰 남자였다. 갈색 머리 남자도 키가 작아 보이지 않는데 말이다. 척 보기에도 '나 몸 단련했소~!' 라고 주장하는 듯한 몸집을 가지고 있는 30대 초반이나 중반쯤으로 보이는 매부리코의 남자였다.

"이 불량배들과 아는 사이인가요?"

그들을 향해 선애가 묻자 남자가 고개를 천천히 끄덕였다.

"그들을 너무 뭐라고 하지 말아주십시오. 그들은 단지 시키는 대로 했을 뿐이거든요. 보아하니 레이디께서도 크게 혼내신 것 같으니 그쯤 해서 용서해 주시지요."

"위에서… 시켰다?"

선애의 말에 그가 미안한 표정으로 웃어 보였다.

"정말 실례의 말씀입니다만, 레이디의 실력을 확인해 보고 싶어 하셔서…….."

그의 말에 나는 그제야 이 수상한 불량배들이 누구인지 알 것 같았다.

선애도 눈치챈 듯 막 뭐라 말을 꺼내려는 사이 갈색 머리 남자가 손을 들어 막았다.

"아, 우선은… 조용한 데 가서 이야기를 나누도록 하죠. 그리고 사실, 저는 길 안내원일 뿐입니다. 레이디를 기다리는 분은 따로 계시니 가시죠."

그의 말에 선애의 입가가 미미하게 떨렸다. 아마 엄청나게 불만이 많은데 갈색 머리 녀석이 '난 시키는 대로 했을 뿐입니다. 열받으면 제 상관한테 가서 말씀하세요~' 라고 말하는 식이니, 이 분노를 누구에게 터뜨려야 할지 모르겠다는 태도였다.

하지만 여기서 터뜨려 봤자 저 녀석들은 선애의 화를 받아줄 것 같지도 않고, 힘을 써서 탈탈 털어봤자 저 녀석들의 말대로 정말 1실링도 없을 것 같은 데다, 저 웃고 있는 갈색 머리 녀석을 털려고 하면 그 뒤에 버티고 있는 매부리코의 검사가 가만있을 것 같지도 않고 해서 선애는 길게 한숨을 내쉬고는 자칭 '안내자' 쪽으로 한 걸음 옮겼다.

그러자 그 '안내자'는 싱긋 웃으며 길을 안내했고, 매부리코의 검사는 슬며시 선애의 뒤쪽에 자리를 잡고 따라왔다. 그리고 선애의 실력을 확인하기 위한 불쌍한 불량배 역할을 한 사람들은 슬며시 어둠 속으로 사라졌다.

선애가 처음 내린 골목이 허름하고 인적이 없는 곳이었기에 나는 소설이나 영화에 나오는 대로 이들이 마치 폐가 같은 허름한 집으로 안내하여 그곳에 있는 숨겨진 비밀 문으로 들어가 지하의 미로 같은 곳을 꼬불꼬불 한참 지나다 나오는 비밀스러운 지하 기지로 안내할 줄 알았다. 창문이 하나도 없고 사방에는 온통 서류가 가득한 그런 곳 말이다.

그런데 이러한 내 생각을 비웃기라도 하는 듯 그들의 안내로 그 골목길을 쭈욱 따라 나가 코너를 한 번 돌자마자 제법 번듯한 길거리가 나오는 것이었다. 시내 중심의 번화가는 아니었지만, 그럭저럭 바닥도 돌이 깔려 깨끗하고 주변에 사람들도 어느 정도 다니고 제법 번듯한 가게들도 있는 그런 곳 말이다. 아마도 번화가에서 조금 떨어진, 어느 정도 여유가 있는 평민들이 애용하는 거리인 듯싶었다.

그리고 그곳에서도 제법 번듯하고 깨끗한 여관으로 안내되었다.

'바람의 속삭임'이라고 쓰여진 간판을 보자니, 과연 휴가 적어준 주소에 나오는 바로 그곳임을 알겠다. 휴가 살짝 알려준 바에 의하면, 가게 이름에 '바람' 자가 들어가는 건 대부분 정보 길드 소속 가게라고 보면 된다고 했다. 정보 길드의 모토가 '바람'이라나? 하기야 꽤 어울릴 것 같기는 했다.

안으로 들어가자 대략 절반 정도 차 있는 식당에서 왁자지껄한 소음이 울려 퍼졌다. 손님이나 그 안에서 서빙하는 종업원이나 우리가 들어가자 한 번 힐끔 눈길을 주더니 별 관심 없다는 듯 금방 시선을 돌렸다.

여관으로 안내하더라도 후줄근한 술집 분위기로 빛도 안 들어 어둠침침하고 담배 연기 자욱한 그런 곳인 줄 알았는데, 이번에도 내 예상이 깨졌다.

[야, 나는 그럴 줄 알았는데… 내가 너무 소설만 본 건가? 역시 소설이랑 현실은 갭이 커.]

내가 주변을 둘러보며 투덜투덜 말하자 선애가 피식 웃는다.

우리가 간 곳은 여관의 3층으로, 이 여관에 있는 방들 중 가장 좋은 방이 있는 곳이었다.

독방인데다가 탁자에 소파까지 있었다. 그리고 그 방의 소파에는 한 사람이 앉아 있다가 우리가 들어가니 자리에서 일어났다.

"어서 오십시오, 레이디 선어."

아무래도 그가 이번에 선애를 담당(?)하기 위해 정보 길드 본부에서 나온 사람인가 보다.

그런데…

'이거 참… 외모로 사람을 판단하면 안 된다고 생각했는데……'

마치 파충류의 눈처럼 가늘게 옆으로 찢어진데다 끝이 위로 치켜 올라간 눈, 얇은 입술, 날카로운 턱 선, 튀어나온 광대뼈 등등을 종합해 풍기는 인상이 '빼빼 마른 야비한 놈' 이란 느낌을 팍팍 주고 있었다.

'왜 하필 이런 놈인 거야아~ 정말 야비한 놈이라면 어쩌지?

정보 길드에 사람이 없는 것도 아닐 텐데 손님(?) 담당자의 인상이… 으으음… 좀…….

아무래도 앞으로는 백화점 매장 담당 직원을 뽑을 때 키와 얼굴을 본다는 이야기에 속으로 욕하지는 못할 듯싶다.

선애 또한 녀석의 인상이 좀 걸렸는지 안으로 들어오지 못하고 머뭇거렸지만, 그 야비한 인상을 가진 녀석이 조용히 서 있자 결국은 그의 맞은편까지 걸어가 얼굴을 반이나 가리고 있던 후드 달린 망토를 벗어 팔에 걸쳤다.

"반갑습니다. 제… 이름은 아니까 따로 소개할 필요는 없겠군요."

"물론입니다, 레이디 선애. 제 이름은 척 플래밍이라고 합니다. 앉으시겠습니까?"

척이라고 자신을 소개한 야비한 인상의 남자의 권유에 선애는 소파에 앉았다. 그러자 방 한쪽에서 대기하고 있던 중년 남자가 조용히 다가와 준비해 두었던 듯한 차와 쿠키를 내려놨다.

거의 소리가 안 나는 조용한 움직임과 절도있는 몸가짐을 보아하니 이 중년 남자도 평범한 사람은 아닌 것 같았다.

'어째 시력만 좋아진 게 아니라 눈치도 빨라진 것 같아.'

그 중년 남자가 방 한구석에 다시 존재감없이 자리를 잡고 서자마자 선애는 척에게 날카로운 시선을 보내며 물었다.

"본론으로 들어가기 전에 한 가지만 묻죠. 왜 제가 실력을 검증받아야 했던 겁니까?"

허튼소리만 하면 그에 상응하는 피해 보상 청구를 하겠다는 선애의 표정을 바라보며 척은 느긋하게 웃어 보였다. 정말 그에게는 미안한 말이지만, 그의 타고난 인상 덕분에 무지 야비하게 보이는 웃음이었다.

덕분에 선애의 눈초리가 치켜 올라갔고, 그걸 눈치챈 척은 얼른 웃음을 지우고 가벼운 헛기침을 했다.

"아, 죄송합니다. 나쁜 뜻은 없었는데……."

'저렇게 말하는 거 보면 나쁜 사람은 아닌 것 같은데… 그거참… 헷갈리네. 인상뿐이라면 참 불쌍한 녀석이군.'

그러나 나와는 달리 선애는 척의 사과에도 눈꼬리를 내리지 않고 그의 대답을 기다리고만 있었다.

그에 척은 얼른 입을 열었다.

"음, 솔직히 말한다면 알파두르 지부의 협력자인 레이디 선애님의 능력이 보고 싶었기 때문입니다."

그의 대답에 선애의 눈초리가 좀 더 싸늘해졌다.

"왜요?"

"알파두르 지부에서는 레이디 선애님을 본부의 협력자로 하는 게 어떨지 건의를 해왔기 때문이죠. 지부에서 협력자를 지정하는 데 딱히 제재를 가하지는 않았지만, 총본부의 협력자로 하는 건 또 다른 일이거든요."

"그래서 결론은요?"

그 말에 척이 담담하게 웃어 보였다. 물론 내 눈에는 그저 담담하게

만 보이지 않는 게 문제였지만 말이다.

"죄송합니다."

단 한 마디의 사과였지만 선애나 나는 금방 알아들었다. 아마도 정보 길드 본부에서는 선애를 협력자로 만들 만큼 실력이 높다고는 생각하지 않는 모양이었다.

아무래도 상관없었다. 아니, 오히려 잘된 일이다. 만약 선애가 협력자가 되었다면 나는 걱정부터 들었을 거다.

게다가 한 가지 떠오른 사실에 나는 미소를 지을 수 있었다.

선애의 능력은—정확히는 선애가 아니라 내 능력이지만—보통 사람이 본다면 대단한 능력임에 틀림없었다. 체계적인 훈련을 받은 다섯 명의 사내를 쉽게 상대할 수 있으니 말이다. 물론 아직까지 경험이 없어서 그런지 그들의 실력을 정확하게 알 수는 없지만, 그래도 그들이 제법 괜찮은 실력이라는 건 알고 있었다.

그런데 그런 선애가 눈에 차지 않는다고 한다는 건, 이 정보 길드에는 그만한 실력자가 많기 때문에 일부러 '협력자' 란 관계로 잡아둘 필요가 없다는 뜻도 되었다. 하기야 중요 도시마다 마법 통신을 갖출 정도의 대단한 조직이니까 말이다.

선애 또한 본부의 협력자가 되지 못한 것에 아쉬움이 없었는지 별 표정 없이 고개만 끄덕였다. 그러고 보니 어느새 눈초리도 슬며시 풀려 있었다.

어쩌면 알파두르 지부에서 선애에 대해 알려온 건 당연한 의무일지도 모르지만, 그래도 그곳에서 온 건의에 의해 벌어진 일이라는 걸 알고는 마음이 풀려 버린 모양이다. 거기서는 단순히 선애의 능력에 대해 보고만 한 것이 아니라 '협력자' 로 생각해 보라고 '건의' 까지 했다지 않는가 말이다.

단순히 선애의 능력을 탐내서 그런 걸 수도 있지만, 일단 '협력자' 가 된다면 정보 길드와의 계약은 알파두르에서처럼 무척이나 좋은 조건으로 이루어질지 모르니 선애 쪽에서도 좋으면 좋았지 나쁜 일이 아니었던 것이다.

하지만 뭐어, 본부에서 '필요없다' 라고 결정이 내려졌으니 이제는 아무 상관도 없지만 말이다.

척은 사과 한마디만 하고 아무런 말도 하지 않았다. 그런데 어째 그게 더 마음에 들었다. 야비한 인상에 위로하려는 변명을 쭈욱 늘어놓으면 나는 더욱더 기분 나빠졌을 것 같았다. 왠지 비웃는 것처럼 느껴져서 말이다. 어쩌면 저 사람도 그걸 알고 있으니까 설명을 빙자한 변명을 하지 않는 게 아닐까?

선애는 그 남자가 더 설명을 할 거라고 생각했는지 잠시 입을 다물고 기다렸지만, 그 남자가 아무 갈도 안 하자 그제야 입을 열었다.

"그렇군요. 그럼 이제 본론으로 넘어가죠?"

그러면서 앞에 놓인 찻잔을 집어 들어 입가로 가져가더니만 인상을 찡그렸다. 썼나 보다.

"꿀 없어요?"

선애의 말에 척이 황당하다는 시선으로 바라보다 곧 쿡쿡 웃으며 손짓했다. 그러자 방 한구석에 유령처럼 서 있던 중년 남자가 스윽 다가와 자그마한 꽃봉오리 모양의 도자기 그릇을 놓고 물러났다. 꿀이 담겨 있는 단지였다.

뚜껑을 열어 꿀이 담겨 있다는 걸 확인한 선애가 희희낙락하며 세 스푼이나 떠서 차에 넣고는 차 맛을 보더니 만족한 듯 고개를 끄덕였다.

그 모습을 가만히 보고 있던 척이 차와 함께 나온 자그마한 쿠키를 선애 앞으로 밀어줬다.

"한번 맛보십시오. 단걸 좋아하시는 거 보니 좋아하실 것 같군요."

슬쩍 보니 쿠키 중간중간 큼지막한 초콜릿 조각이 박혀 있는 동그란 모양의 쿠키였는데, 그걸 보니까 꼭 '촉촉한 초코칩'이라는 과자가 생각났다. 그건 선애가 제법 잘 먹던 과자 중 하나였다. 물론 나도.

'우쒸… 먹고 싶잖아!'

그런데 어째 이 척이라는 녀석이 선애를 시험해 보는 듯한 기분이 들었다. 쿠키는 초콜릿이 박힌 것인데 차는 쓴맛의 차라니 말이다. 이럴 때는 보통 설탕이나 꿀을 미리 준비해 놓는 게 아니었던가?

'으음… 내가 너무 예민하게 구는 걸 수도 있지만 말야.'

당연하게도 한입 먹은 선애는 쿠키의 맛에 무척이나 만족스러워하면서 차와 쿠키를 번갈아 가며 마시고 먹기 시작했다. 그러면서 힐끔 척을 바라보는 걸 잊지 않았는데, 마치 먹으면서도 다 들으니까 할 말 있으면 해보라는 태도였다.

선애의 그러한 태도에 척은 웃음을 흘리더니만 입을 열었다.

"흠, 굉장히 맛있게 드시는군요."

"맛있으니까요. 이거 누가 만들었는지 모르겠지만, 정말 맛있다고 전해주세요."

선애의 말에 척이 쿡 하고 웃더니 고개를 끄덕였다.

"알겠습니다. 꼭 전해 드리지요. 그가 들으면 무척 기뻐할 겁니다."

"그럼 다행이구요. 그나저나 계속 본론을 안 꺼내시는데, 그럼 제가 말할까요? 단도직입적으로, 계약하죠?"

그러자 마치 기다렸다는 듯 척이 싱긋 웃으며 대답하는 거였다.

"예."

덕분에 오히려 뭔가 미적거림이라거나 뭔가 조건을 내걸 거라 생각하고 그에 대한 대비를 하고 있던 선애가 얼떨떨해서 되물을 정도였다.

"예?"

"'예' 라고 대답했습니다. 계약하죠."

산뜻한 그의 말에 선애는 이제는 입을 다물고 그를 노려봤다. 이렇게 기다렸다는 듯이 '예스' 라고 대답할 거라면 진작에 본론을 꺼낼 것이지 왜 자꾸 딴 짓해서 시간을 끌었냐는 불만이 어린 표정이었다.

"그럼 진작에 계약을 할 것이지……."

그리고 그런 불만이 선애의 입에서 나오려는데 척이 선애의 말을 도중에 끊고 입을 열었다.

"1년에 200골드 되겠습니다."

"예?"

말하다 끊겨서 더 화를 내려던 선애는 척의 말에 화내는 걸 잊고 되물었다. 꼬맹이의 표정에는 '너무 비싸잖아!' 라는 생각이 떠올라 있었다.

하기야 내가 생각해도 너무 비쌌다. 은화도 아니고 금화로 200냥이라니. 휴에게서 돈이 좀 많이 들 거라는 이야기는 들었지만, 그래도 최대 금화 10단위에서 놀 거라고 생각했던 것이다. 그런데 내 예상을 열 배나 뛰어넘어 버렸다.

금화 20냥 정도면 깔끔한 50평 정도의 단층 주택을 살 수 있는 돈이었다. 그런데 그 주택을 열 채나 살 수 있는 돈을 1년에 한 번씩 내라니…….

"1년에 200골드입니다. 단 한 푼도 못 깎아드립니다. 수도를 비롯한 중요 도시 다섯 곳의 지점을 2급 비밀까지 무한대로 사용할 수 있는 비용이면 싼 거지요."

정보들 중에도 물론 단계는 있었고, 단계가 올라갈수록 값은 비싸졌다. 그만큼 이용 가치가 높은 것이니까 말이다. 하지만 선애에게는 지금 1급이나 특급 기밀까지는 필요없었기에 2급 정도면 충분하고도 남았다.

그러나 인간적으로 너무 비쌌다. 비록 우리가 정보 파는 돈이 정확히 얼마인지는 모르겠지만, 조금만—아니면 좀 많이—발품을 팔면 얼마든지 알아낼 수 있는 정보가 2급 정보였던 것이다.

'그런데 그걸 무척이나 선심 쓴다는 듯이 말하다니… 이놈 진짜 야비한 놈 아냐?'

나는 녀석을 노려보며 속으로 꿍얼거렸다.

그런데 그건 그렇고 선애가 요구할 걸 이렇게 콕 찝어서 말하는 거 보니 이놈은 벌써부터 선애가 맺으려는 계약 내용까지 다 알고 있었던 모양이다. 뭐, 휴가 말했으리라고 어렵지 않게 추측할 수 있었지만.

하지만 우리의 꼬맹이, 여기서 그대로 '예이~' 하고 물러나지 않았다. 잠시 그의 말을 생각해 보던 선애가 인상을 찌푸리며 항의했던 것이다.

"잠깐만요, 다섯 도시라면… 설마 알파두르 지점 이용권 값까지 포함되었다는 건가요? 그건 부적절하군요. 저는 이미 그곳과 계약을 맺은 상태인데, 또 값을 낸다면 그건 이중으로 이용료를 내는 거 아닌가요?"

그러나 그런 선애의 항의에도 척이란 녀석은 눈 하나 깜짝하지 않고 빙긋 웃으며 응수했다. 이번의 미소는 그의 인상과 함께 절묘하게 어우러져 정말 무지무지무지무지이이이~ 야비하게 느껴졌다.

‘이런 야비한 놈 같으니라구~!’

"그렇게 생각하실 수도 있군요. 하지만 어차피 알파두르 지부와 계약하신 이후 그 지부에 정보료를 지불하신 적은 한 번도 없지 않습니까?"

"윽……."

그렇게 말하니 또 할 말이 없었다. 그건 사실이었으니 말이다.

하지만 이대로 물러날 꼬맹이가 아니었다.

선애는 묵묵히 쿠키 하나를 입에 넣고 오물오물 씹어 먹은 뒤 이제는 거의 다 식은 차를 쭈욱 들이켰다. 그리고는 찻잔을 그에게 내밀었다.

"차 한 잔 더 주세요."

선애의 말에 그가 다시 픽 하그 웃더니 손짓했다.

척 녀석이 선애를 보는 시선이 꼭 ‘그래, 어디 얼마나 하는지 보자’라고 말하는 것 같아서 나는 괜히 기분이 나빠졌다.

그 녀석의 손짓을 본 한쪽 구석에서 존재감없이 서 있던 중년 남자가 슬그머니 다가와 차를 따라준다. 혹시나 차를 더 마실까 싶어 계속 데우고 있었는지 찻주전자에서 따라진 차에서는 따뜻해 보이는 김이 모락모락 피어올랐다.

그리고 다시 찻주전자를 들고 자신의 자리(?)로 돌아가는 중년 남자를 보고 나는 다시 한 번 고개를 끄덕였다.

‘역시 보통 인물이 아니야.’

　그가 특히 조심스레 걷는 것처럼 보이지도 않는데 거의 걸음 소리가 나지 않는 것이었다.

　유령이 된 뒤 전보다 훨씬 능력이 업그레이드된 내 청각으로도 희미할 정도였으니, 일반 사람들은 마치 유령이 왔다 갔나… 하고 생각할 터였다. 바닥에 카펫이 깔려 있다고 해도 말이다.

　거기다가 사람이 걸으면 잠깐 발자국이 남는 게 정상일 그 카펫 위를 남자가 지나갈 때는 그 흔적이 되게 희미했다. 이게 바로 무협지에서 말하는, 발자국조차 안 남는다는 그 고수의 경지인 걸까?

　거기까지 생각이 미치자 나는 새삼스레 그 중년 남자를 살펴보았다.

　대략 40대 초반이나 중반 정도로 보이는 얼굴로—실제 나이는 50세였다. 뭐, 그걸 알게 된 건 아주 나중 일이었지만 말이다—장신이라고 할 수 없는 평범한 키에 적당히 단련된 몸집을 가지고 있는, 뭐 하나 특출나 보이는 구석이 없는 남자였다.

　그러나 그의 맑게 빛나는 깊은 초록색 눈만은 그가 절대 평범한 사람이 아니라는 걸 알려주고 있었다. 저런 눈이 정광을 머금고 있다는 눈이려나?

　그렇게 조심스레 한쪽 구석에 조용히 서 있는 남자를 살펴보고 있는데 선애의 입이 열렸다. 아마 차에 꿀을 타고 쿠키를 먹으며 생각을 정리하는 시간을 벌었던 모양이다.

　"궁금한 게 있는데, 알파두르 지부와 계약한 내용 중에서 저희 타이거 상회 산하의 가게를 외근 신입 요원들의 실습 교육장으로 제공한다는 걸 아시죠?"

　"물론입니다. 그리고 제가 말씀드린 비용은 그걸 감안한 거라고 말

쏨드리고 싶군요."

　그러나 울 꼬맹이가 아무리 영리한 소녀라고 해도 정보 길드에서 나온 척이란 녀석을 당해낼 수 있을 리가 없었다. 만약 선애에게 순순히 당하는 녀석이었다면 이 자리에 나오지도 못했을 거다.

　선애가 기껏 고심해서 꺼낸 말을 녀석은 미리 알고 있었다는 듯 여유있게 상대하여 결국 선애의 말을 막아버리고 말았다.

　지금까지 살아오는 동안 나는 선애가 말이 막혀 입을 다물게 되는 걸 처음 보았다. 아마 선애도 처음 경험해 보는 일일 것이다.

　그러나 이건 정말 어쩔 수 없는 일일 것이다. 이건 단순한 말싸움이 아닌 치열한 머리 싸움이니까 말이다. 선애는 처음부터 척이란 녀석에 비해 철저하게 정보에서부터 시작하여 경험과 이런 일에 대한 지식 등등 모든 것이 부족했던 것이다.

　그래도 그냥 물러나기는 싫었던지 선애는 끝내 척으로부터 수도를 비롯한 타이거 상회의 가게들이 오픈할 다섯 도시의 지점들을 이용하는 선에서 전국으로 그 범위를 확대했그, 기간은 내년의 첫날인 1월 1일부터 마지막 날인 12월 30일로 결정했다(여긴 1년이 열두 달이었지만, 한 달은 모두 30일이었다). 그리고 오늘부터 내년 1월 1일 전까지는 장기 계약자에게 주는 서비스 기간으로 무료로 정보 길드 이용권을 얻어낼 수 있었다.

　그래 봤자 몇 달 안 되기는 했지만, 선애로서는 참 힘겹게 끌어낸 결실이었다. 뭐어, 내가 보기에는 그 녀석이 선애의 말발에 져서 빼앗긴 게 아니라 열받은 선애를 달래기 위하여 아량을 베푼 것 같지만 말이다. 선애도 그걸 알고 있음인지 이곳의 목적이던 계약을 완료했음에도 불구하고 표정이 그렇게 밝지는 못했다.

그걸 아는지 모르는지, 선애를 배웅하기 위하여 나온 척은 여전히 싱글싱글 웃고 있을 뿐이었다.

아니, 자기 생각대로 되어서 기분이 좋은 건가?

그리고 그의 뒤에는 예의 그 중년 남자가 자리를 지키고 있었다. 너무 존재감이 없어서 만약 내가 그를 예의 주시하고 있지 않았다면 나도 알아차리지 못했을 거였다.

"그럼 조심해서 돌아가도록 해요."

마지막까지 서비스를 잘해주자는 원칙이라도 있는 건지, 여관 밖으로 나오자 영업용 마차가 한 대 대기하고 있었고, 척은 당연하다는 듯 선애를 이끌어 손수 마차 문을 열고 태워주기까지 하는 거였다.

그에 선애는 표정은 별로 안 좋으면서도 순순히 마차에 올랐다가 막 척이 문을 닫기도 전에 아차 하는 표정으로 돌아봤다.

"아, 그런데… 이번에 연락책은 누구예요? 제가 조건을 달 수 있다면 당분간은 저랑 같이 다닐 수 있는 사람이었으면 좋겠는데 말이죠. 아무래도 한군데에 있지 않을 것 같거든요. 각 지부에 사람 하나씩 두는 것보다 그게 낫지 않겠어요?"

선애의 말에 나는 황급히 입을 열었다.

[야, 이왕이면 당분간 네 보좌관 역할을 할 겸, 호위 기사를 할 수 있는 인물로 알아봐 달라고 해라.]

내 말에 선애는 마음에 들지 않는다는 듯 인상을 찡그리면서도 순순히 내 말대로 따랐다.

"거기다가 제 보좌관이라면 남들에게 의심은 받지 않겠죠? 단순하게 따라다니면 심심할 테니 일도 하고 월급도 받고 좋잖아요? 거기에 호위 기사 역할까지 할 수 있는 분이셨으면 좋겠네요."

선애의 말에 그동안 얄미울 만큼 싱글싱글 웃고 있던 척의 얼굴이 기가 막히다는 표정으로 변했다.

"너무 과한 요구시군요. 그런 인재가 있다면 당장에라도 저희가 스카웃하겠습니다."

"저는 가능하면 그랬으면 좋겠다… 라고 말씀드린 것뿐입니다. 뭐, 정 안 되시면 가능한 한 그와 가장 가까운 조건을 가진 분으로 부탁드립니다."

선애는 잠시라도 그의 얼굴에서 미소를 지웠다는 게 기분 좋았는지 씨익 웃으며 말했다. 그러자 척이 다시 피식 웃었다.

"하하하, 알겠습니다. 그리하도록 하죠."

그렇게 말을 끝내고 선애가 마차 안의 의자에 자리를 잡으려 하자 척은 문을 닫으려고 했다.

그러자 선애는 다시 아차 하는 표정으로 돌아봤다.

"한 가지 더 묻고 싶은 게 있는데…….."

"예?"

그에 척이 멈칫거리자 선애는 그를 바라보며 물었다.

"플래밍 씨는 정보 길드에서 위치가 어떻게 되는 거죠?"

"예?"

선애의 질문이 마치 생각지도 못한 거라는 듯 척은 당황스러운 얼굴로 되물었다.

그에 오히려 선애가 당혹스러워하며 그를 바라보았다.

"어, 왜요? 이건 물으면 안 되는 거였어요?"

정보 길드가 워낙에 비밀주의였으니 될 수 있는 한 모든 걸 숨기려고 하지만, 그래도 계약자와는 어느 정도 신뢰와 믿음을 주기 위하여 신분은 밝혀도 되는 걸로 알고 있었다. 휴의 신분은 계약하기도 전에 밝혀졌지만, 만약 그전에 몰랐다면 계약 당시 말해 줬을 거다. 그러니 척의 반응은 선애로서는 무척이나 당혹스러운 것이었다.

그래 안절부절못하며 척을 바라보고 있는데, 그런 꼬맹일 빤히 바라보고 있던 녀석이 뭔가를 깨달았는지 푸핫 하고 웃음을 터뜨렸다.

"이런이런, 정말 절 모르시는 거였군요. 저는 그래도 잠시나마 교육을 받으시던 분이라고 해서 알 거라고 생각했는데."

그 말투가 좋게 들리지 않았던지 선애의 표정이 찡그려졌다.

"제대로 받지 못했거든요."

"아아, 오해는 마시길. 그 뜻이 아니거든요. 어쨌든… 저는 부족하나마 정보 길드 총본부 부길드장을 맡고 있답니다."

과장되이 팔을 뻗고 허리를 숙여 자신을 소개하는 폼에 선애가 인상을 찡그릴 만도 했지만 놀라느라 그러지 못했다.

"엑… 그, 그래요?"

'에헤… 거물이었네?

하기야 저런 대단한 보디가드를 데리고 있는 사람이 낮은 직위에 있을 리가 없었다.

그래도 총본부 부길드장이 직접 나와 선애를 상대할 줄은 몰랐던 터라 선애나 나나 꽤나 놀랐다.

기실 알파두르에서 계약할 때도 우리는 처음 만난 것이 인연이라고 휴와 계약을 맺었지만, 보통 한 지부의 부지부장 정도 되는 사람과 계약을 맺을 수 있는 건 그만한 능력을 가지고 있거나 직위를 가지고 있는 사람뿐이었다.

그러니까 돈이 많거나 남작 이상의 귀족 작위를 가지고 있거나 실력이 뛰어난 검사, 4서클 이상의 마법사 정도라야 가능했다. 그게 아니라면 정보 길드 사람을 아예 만날 수 없었다. 냉정하지만, 정보 길드 쪽에서도 뭔가 상대로부터 얻을 게 있어야 정보를 제공해 주기 때문이다.

선애는 특수 케이스였다.

뭐, 나란 존재가 있기는 했지만 사실 정보 길드에서는 날 3서클 정도의 마법사와 비슷하다고 여기고 있었다. 원래 휴는커녕 정보 길드와 만나기 2% 부족한 입장이었다고나 할까?

그렇기 때문에 이번에 알파두르와 계약한 덕분에 본부와 계약을 하게 되기는 했지만 휴와 동급, 혹은 그보다 한 단계 낮은 사람이 와서 할 줄 알았지, 설마 총본부 부길드장이 나올 줄 몰랐던 것이다.

"의문이 풀리셨으면 이번에야말로 작별하도록 하죠. 조심해서 돌아가십시오."

정중한 척의 작별 인사에도 선애는 놀람의 충격 때문에 제대로 인사도 못하고 고개만 끄덕였고, 척은 선애의 그런 반응에 다시 한 번 야비한 웃음을 보이고는 마차 문을 닫았다.

그리고 곧 마차가 출발했다.

[와우~ 휴가 말을 잘해줘서 그런가? 설마 부길드장일 줄이야……. 그런데… 대충 20대로 보이는데 능력이 대단한가 봐. 그 나이에 벌써 부길드장이라니… 아니면 빽이 좋나?]

"그러게."

선애도 꽤나 얼떨떨한 모양이었다.

나중에 안 일이었지만, '플래밍' 이라는 성은 정보 길드 내에서 모르는 이가 없을 정도로 유명했다. 그도 그럴 것이 초대 정보 길드 길드장의 성이 '플래밍' 이었던 것이다.

원래 정보 길드는 지금처럼 전국적으로 체계적인 조직망을 갖추고 잘 정비된 조직이 아니었다. 각각 지역마다 연계가 있기는커녕, 수도만큼 큰 도시에는 여러 군데가 있을 정도로 따로따로 노는 것은 물론이요, 어떤 곳은 도둑 길드 노릇도 하고 정보 길드 노릇도 하고 암살자 길드 노릇도 하는 등 구체적인 조직이 없었다. 그리고 그러한 조직들은 모두 약해서 일반적으로 한 거리를 담당하는 뒷골목 깡패 수준이었다.

그런 조직들을 일일이 찾아다니며 때려 부수고 인재를 키우고 해서 전국적으로 통합한 사람이 바로 '플래밍' 이라는 사람으로 정보 길드 초대 길드장이라고 한다. 덧붙이면 척 플래밍의 할아버지가 되시는 분이기도 했다.

그리하여 현재의 길드장인 그의 아들이 자리를 물려받으면서 '플래밍' 이란 이름은 정보 길드의 정신적 지주의 이름이 됨과 동시에 길드장의 성이 되었고, 그걸 척까지 물려받은 것이다. 척은 그렇게 유명 인사였으니 자신의 이름만 소개하면 선애가 자기가 누구인지 당연히 알 것이라 생각해서 따로 직책까지 소개하지 않은 것이었고 말이다.

그러나 선애와 나는 나머지 세 도시를 다 돌고 다시 알파두르로 돌아가 휴를 만났을 때에야 그러한 사실들을 들을 수 있었다.

Chapter 24

선애의 기분이야 어떻든, 그렇게 정보 길드 총본부와 정식으로 계약을 체결함으로써 일의 진척은 무척이나 빨라지게 되었다. 그전에 계약금으로 정보 길드에 100골드를 넘겨줘야 했지만 말이다.

선애가 그걸 넘겨줄 때의 얼굴이란… 마치 자신의 살점이 떨어져 나가는 듯한 표정이었다. 아마 돈이 아까워서가 아니라 그 얄미운 척에게 얌전히 돈을 바쳐야 한다는 게 열받아서 그럴 거다. 원래 1년치 중 절반의 돈을 먼저 계약금으로 건다는 걸 뻔히 알고 있다고 해도 말이다.

하여간 그렇게 돈을 넘기고 나자 그 다음날 '연락책'이 왔다. 그리고 그 사람을 본 순간 선애의 표정은 묘~했다. 열받기는 했지만, 한편으로는 정보 길드의 결정에 감탄한 얼굴이라고나 할까?

　다름 아니라 선애 담당 연락책으로 온 사람은, 아니, 정확히 말해 아가씨는 선애의 ‘하녀’로 들어왔던 것이다. ‘보좌관’도 아니고 ‘호위 기사’도 아닌 ‘하녀’.

　윤기가 자르르 흐르는 붉은 머리에 백옥이 부럽지 않을 새하얗고 투명한 피부를 가진 아가씨였다. 맑은 초록색 눈동자에 오뚝한 코, 도톰한 붉은 입술을 봤을 때 하녀 하기에는 너무나 아까운 외모를 가졌다는 생각이 들 정도였다. 하여간 울 꼬맹이가 외모 가지고 질투를 하거나 그런 여자가 아니라서 천만다행이다.

　자신의 이름을 소피라고 소개하며 방긋 웃어 보이는데 주변에 있던 사람들의 시선이 쏠리는 게 느껴졌다.

　‘하… 이런, 이런.’

　그걸 보고 깨달은 건데, 그녀는 외근하기에는 너무 미모가 뛰어났다.

　예쁜 건 좋은데, 그게 좀 지나치면 오히려 튀기 때문에 외근하는 데 큰 방해 요소가 되었다. 물론 외모가 극히 안 좋아도 그렇지만. 그리하여 외근 요원의 특징은 ‘평범한 생김새’였던 것이다.

　그런데 선애의 연락책으로 온 아가씨가 너무 예뻐서 나는 이건 또 무슨 의미가 있는 건 아닌가… 하고 고민을 해봐야 했다.

　그러나 이렇게 왔는데 너무 예뻐서 튄다고 돌려보낼 수는 없는 일이었기에 선애는 떨떠름한 표정으로 그녀를 받아들여야 했다. 뭐, 선애가 떨떠름했던 건 단지 그녀의 외모가 너무 튀어서 그런 게 아니었다.

　처음에 선애가 연락책으로 올 사람에 대해 여러 가지 조건을 내걸긴 했지만, 사실 선애나 나나 그 모든 조건을 갖춘 사람이 올 거라고는 생각하지 않았다. 그중에 단 한 조건을 가진 사람이라도 만족했던 것이다.

그런데 그 모든 조건을 다 무시하면서도 선애의 곁에 머물러도 전혀 어색하지 않을 사람을 보내다니, 참 대단한 조직이었다. 정보 길드 요원일 테니 보좌관이나 비서로 써먹어도 될 테지만, 하녀를 자청하고 들어왔으니 그런 사람보고 그냥 '내 비서 해라' 할 수도 없고 말이다. 시킨다고 '예이~!' 할 것 같지도 않다. 그런데 거기다 그녀에게 매달 월급까지 줘야 했다.

물론 야생화 향수 가게에서 일하는 첼시도, 그리고 얼마 전에 새로 '고용'이라는 형식으로 들어온 실습 외근 근무 요원들에게도 월급을 주기는 하지만, 그래도 그들은 선애의 필요에 의해 들어온 거고 이 아가씨는 아니지 않은가 말이다. 정 하녀가 필요하면 벨타이거네 집에서 선애 담당으로 붙여준 하녀를 데리고 다니면 되는 일이었으니까.

그리고 보니 정보 조직도 참 얄미운 놈들이다. 실습을 하게 해줬으면 오히려 고맙다며 실습장 제공비를 주지는 못할망정 반대로 월급까지 받으면서 실습을 하니 말이다.

뭐, 일반 사람들을 고용해도 월급은 줘야 하는 거니 이왕 하는 거 믿을 수 있는 데다 능력도 있는 사람들을 고용하는 게 좋지만 말이다.

하지만 한번 그렇게 얄미워지자 점점 모든 일 하나하나가 참 얄밉게 느껴졌고, 그 척의 야비한 인상이 본성이 그대로 드러난 게 아닌가 하는 의심까지 들었다.

하지만 선애는 나처럼 분해하는 대신 이를 빠드득 갈았다.

"좋아, 그래. 대신 나는 그만큼 철저하게 울궈먹어 주겠어."

그 모습에 나는 나도 모르게 한숨이 나왔다.

벨타이거 녀석이야 그에게는 미안한 말이지만, 좀 만만하게 느껴져서 선애가 이를 빠드득 갈 때면 얼마든지 응원해 줄 수 있었다. 그러나 이 척 플래밍이라는 녀석은 절대 만만하게 느껴지지가 않았던 것이다. 영리함은 물론이거니와 노련함까지 갖추고 있는 존재였다. 단지 '빽' 만으로 부길드장이란 위치를 꿰어찬 게 아니라는 것이 그의 온몸에서 풍겨 나왔던 것이다.

그래 선애가 열의를 불태우고 있는 모습을 보며 '역시 내 동생!' 이라는 생각보다는 '이거 혹시 선애의 성격이 벌써 파악당해 이용당하고 있는 거 아닌가 몰라. 이러다가 제대로 이용해 먹기는커녕 오히려 반대로 이용당하는 거 아니야?' 라는 걱정부터 들었다. 선애가 내 생각을 알았다면 자기를 만만하게 보는 거냐며 펄펄 뛰었겠지만 말이다.

하여간, 그렇게 선애는 정보 길드를 철저하게 울궈먹겠다는 열의로 제일 먼저 시킨 일은 벨타이거 녀석에게 보고하는 것이었다. 어차피 일일이 보고하지 않아도 큰 변수가 있는 일도 아니라 그도 대충 짐작하고 있을 만한 일인데도 말이다. 아니면 나중에 돌아가서 말해 줘도 되고 말이다. 그런데 그걸 기어코 정보 길드의 통신망을 이용해서 즉각 보고해 버리다니, 이 이야기를 듣고 척 플래밍 녀석이 배를 잡고 웃어 젖히는 게 아닌가 모르겠다.

'나중에 돌아가자마자 휴나 자스민을 만나보라고 해야겠어. 그들이라면 뭔가 적절한 조언을 해줄 수 있겠지.'

그 뒤 선애와 모건, 클라리사는 본격적으로 가게 오픈 준비에 들어가 바쁘게 돌아다녀야 했다. 각 도시에서 열릴 가게들의 새 단장 공사 계약을 맺고 그곳에 고용될 점원들을 만나봤으며, 대표로 교육받을 지점장들과 이제는 야생화 가게의 한 구역을 당당하게 차지하게 될 갈대 바구니와 종이죽 상자를 만들 사람들을 알파두르로 보냈다. 그곳에서 직접 보고 교육시키게 할 생각이었다. 물론 교육은 첼시가 담당할 거다. 그리고 가게 이름을 '야생화 향수, 화장품 가게'로 바꾸게 될 주역인, 화장품 제조사들을 찾으러 다녔다.

그렇게 바쁘게 돌아다니다 보니 시간 또한 빠르게 흘러가 선애가 알파두르에 있는 벨타이거네 집에 도착했을 때는 완연한 겨울이 되어 있었다.

"바쁘송~ 바쁘송~"

선애는 가벼운 발걸음으로 콧노래를 흥얼거리듯 중얼거리며 빠르게 걸어가더니만 남작 저택의 서재 문을 두드렸다.

"들어와!"

안에서 익숙한 벨타이거 목소리가 들려왔다. 그에 문을 열고 들어간 선애는 벨타이거를 보자마자 그를 향해 비꼬는 어조의 말을 던졌다.

"회장님, 이게 무슨 이야기입니까? 향수 신제품이 열 개나 줄었다면서요?"

'내 이럴 줄 알았지.'

나는 요 근래 들어 벨타이거 녀석에게 동정심을 금치 못하고 있었다.

울 꼬맹이는 척 플래밍 녀석에게 매번 당하기만 하니까 그에 대해 받은 스트레스를 벨타이거와 말싸움하면서 풀었던 것이다. 그리하여 매번 꼬투리만 생기면 벨타이거를 물고 늘어지기가 바빴다. 이번에도 선애가 즐거이 달려가는 거 보고 벨타이거 녀석과 말싸움할 꼬투리를 잡았다는 걸 눈치챌 수 있었던 것이다.

뭐, 벨타이거 녀석도 만만치 않아 선애에게 매번 K.O패 당하는 게 아니라 거의 막상막하로 상대하는 데다가, 전부터 계속 느꼈던 거지만 은근히 선애와의 말싸움을 즐기는 것 같아서 내심 다행이라고 생각하고 있지만 말이다. 그 녀석은 자기가 척 플래밍으로부터 받은 스트레스 해소용이라는 걸 알까?

물론 벨타이거는 척 플래밍의 존재에 대한 걸 모른다. 그냥 단순히 선애가 정보 길드 총본부와 계약을 했다고만 알고 있을 뿐, 그 외의 정보에 대해서는 전혀 알지 못했다.

"아아, 어쩔 수 없잖아? 그건 내 탓이 아니라고."

어쨌든 이번에도 벨타이거는 뻔뻔스러운 미소를 띠며 선애를 향해 응수한다. 아마 벨타이거 녀석도 선애가 이렇게 나올 거라는 걸 예상하고 있었을 거다.

"그런 걸 바로 무책임한 발언이라고 하는 겁니다."

"말은 바로 하자고. 불가능과 무책임은 엄연하게 다른 말이야."

"오호라, 지금 불가능이라고 말씀하신 겁니까? 일주일 전까지만 해도 새로 개발된 향수가 열다섯 가지라고 한 건 회장님이셨던 걸로 아는데요?"

"물론, 난 기억력이 나쁘지 않아. 그리고 나야말로 황당하다고. 윙겟은 분명 열다섯 가지 향수를 나에게 넘겨줬단 말이야."

"그런데 왜 이제 와서 다섯 가지로 준 거예요?"

"그거야 윙켓이 나중에 와서 열 가지는 실패작이라고 다시 가지고 갔단 말이야. 나라고 좋은 줄 알아?"

"괜찮다고 그냥 놔두라고 하면 되잖아요?"

"윙켓이 어디 내 말을 듣나?"

"윙켓 담당은 회장님으로 알고 있습니다만? 회장님은 그 핑계로 가게 오픈 준비를 몽땅 모건이랑 나에게 떠넘긴 거 아니었습니까? 그런데 그동안 회장님은 뭐 하고 노느라 향수 신제품이 열 개나 줄어드는 걸 그냥 두셨답니까?"

"다시 한 번 말하지만, 윙켓이 어디 내 말을 듣던가? 그래서 선애를 부른 거야."

기세 좋게 다음 말을 준비하던 선애는 벨타이거의 말에 멈칫하더니만 인상을 찡그렸다.

"아니, 언제 회장님이 절 부르셨는데요?"

그러자 벨타이거는 여유있게 웃으며 선애의 손에 들린 종이를 손가락으로 가리켰다.

"그거."

그건 벨타이거가 선애에게 보낸 보고서로 향수 신제품이 열 개가 무효되었다는 내용을 담고 있었다.

선애가 인상을 찡그린 채로 그가 가리키는 손가락을 따라 보고서로 시선을 옮기자 벨타이거가 느긋하게 몸을 뒤로 젖히며 뒷말을 이었다.

"그거 보면 달려올 줄 알았지."

그 말에 선애의 인상이 더욱더 구겨졌다. 이건 마치 선애를 손바닥 위의 손오공이라 이야기하는 것과 다를 바 없었으니 말이다.

물론 선애가 보고서를 보면 벨타이거에게 갈 거라는 건 선애도 벨타이거도 예측하고 있었던 일이다. 지금껏 둘이 그렇게 말싸움을 한 게 한두 번이 아니었으니 말이다. 그러나 그걸 드러내 놓고 말하니 선애의 심기가 불편해진 것이다. 왜, 사람이 속으로는 알고 있어도 그걸 말로 지적당하면 기분이 나빠지는 법이 아니던가. 특히나 그런 말을 벨타이거 녀석에게 들었으니 선애의 기분은 더 더욱 나빠진 것이다.

선애의 눈썹이 꿈틀거리자 벨타이거가 당혹스러운 얼굴로 선애의 눈치를 살핀다. 아마 자기가 예상한 반응이 아니었던 모양이다.

그런 벨타이거 모습에 선애는 이를 한 번 빠드득 갈더니만 중얼거렸다.

"젠장, 이놈이나 저놈이나."

'완전히 졌구만.'

나는 속으로 혀를 끌끌 차며 중얼거렸다.

선애와 벨타이거의 말싸움에서 승부를 가리는 건 간단했다. 이성을 잃고 포커페이스를 무너뜨리면 지는 것이다. 그동안은 둘 다 먼저 이성을 잃는 사람이 없어 거의 박빙의 승부였는데, 이번에는 선애가 지고 말았다.

벨타이거는 선애가 생각지도 않은 부분에서 쉽게 무너지자 자기가 오히려 당황한 표정이었다.

그러나 선애가 진 이유는 간단했다. 울 꼬맹이는 처음에 척 플래밍과 만났을 때 그에게 크게 깨진 후로 마치 자기의 행동쯤은 다 예상했다는 투의 말에 쉽게 울컥하는 것이었다.

그동안 척에게―정확히는 정보 길드에―의뢰하여 받은 보고서에 척 녀석은 한 번도 빠짐없이 선애에게 간단한 메모를 보냈는데, 그게 대부분이 그러한 내용의 이야기라 선애를 항상 분노케 했던 것이다. 그러더니 이제는 척의 메모만 보면 열받아 하는 게 버릇이 되어버렸다.

그걸 보면서 생각하는 건데, 척 녀석은 혹시 선애가 이런 반응을 보인다는 걸 아는 게 아닌가 싶다. 그리고 은근히 그걸 재미있어 하는지도…….

그리고 그런 메모를 받은 날에는 더욱더 벨타이거 녀석에게 쏘아댔었다.

'저 녀석은 그걸 알라나 몰라.'

나는 여전히 아무것도 도르는 얼굴로 선애를 바라보는 벨타이거를 보며 생각했다.

이런 나와는 상관없이, 선애는 크게 심호흡을 한 번 하고 분노를 가라앉힌 후 벨타이거를 노려보며 물었다.

"왜 불렀어요?"

선애가 자신과의 말싸움에 전의를 다지기 위해 일부러 취하는 게 아닌 정말 열받아서 차가워진 목소리란 것을 깨달았는지, 벨타이거는 자기가 즐기던 말싸움의 어조를 그만두고 진지한 표정으로 돌아왔다.

"해줄 일이 있어."

"뭔데요?"

벨타이거가 진지 모드로 나오자 선애의 어조가 약간 풀렸다.

"괜찮은 향수나 화장품 제조자들을 영입해 봐. 윙켓까지는 안 바라지만, 그보다 한 단계 정도 낮은 사람으로. 그보다 더 낮은 사람은 안 돼."

그 말에 선애가 한순간에 분노를 다스리더니 비죽이 웃었다.

"제가 회장님처럼 느림보인 줄 아십니까? 벌써 알아보고 있습니다."

"하아, 그래? 그럼 어디 얼마나 대단한 성과를 가지고 올지 기대해 보지."

다시 제 페이스를 찾은 선애의 표정에 벨타이거가 '그럼 그렇지' 란 표정으로 피식 웃으며 고개를 끄덕였다. 평소와는 달리 금방 울컥한 선애의 모습이 무척이나 생소했던 모양이다.

사실 선애는 5일 전에 정보 길드에 향수와 화장품 제조자에 대한 의뢰를 해놨었다. 이제는 '야생화 향수, 화장품 가게' 로 이름이 바뀐 가게 안에 들여놓을 상품이 마땅한 게 없어서였다. 그동안 도시 주변에서 찾은 화장품 제조사들의 제품들은 나나 선애가 보기에 거기서 거기일 뿐 딱히 우리 가게의 대표 상품이라 할 만한 제품을 찾을 수가 없었다. 그나마 괜찮은 제품을 제조하는 곳이 있긴 했지만, 그런 곳들은 이미 큰 상회나 가게와 독점 계약을 맺은 상황이라 우리 쪽으로 끌어올 수가 없었다.

하지만 이럴 때 써먹기 위하여 선애가 정보 길드와 계약한 것이 아닌가?

선애는 괜찮은 제조사를 찾지 못해 속이 타면서도 정보 길드를 옹골차게 부려먹을 수 있는 기회를 찾아서 회심에 찬 미소를 지었었다.

그런데 전국을 뒤져서라도 어디에도 계약되지 않은 독자적이면서도 뛰어난 화장품 제조사를 찾아달라는 의뢰를 하자마자 단 7일 만에, 즉 벨타이거 녀석과 이야기를 한 지 이틀 후에 연락이 온 것이었다.

덕분에 선애는 다시 한 번 불만과 기쁨이 섞인 묘~한 표정을 지어야 했다.

"그놈의 정보 길드 능력 한번 좋네."

라고 감탄 섞인 투덜거림을 내뱉으며 말이다.

그리고 정보 길드에서 보내준 의뢰 보고서 가장 밑에 '영입은 능력 껏~!' 이라는 친절한 척 플래밍의 메모에 이를 빠득빠득 갈았다.

그 모습을 보며 나는 한숨을 내쉬었다.

'역시… 그 척이란 녀석, 선애 놀리는 거에 재미를 들린 게 틀림없어.'

이곳에 와서 정말 한숨 많이 늘었다.

길드에서 알려준 정보에 의하면 영입 목표 대상은 록우드 시 근처에 살고 있었다. 다행이라고 해야 할지, 록우드 도시는 타이거 상회 산하 '야생화 향수, 화장품 가게' 4호점이 들어서는 곳이기도 했다.

록우드 시 또한 웨이벌리 도시처럼 국가에서 관리하는 도시다. 벨타이거가 타이거 상회 산하 가게들을 오픈할 도시들은 모두 국가에서 관리하는 도시로 선택했던 것이다. 그것은 다른 일반 귀족 영지에 있는 도시에서 오픈할 경우 그 영지의 주인인 귀족과 좋은 관계를 유지해야만 하는 아주 귀찮은 일이 생기기 때문에 일부러 피한 것이었다. 뭐, 나중에 벨타이거가 대성하여 웬만한 귀족들에게도 영향력을 행사할 수 있게끔 된다면 그런 곳에도 야생화 가게 지점을 낼 수 있을 거다.

하여간 이 록우드 도시도 국가 관리 도시였는데, 이곳은 국가적인 뭔가 목적이 있어서 나라에서 차지한 게 아니었다.

이곳은 물도 많고 땅도 기름지고 경치도 무척이나 좋았지만, 바로 그게 문제였다.

록우드 영지는 한쪽으로는 바이런 국의 3대 강으로 손꼽히는 모티머 강이 흐르고, 그 반대편으로는 헤이븐 국과 비이런 국의 국경이라고 할 수 있는 왈라키 산맥으로부터 뻗어 나온 산들이 버티고 있었다. 게다가 바이런 국의 남쪽에 자리잡고 있어 겨울에는 따뜻하고 여름에는 큰 강과 산 덕분에 크게 덥지 않은 편이었다.

즉, 귀족들이 별장 짓기에 따악~ 좋은 자리였던 것이다.

그리하여 처음에는 높으신 귀족들이, 그러니까 영지 주인이 꼼짝도 못할 정도의 귀족들이 하나둘 들어와 별장을 짓기 시작하다가 점점 그 수가 늘어나 나중에는 웬만큼 능력있는 귀족들은 그쪽에 별장 하나 정도는 다 가지고 있게 되었다.

그렇게 귀족들이 많이 모이기 시작하는 건 좋았는데, 어디나 사람들이 많이 모이면 일어나게 마련인 싸움이 그 귀족들 사이에서도 생긴 것이었다.

그런데 하필이면 예전에 그곳을 영지로 가지고 있던 귀족은 귀족 세계에서 중간 정도쯤 위치를 차지하고 있던 자였다. 왕 다음으로 힘이 강해 말 한마디면 모든 인간들이 벌벌 떨 귀족이 그곳 주인이었으면 분쟁도 일어나지 않았겠지만, 위치가 어중간했으니 그보다 더 높은 귀족들이 큰소리를 내면 찍소리도 못함은 물론이거니와, 그와 비슷한 위치의 귀족들에게도 함부로 큰소리를 낼 수가 없었던 것이다.

영지 안에서 일어나는 모든 분란을 책임지고 처리하는 건 영지 주인의 몫.

그러나 예전 이 땅의 주인은 그렇게 영리하지 못했던지, 싸움을 해결하는 게 아니라 오히려 싸움에 휩쓸려 분란이 커져 버렸다. 결국 국가에서 안 되겠다 싶었던지 그 영지를 몰수, 그곳을 국가 관리 도시로 만들었던 것이다.

그런 안타깝다면 안타까운 역사가 있는 록우드 도시에 선애가 도착했을 때는 하늘에서 함박눈이 펑펑 내리고 있었다. 그러고 보니 하필이면 도착한 날이 이 세계의 날짜로 12월 24일이었다. 올해도 이제 6일밖에 남지 않은 것이었다.

[선애야, 메리 크리스마스!]

뜬금없는 내 말에 눈을 피하려 도시 안에 들어서자마자 여관부터 찾으려던 선애는 멈칫거리더니 피식 웃었다. 그리고 서두르던 걸음을 멈추고는 하늘을 올려다보았다. 그렇게 한참이나 펑펑 내리는 함박눈을 맞으며 바라보더니만 문득 중얼거리는 것이었다.

"올해는 화이트 크리스마스네."

이번 여정에 선애는 나만 동행한 채 이곳으로 왔다. 어차피 여기에는 얼마 전에 한 번 와본 적도 있는 데다가 나도 옆에 붙어 있으니 걱정될 건 없었던 모양이다.

거머리처럼 선애에게 찰싹 달라붙어 어디든지 쫓아가려고 했던 클라리사는 지금쯤 헤스딩스 남작가로 돌아가 있을 것이다. 이번에도 같이 오려고 했지만, 아무래도 새해 첫날까지 돌아오지 못할 것 같아서 떼어놓고 왔던 것이다. 클라리사야 연말이랑 연초는 가족과 함께 보내야 할 테니 말이다.

모건도 같이 오려고 했지만, 모건에게도 가족은 있었다. 그가 처음 만났을 때 자기를 소개하면서 밝혔듯이, 벌써 결혼을 해서 여우 같은 마누라는 물론이거니와 토끼 같은 자식까지 있다고 한다. 이제 세 살이라니 얼마나 예쁠 때겠는가? 물론 조금만 있으면 엄마를 엄청 괴롭히겠지만 말이다.

그걸 나중에 안 선애는 그에게 되게 미안해했었다. 여우 같은 마누라에 토끼 같은 자식을 가진 사람을 두 달이 넘게 전국으로 끌고 다녔으니 말이다. 물론 가게 건물을 산 것도 그요, 공사 계약을 담당한 것도 그이긴 했지만, 얼마든지 선애가 떠맡을 수 있는 일이었다. 그런데 이번에도 따라온다면 연말이랑 연초에 또 가족과 헤어져 있게 되는 게 아닌가 말이다. 그래서 극구 사양했던 것이다.

호위 기사들도 모두 사양하고, 용병도 고용하지 않았다. 그리고 '연락책'으로 선애 옆에 붙어 있던 소피도 잠시 휴가를 주었다.

그동안 소피가 조용히 하녀 역할을 잘 수행해서 그런지 선애는 그녀와 제법 잘 지낼 수 있었다. 그러니까 이런 때 선뜻 휴가를 줄 수 있었던 거겠지만. 소피는 예상치 못했던 휴가라 그런지 그 이야기를 꺼냈을 때 무척이나 얼떨떨한 표정이었다. 그래도 다행히 만나고 싶었던 사람은 있었는지 무척이나 고맙게 받아들였다. 기실 선애가 알파두르에서 록우드까지 갔다 올 기간 동안이 그녀의 휴가였으니 좀 길게 느껴질 수도 있겠지만, 그녀가 만나고 싶은 사람은 아무래도 다른 지방 사람일 테니 오히려 잘된 건지도 모른다.

그렇게 그녀까지 떼어놓고 선애는 홀가분한 표정으로 알파두르를 떠나왔다. 아무래도 울 꼬맹이가 혼자만의, 아니면 나와의 오붓한 여행을 생각하고 있었던 모양이다.

하지만 이 녀석도 이제 어른이라고 모처럼 함박눈이 내리는데도 그것을 기뻐하기는커녕 눈에 젖어 축축해질 망토와 추위에 감기 걸릴까 봐 걱정을 하는 것이었다. 몇 년 전까지만 해도 크리스마스 시즌에 눈이 오면 마치 강아지처럼 좋아서 날뛰던 녀석이 말이다. 그게 왠지 가슴이 아려와서 크리스마스 인사를 건넸는데 그게 의외로 잘 먹힌 듯했다.

[그러게. 작년에는 화이트 크리스마스였던가? 아아, 그러고 보니 크리스마스 시즌을 여유있게 지내니까 되게 어색하다. 예전에는 항상 겨울만 되면 바쁘게 보냈는데……]

울 집안은 기독교 집안이었다. 덕분에 어려서부터 교회를 다니던 나나 선애로서는 크리스마스 시즌만 되면 교회 행사 때문에 무척 바쁘게 지냈었다. 아무래도 교회에서 가장 큰 행사는 크리스마스 행사였으니 말이다.

그랬는데 이 세계에 와서는 12월 25일이라 해도 곧 다가오는 연말과 연초 때문에 분위기가 들뜰 뿐, 크리스마스란 게 없었기에 처음 맞는 겨울이 무척 어색했다.

처음에 유령이 되어서도 이 세계에 남아 있는 것은, 물론 선애 곁에 있어줄 수 있다는 것에 기쁘기는 했지만 한편으로는 되게 불안했다. 나는 천국으로 가지 못하는 게 아닌가 하고 말이다. 그러나 지금은 이런 몸으로라도 있을 수 있음을 진심으로 감사하고 있다. 이럴 때 선애가 혼자 있었으면 어쩔 뻔했단 달인가.

'차라리 유령이라고 해도 내가 옆에 있어주는 게 그나마 낫지.'

선애가 다시 하늘을 한 번 바라보더니 여관 쪽으로 걸음을 옮겼다. 그리고는 내 곁을 스쳐 지나갈 대 낮게 속삭였다.

"메리 크리스마스 앤드 해피 뉴 이어."

갑자기 따끈따끈한 만두국이 생각난다.

'아아… 먹고 시포라…….'

다음날, 선애는 아침을 먹자마자 여관을 나섰다. 길거리에는 어제저
녁까지 쌓인 눈을 여기저기서 치우느라고 사람들이 무척이나 분주하게
움직이고 있었다. 그런 사람들을 바라보며 선애는 큰길을 따라 종종거
리며 걸어갔다. 비록 큰길은 제법 눈이 치워졌지만, 그래도 지난밤 눈
이 쌓이고 얼어붙어 아직은 미끄러울 텐데도 종종걸음으로 걷자 나는
뒤에서 선애가 미끄러질까 걱정하며 따라갔다.

정보 길드에서 보내준 보고서에 친절히 약도까지 그려져 있었기에
찾아가는 건 어렵지 않았다. 놀랍게도 그곳은 귀족의 별장들이 있는
쪽이었다.

귀족들의 별장이 있는 곳은 두 곳이었다. 하나는 모티머 강가였고,
다른 하나는 왈라키 산맥에서부터 뻗어 나온 산자락 부근이었는데, 이
번 영입 목표 대상의 집이 있는 곳은 산자락 부근이었다. 비록 귀족 별
장들이 몰려 있는 곳과는 거리가 꽤 떨어진 산속에 있었지만 말이다.

사람들이 많이 지나다녔는지 뚜렷한 길이 나 있긴 했지만, 지난 저
녁까지 내린 많은 눈을 치우지 않아 그대로 쌓여 있었다.

"오오, 역시 부츠를 신고 오길 잘했어. 이거 잘 샀지?"

종아리 중간까지 푹푹 빠지는 눈길을 걸으며 선애가 눈에 젖을까 살
짝 걷어 올린 망토와 치맛자락 사이로 보이는 윤이 반질반질 흐르는
갈색 부츠를 흡족한 눈길로 바라봤다. 그 부츠는 이곳에 오기 전에 알

파두르에서 지나가던 길가의 가게 쇼윈도에 놓여 있던 걸 한눈에 반한 선애가 충동구매한 것이었다. 뭐, 돈이야 넉넉하게 있었고 날도 추우니 따뜻해 보이는 털 부츠를 산 것이 나쁘지는 않지만, 이러다가 충동구매가 버릇이 될까 뭐라고 한마디 했던 것이다.

[누가 부츠 산 걸 뭐라고 하든? 그냥 계획 없이 딱 보자마자 좋다고 무조건 사니까 그러지.]

"이걸 보는 순간 딱 필이 왔다니까. 예전에도 딱 필이 오는 옷을 샀었잖아."

[그래도 그때는 전부터 뭘 사야지… 하고 있다가 산 거잖냐.]

"괜찮아, 괜찮아. 돈 많을 때 팍팍 써보지 언제 써보겠어?"

다시 한 번 부츠를 바라보며 싱글싱글 웃는 선애의 모습에 나는 한마디 더 하려다가 그냥 삼켰다. 대신 다른 말을 꺼냈다.

[그런데 워커는 안 살 거니? 넌 옛날부터 워커를 무척 좋아했잖아.]

"사고는 싶은데… 사면 뭐 하나. 워커에 맞는 옷이 없는걸."

[하기야… 지금은 치마만 가지고 있지?]

"응. 치마는 별로인데… 아, 워커 사면서 바지도 살까? 겨울에는 두터운 망토를 가지고 다니니까 망토 안에다 입으면 괜찮을 거 아냐? 얼마 있으면 또 드워프 마을에 갈 텐데 그때 입고 갈까 보다."

[나쁘지 않네. 드워프 마을에 가려면 산길을 가야 할 테니까 말야. 뭐, 전에도 말을 타고 갔으니 이번에도 말을 타고 가려나?]

"앗싸아~ 그럼 돌아가면 워커 사야지. 사실 이 부츠를 산 가게에 맘에 쏙 드는 워커가 있긴 했거든? 그런데 같이 입을 옷이 없어서 그냥 됐는데… 돌아가면 바지도 사야징~ 에헤헤~"

[그려, 그려.]

많이 쌓인 눈 위를 흔적없이 밟는 경지를 보여주며 나는 피식 웃었다. 기분 좋게 웃는 꼬맹이를 보자니 나도 덩달아 기분이 좋아졌던 것이다.

그런 내 손에는 제법 큼직한 꾸러미가 들려 있었다. 남의 집을, 그것도 우리 쪽이 불리한 상황에서 방문해야 하는데 선물은 필수인 것이다. 아까까지만 해도 선애가 들고 있었지만, 지금은 푹푹 들어가는 눈 쌓인 길을 걷고 있느라 내가 들고 있는 거였다.

"아, 그런데 그것도 이번 일이 잘되어야 기분 좋게 하지."

[괜찮을라나 모르겠다. 보고서에 보면 굉장히 자존심이 강하다고 하잖냐.]

"그러게."

자존심만 강하면 몰라도 성격도 무척이나 안 좋은 편이라고 들었다. 그러니까 어디에 소속되지 않고 홀로 이런 곳에 틀어박혀 연구를 하고 있는 건지도 모르겠지만.

이름:토냐 호프만

나이:37세

특징:4서클의 3클래스 마스터, 4클래스 마스터의 마법사.

(이건 5년 전에 알려진 정보이므로 현재 상황에 오차가 있을 수 있음)

성격:자존심이 세고 성격이 나쁨. 특히 외모에 무척이나 민감.

취미:외모를 가꾸는 데 많은 시간과 노력을 투자하고 있음. 그 때문에 스스로 향수와 화장품을 개발해 쓰고 있다고 함.

외모: 금발에 파란 눈을 가진 뛰어난 미인.

키: ……. (이하 생략)

[내가 그 보고서를 보고 제일 황당했던 건 몸무게하고 신체 사이즈까지 있다는 거였어. 키야 이해하지만 말이다.]

정보 길드에서 넘어온 보고서 내용을 떠올리며 중얼거리자 선애가 고개를 끄덕였다.

"나도 그거 보고 오싹하더라니까. 혹시 정보 길드에 내 신체 사이즈까지 있는 게 아닌가 해서 말이지."

[넌 네 신체 사이즈 잘 모르잖아. 옷도 대충 크기만 맞으면 그냥 사는 녀석이…….]

"아냐, 그래도 전에 속옷 살 때 거기서 쟀단 말야. 뭐, 나야 그냥 흘려듣고 잊어버렸는데… 혹시 그 정보가 들어간 건 아닐까?"

[아… 그건 좀 그렇네. 에이, 그래도 뭐… 네 신체 사이즈 가지고 뭘 할라고?]

"하긴… 그런 게 약점도 아니고 말야."

그렇게 선애와 도란도란 이야기를 나누며 한참이나 산속으로 들어가자 드디어 약도에 적힌 여마법사의 집이 나왔다.

선애는 눈을 헤치고 온 것이 무척이나 힘들었는지 얼굴이 발갛게 상기되었고 이마에는 작은 땀방울까지 맺혀 있었다.

"후아… 장난이 아니게 힘드네."

[젊은 녀석이 그렇게 체력이 달려서야…….]

"쳇, 언니는 나이 많아 좋겠수."

마법사의 집은 산 아래에서 지나왔던 귀족의 별장에 비한다면 참 아담했다. 그러나 절대 초라하지는 않았다. 오히려 동화 속에나 나올까 한 예쁜 통나무집이었다.

산속의 널찍한 공터에 오도카니 있는 2층의 통나무집은 막 하늘에서 내려오는 햇살 때문인지, 아니면 주위에 고요히 존재하는 눈 쌓인 산속의 배경 때문인지 너무나 운치있었다. 누구라도 보면 이런 곳에서 살고 싶을 만큼 말이다.

그리고 그 통나무집 뒤엔 그 2층짜리 집보다 더욱 큰 화원이 보였다. 추운 겨울이라 주위는 온통 초록색은 물론이거니와 화려한 칼라를 잃어버렸는데도 그 통나무집 뒤로 얼핏 보이는 화원에는 뭔 장치를 했는지 알록달록 화사한 색이 슬쩍슬쩍 보이고 있었다. 이 집 주인이 마법사라고 하던데, 아무래도 마법을 이용한 모양이다.

선애는 마당에서 잠시 옷매무새를 가다듬고 나에게서 꾸러미를 받아 든 다음 성큼성큼 통나무집의 현관으로 다가가 두드렸다.

"실례합니다~!"

문을 두드린 뒤 잠시 기다리고 있자 안쪽에서 인기척이 들리더니만 현관문이 달칵 하고 열렸다.

"누구?"

보고서에 의하면 토냐 호프만이라는 여마법사는 금발에 파란 눈을 지닌 뛰어난 미모의 여자라고 했다. 하지만 나이가 서른일곱 살이라고 해서 우리는 젊었을 때 꽤나 예뻤을 중년 여인을 예상하고 있었다. 그런데 놀랍게도 문을 열고 나온 사람은 20대 중반이나 후반 정도로 보이는 아가씨였다.

전형적인 금발 미인이라고밖에 표현할 수 없을, 벌꿀 같은 탐스러운 금발 미인에 호수같이 맑고 커다란 파란 눈동자, 티 하나 없는 백옥 같은 피부에 오뚝한 코, 도톰한 붉은 입술이 같은 여자로서도 무척이나 감탄스러웠다. 거기에 제법 큰 키에 늘씬한 몸매까지 갖춰 어디 하나 흠잡을 구석이 없어 보였다.

그녀의 모습에 선애는 무척이나 당혹한 표정을 지으며 물었다.

"아… 저… 토냐 호프만이라는 마법사님을 찾아왔습니다만, 지금 계십니까?"

분명 보고서에는 혼자 살고 있다고 나왔는데, 이 아가씨는 누구란 말인가? 그렇게 나도 의문으로 고개를 갸웃거리는데 막 문을 열고 나온 아가씨가 의아한 표정으로 선애를 바라봤다.

"날?"

그에 선애는 더 놀랐다.

"예에? 그럼 당신이 토냐 호프만이라는 마법사님?"

"그, 그런데?"

선애의 놀란 외침에 그녀도 덩달아 놀라 말을 더듬었다.

"세상에나… 실례가 안 된다면… 저기… 중년이 다 되어가는 분이라고 들었는데… 전혀 그렇게 보이지 않는 분인데요… 제가 잘못 알고 있는 건가요?"

'아, 저 여자는 마법사라고 했지? 그럼 마법으로 저런 외모를 유지하고 있는 건가?'

증거는 없지만 그럴 가능성이 높았다. 그녀는 외모에 무척이나 신경 쓴다고 했으니 말이다.

선애의 놀라움에 찬, 그러면서도 조심스러운 말이 기분 나쁘지는 않았는지 그녀는 후훗 하고 웃었다.

"아냐, 네 말이 맞아. 아, 추울 테니 들어오겠어? 나에게 볼일이 있는 모양인데."

그녀의 기분이 좋아 보이는 거 보니 출발은 좋았다.

"그럼, 실례하겠습니다."

안은 무척이나 아늑하게 꾸며졌다. 한마디로, 혼자 살기 따악 좋다고나 할까?

안으로 들어가자마자 제일 먼저 눈에 들어오는 건 2층의 부근, 그러니까 지붕 바로 밑에 큰 삼각형 모양으로 나 있는 유리창이었다. 거기에서 쏟아져 들어오는 햇빛이 일층까지 내려와 집 안을 환하게 만들고 있었다.

1층에 천장이 있고 그 위에 2층이 있는 게 아니라, 그 천장이 뻐엉 뚫려 있어 2층이 마치 베란다처럼 되어 있었다. 게다가 1층은 원룸 형식으로 되어 있어 집 안이 무척이나 넓어 보였다.

그런 1층의 한가운데 있는 소파로 선애를 안내한 마법사는 다 뚫려 훤히 보이는 부엌으로 가서 간단한 차를 만들어 가지고 왔다.

"아, 감사합니다."

"내가 좋아하는 차야. 자스민 차라고… 피부에도 무척 좋지."

"향이 좋네요."

투박한 사기 잔에 따뜻한 김을 모락모락 피우며 담겨 있는, 약간 푸르스름한 기가 도는 차 향을 맡은 선애는 기분 좋은 미소를 지었다.

'아… 나도 맡아보고 싶다.'

자스민 차는 내가 즐기지는 않았지만 친구가 즐겨서 여러 가지를 접해본 적이 있었다. 맛은 몰라도 향만큼은 기가 막히게 좋았던 걸로 기억한다. 하기야 그러니까 자스민 향도 여러 군데에서 사용되는 거겠지.

차가운 곳에 있다가 따뜻한 실내로 들어와 따뜻한 차를 몇 모금 마시자 선애는 추위에 굳어 있던 몸이 풀리는지 기분 좋은 미소를 지었다.

그런 선애를 바라보던 마법사가 드디어 본론을 꺼냈다.

"그래, 무슨 일로 왔지?"

처음에 이름이 뭐냐고 묻거나 어디서 왔냐고 하는 서로 소개할 시간도 없이 본론부터 묻자 선애도 그에 휩쓸렸는지 자신에 대한 소개는 하지도 못하고 목적부터 꺼냈다.

뭐, 내가 보니 이 마법사도 지루하게 이것저것 늘어놓는 걸 별로 좋아하지 않는 사람 같다. 그러니 다른 것보다 뭐 하러 왔냐고 대놓고 물어보는 거겠지.

"저… 단도직입적으로 말씀드리겠습니다."

"말해 봐."

"저희 상회에 들어와 주시겠습니까?"

"상회?"

"예."

"흠……."

그녀가 가타부타 대답을 안 하고 침묵하고 있자 선애가 당혹스러운 표정을 지었다. 좋다고 하면 그건 좋은 거고, 싫다고 하면 그 이유를 물어서 절충이라도 할 수 있으련만, 이건 그냥 흐릿한 반응을 보이니 그에 대고 어떻게 해야 할지 모르는 거였다.

이런 일에 많은 경험이 있는 사람이라면 뭔가 타개책이라도 내보일 수 있으련만, 나 또한 이런 데 경험이 있는 게 아니라서 선애에게 도움이 못 되고 있었다.

'아아… 척 녀석을 끌고 왔으면 딱이었을 텐데…….'

하다못해 모건이라도 데리고 왔으면 뭔가 묘수가 있을지도 모른다. 역시 그 가족에게 미안하더라도 데리고 오자고 할 걸 그랬나?

토냐 호프만 여마법사가 딱히 어떤 반응을 보이는 것도 없이 선애만 가만히 바라보고 있자, 선애가 그 상황이 견디기 어려웠던지 여마법사의 눈치를 살피며 조심스레 입을 열었다.

"저기… 전에 괜찮은 화장품과 향수 제품을 만들어내셨다고 들었습니다. 저희 상회에서 화장품, 향수 가게를 열게 되었거든요? 그래서… 마법사님을 저희 상회로 모실 수 있었으면 좋겠습니다."

선애가 아주아주 어렵게 말을 끝내자—되게 뻘쭘해하면서 말하는데 보는 내가 다 힘겨웠다—선애를 가만히 보고만 있던 여마법사가 피식 웃는 거였다. 덕분에 그걸 본 선애의 얼굴이 빨개졌다. 이 녀석 자칭 소심함이 아직도 남아 있었나 보다. 이 세계에 와서 여러 가지 일을 겪으며 거의 사라졌다고 생각했는데 말이다.

그 순진하면 순진하고 귀엽다면 귀여운 모습에 여마법사가 갑자기 좀 더 진하게 웃으며 입을 열었다.

"너… 이런 일 처음이지?"

"예? 예에……."

차마 그녀의 시선을 마주 보지 못하고 슬그머니 시선을 내리깔고 찻
잔만 만지작거리는 소심한 선애의 모습에 그녀가 이제는 후후 하고 작
게 소리 내어 웃는다.

"지금까지 날 영입하러 온 사람 중에 가장 순진하네."

"아, 뭐어……."

선애가 당황해서 그런지 어벙하게 대답했다.

마법사의 얼굴에 미소가 서려 있었지만, 그건 비웃음이라든지 한심
하다는 뜻이 담겨 있지 않은. 단지 순수하게 재미있어 하는 기색이라
나는 긴장을 풀었다.

"날 상회에 영입하려면 그간한 대가를 지불할 생각이겠지? 어떤 걸
로 지불할 거지?"

그녀의 말에 얼굴이 환해진 선애가 얼른 대답했다.

"돈을 드릴 생각입니다."

"얼마나?"

상회에 들어가든 안 들어가든 우선 이야기는 들어주겠다는 태도를
취하는 마법사 덕분에 선애는 긴장을 풀 수 있었던 모양이다.

꼬맹이는 뭐라 말을 하는 대신 꾸러미에서 나무 상자 하나를 꺼냈
다. 제법 고급 목재로 만들어진 그 상자 안에는 잘 싸여진 유리병이 있
었다. 정보 길드의 보고서에 그녀가 자존심이 세다고 쓰여 있어서 그
걸 좀 자극해 볼까 하고 가지고 온 거였다.

내 주먹만한 크기의 유리병은 아래쪽은 굵지만 위로 올라갈수록 점
점 가늘어지는 원기둥 모양이었는데, 마치 바람에 흔들리는 드레스 자
락처럼 부드러운 굵은 주름들이 원기둥을 둘러싸고 있었다.

그런 단순하지만 섬세함과 아름다움을 뽐내는 유리병은 마법사의 감탄을 자아내게 하기에 충분했다.

당연했다. 그건 드워프 제품이었던 것이다.

드워프 마을에서 나올 때 나중에 물품을 가지러 온다고는 했지만, 윙겟에게 보여줄 몇 개의 유리병은 가지고 나왔던 것이다.

이건 그중 하나였다.

"아름답군."

선애가 내놓은 유리병을 조심스레 만져 보며 감탄 어린 시선으로 여기저기를 살펴보는 토냐 호프만에게 꼬맹이가 친절하게 설명해 줬다.

"드워프 제품이에요."

그에 토냐가 고개를 끄덕였다.

"역시. 그 드높은 위명이 결코 허명이 아니었군."

그러며 유리병을 천천히 쭈욱 살펴보던 토냐가 그걸 탁자에 내려놓고 선애를 바라봤다.

"이걸 왜 나에게 보여주는 거지?"

"사실, 여기 오기 전에 마법사님에 대해 조사를 했어요."

울 꼬맹이, 경험이 없으니 차라리 솔직하게 나가는 정공법을 선택했나 보다. 그래도 그게 잘 먹혔는지 마법사는 기분 나쁜 기색 없이 고개를 끄덕였다.

"당연한 거겠지. 날 영입하려면 말이야. 아, 그리고 토냐라고 불러도 좋아."

"예, 토냐님. 거기에 보면 자존심이 강하다고 들었어요. 그래서 보여 드리는 겁니다. 이건, 우리 상회에서 가장 뛰어난 향수죠. 지금 상

회에 계시는 향수 제조사 분이 자칭 일생의 역작이라고 일컫는 거거든
요. 그리고 우리 상회에서 유일하게 드워프제 유리병에 담길 영광을
가지고 있는 향수이기도 하죠."

선애의 말에 토냐가 유리병을 들고는 뚜껑을 열었다.

"뭐랄까… 정말 시원한 향이군. 상쾌하다고나 할까? 정말 뛰어난 향
수야. 나로서는 그 근처에도 가기 어렵다고 생각될 만큼."

한참 동안이나 눈을 감고 향수의 향을 음미하던 토냐가 눈을 뜨며
말했다. 그녀의 말속에는 숨기지 못한 감탄과 부러움, 질투, 자조 등등
여러 가지 감정이 뒤섞여 있었다.

"향수 이름이 '새벽의 축복' 이에요."

"향과 참 잘 어울리네."

다시 뚜껑을 닫은 향수를 탁자에 내려놓은 토냐가 고개를 끄덕였다.
그러나 그녀의 시선은 향수병에서 떨어지려고 하지 않았다. 어지간히
반한 모양이다.

선애는 자신을 바라보지 않는 그녀의 모습에도 개의치 않고 입을 열
었다.

"제가 드리고 싶은 제안은 이거예요. 만약 토냐님이 이 '새벽의 축
복' 에 못지않을 만큼 뛰어난 향수를 만드신다면, 그건 드워프제 유리
병에 담겨 팔릴 겁니다. 물론 가격은 두말할 필요도 없겠지만, 드워프
제 유리병에 담겨 팔릴 수 있는 영광을 드릴 수 있는 상회는 흔치 않을
거예요."

그 말에도 토냐는 어떤 반응을 보이지 않고 묵묵히 유리병만 보고
있을 뿐이었다.

그런 그녀를 잠시 살펴보던 선애는 나에게 시선을 돌렸다. 불안에 흔들리는, '내가 잘못 말했나?' 라고 묻는 그 시선에 나는 고개를 저었다.

[잘했어. 아, 돈 이야기도 해.]

내 말에 선애는 잠깐 망설였지만, '이왕 말하기 시작한 거 다 말하자' 라고 생각했는지 다시 입을 열었다.

"돈은… 원래는 이렇게 계약을 하려고 했습니다. 토냐님이 만든 향수를 판매할 경우 그 대금의 30%를 드리기로 말이지요. 대신 원료라든지 일꾼들은 모두 저희가 대드리는 걸로……."

그러나 선애가 채 말을 끝내기도 전에 토냐가 자리에서 벌떡 일어나는 바람에 선애는 놀라서 입을 다물었다.

선애가 놀라든 말든 벌떡 일어난 토냐는 천장을 한 번 보더니만 그 벌꿀같이 탐스러운 금발 머리를 쓸어 올리며 한숨을 내쉬고 다시 창밖을 보더니 마지막에는 선애에게 시선을 줬다.

당혹해서 어찌할 바를 모르고 있던 선애는 그녀의 시선에 거의 반사적으로 자리에서 일어났다.

"아, 저… 저기……."

그런 선애에게 피식 웃어주는데 어째 그 미소가 일그러져 보인다. 슬픈 것 같기도 하고 자괴감이 섞인 것 같기도 하고 불안한 것 같기도 하고…….

하여간 그런 딱 꼬집을 수 없이 뒤섞인 감정의 미소를 보인 그녀가 발걸음을 옮기며 선애에게 말했다.

"이리 와봐."

오라면 가야지 어쩌겠는가? 그래 선애가 주춤주춤 그녀의 뒤를 따라갔다.

그녀가 안내한 곳은 부엌 옆에 자리한 문이었다. 나는 그게 식품 저장고 비스무리한 건 줄 알았는데, 문이 열리니 밑으로 내려가는 계단이 보였다.

'흠, 식품 저장고가 지하에 있… 지는 않겠지? 선애에게 식품 저장고를 보여주려는 건 아닐 테니까.'

역시나 밑으로 내려가자 보이는 건 커다란 탁자들과 책장, 산더미 같은 책들이었다. 그곳은 바로 그녀의 연구실이었던 것이다. 하기야 그러니까 울 꼬맹이를 데리고 간 거겠지만 말이다.

지하는 1층과 마찬가지로 원룸 형식이었다. 완전 지하는 아니고 반지하라 그 층 천장 가까이에 붙은 기다란 직사각형의 창에서 햇빛이 들어와 안을 환하게 비춰주고 있었다.

토냐 호프만 마법사는 그 넓은 곳 중 한쪽 구석에 서 있는 장식장 앞으로 선애를 데리고 갔다. 그곳에는 여러 가지가 들어차 있었는데, 그녀가 가리킨 곳은 내 주먹만한 유리병들이 옹기종기 모여 있는 곳이었다.

"이건, 그동안 내가 만들어본 향수지. 맡아볼래?"

아주 무덤덤한, 너무 덤덤해서 건조하게까지 느껴지는 어조라 선애랑 나는 왠지 모를 불안감까지 느낄 정도였다.

'이 여자가 갑자기 왜 이럴까나……'

그러나 이렇게 제의를 받았는데 거절할 수는 없는 일이라 선애는 조심스레 장식장으로 다가가 유리병을 하나 집어 들었다.

"아, 향이 좋네요. 이 정도면 제법 괜찮다는 말을 듣겠는데요?"

뚜껑을 열고 향을 맡던 선애가 감탄한 듯 고개를 끄덕였다. 그러나 진실 어린 감탄에도 불구하고 토냐는 무표정하게 고개만 까딱일 뿐 아무 말도 안 하는 것이었다.

'아까 외모에 대해 놀랐을 때는 기분 좋아 하며 호감도 보이더니만… 외모가 아닌 다른 것에는 호감을 안 느끼나?'

선애도 무표정한 그녀의 반응이 머쓱했는지 그냥 고개를 돌리고 그 다음 향수병을 집어 들었다.

그렇게 하나하나, 잠시 코를 쉬어가게 하면서 총 스물세 개나 되는 향수의 냄새를 일일이 맡아본 뒤에 선애가 감탄했다는 표정으로 고개를 끄덕였다.

"음, 토냐님의 향수도 훌륭하군요. 이거… 저희 상회에서 팔면 좋을 텐데……."

선애가 슬며시 그녀의 눈치를 살피며 아부성과 본론을 적절하게 섞은 말을 꺼냈지만 토냐의 표정에는 조금의 변화도 없었다. 대신 묵묵히 서 있다가 선애가 마지막 향수까지 냄새를 맡는 걸 보고 물었다.

"그중에서 네가 가게에 내놓고 싶은 거 골라봐."

무표정하게 선애를 주시하는 폼이 뭔가를 바라고 있는 것 같기도 하고…

'아니면 선애를 시험하고 있는 걸까나?'

선애도 그런 걸 느꼈는지 잠시 주춤거렸지만, 토냐의 시선에 결국 진지하게 고민을 하며 향수들을 살펴봤다.

아부성으로 모든 게 다 훌륭하다고 말할 수도 있겠지만, 보아하니 토냐는 향수에 대해서는 아부가 안 통할 듯싶다. 그렇다면 역시 이럴 때는 정직하게 행동하는 게 좋다.

열심히 고민을 하다 다시 향수 냄새를 맡아보던 선애는 결국 그들 중 몇 개를 골라내기 시작했다.

스물세 개 중에서 선애가 골라낸 건 단 여섯 개.

하기야 뭐, 토냐보다 더 실력이 뛰어나다고 생각되는 윙겟도 신제품 열 개를 만들면 일고여덟 개는 실패작이라고 버리는 상황이었으니, 그렇게 적은 건 아니었다.

단지… 그 스물세 개가 그녀가 괜찮다고 생각하는 것들이 아니길 빌었다. 그리고 이 일로 인하여 그녀의 자존심에 금이 가 그녀의 안 좋다는 성격이 드러나는 게 아니길 빌었다.

그렇게 나나 선애나 초조하게 그녀를 살펴보는데, 그걸 아는지 모르는지 그녀는 단지 선애가 골라놓은 향수들을 묵묵히 바라보고만 있을 뿐이었다. 그러더니 잠시 후 약간 잠긴 어조로 물었다.

"생각보다… 적네? 저기 있는 건 그동안 내가 만든 것들 중 가장 마음에 드는 것들만 골라놓은 건데……."

그녀의 말에 선애는 움찔거렸지만 그녀의 어조나 표정에서 화낸 기색이 없자 침착하게 대답했다.

"가게에 판매하고 싶은 걸 고르라고 하셨잖습니까? 최대한 토냐님의 명성을 높이고 싶었습니다."

좋게 말하기는 했지만, 한마디로 다른 건 별로라는 뜻이었다.

그 말에도 토냐는 별 반응을 보이지 않은 채 묵묵히 선애가 골라놓은 향수병들을 보고 있다가 잠시 후에 입을 열었다.

"이쪽에 있는 것들을 어떻게 생각해?"

토냐의 향수병들은 개수가 많아서 그런지 두 칸에 나뉘어 채워져 있었다. 토냐가 지금 가리키는 건 위쪽에 있는 칸에 있는 향수병들이었다.

선애는 위쪽에 있는 향수병들 중 두 개, 그리고 아래쪽에 있는 향수병들 중에서는 네 개를 골랐었다.

"향이 무척이나 달콤하고 화려하더라구요. 처음에 맡는 순간 아, 괜찮은 향수다… 라고 느꼈어요. 하지만 오래 맡으면 금방 질리겠어요. 게다가 몇몇 향수들은 달콤한 향이 너무 지나치게 강하고요. 달콤한 것도 어느 정도지 심하면 쓰게 느껴지잖아요. 그러니 향수로서는 오히려 안 좋다고 봐요."

"아래에 있는 것들은?"

"처음에는 위에 있는 것들에 비해 안 좋다고 생각했어요. 뭐랄까… 좀 더 다듬어지지 않은 느낌이라고나 할까요? 화려함도 그렇고 달콤한 느낌도 적어요. 하지만 맡으면 맡을수록 괜찮다는 느낌이 들더라고요."

"흠……."

선애의 말에 지하에 온 뒤 처음으로 토냐의 표정에 변화가 생겼다. 어찌 보면 쑥스럽지만 기분 좋은 듯한, 또 어찌 보면 믿지 못하겠다는 듯한 그런 복잡한 표정 말이다. 뭔지 모르지만 아까부터 보이는 반응이 이상한 것이, 무슨 사연이 있는 것 같다.

선애는 그녀를 바라보다가 다시 입을 열었다.

"향수들을 두 개로 분류하신 모양인데, 저는 솔직히 위쪽보다는 아래쪽이 좋아요. 처음에만 좋고 나중에 금방 질리는 것보다는 처음에는 별로인 것 같아도 두고두고 맡으면 괜찮게 느껴지는 게 더 좋지 않겠어요?"

선애의 말에 토냐가 피식 웃었다. 뭔가 막힌 게 뚫린 듯 무척이나 개운한 표정이다.

그렇게 웃고 있던 토냐가 선애를 바라봤다.

"그런데 네가 승인하면 무조건 가게로 나갈 수 있는 건가?"

"음? 아… 화장품 쪽은 몰라도 향수 쪽은 지금 저희 상회에 계시는 향수 제조자 분의 의견을 받아야 해요. 지금까지 최우선적으로 그분 의견을 존중했기 때문에… 하지만 이 정도면 괜찮다고 하실 것 같은데요. 에… 어쩌면 좀 더 연구하라고 퇴짜 놓을지도 모르지만."

선애가 마지막 말은 조심스레 하며 그녀를 살피자 그녀가 고개를 끄덕이다 다시 싱긋 웃었다.

"너희 상회 본부가 어디 있지?"

상회 위치를 묻다니, 좋은 현상 같다.

"알파두르 항구예요."

"호, 머네? 그럼 넌 지금 어디에 있는데?"

"마을에 있는 '모티머 여관'에 투숙하고 있습니다."

"그렇구나. 아까 드워프가 만든 유리병을 이야기했는데… 너희 상회는 드워프와 거래하고 있니?"

"예."

"흠… 상회에 들어가는 건… 생각을 좀 해보도록 하지. 내일 내가 네가 묵고 있는 여관으로 찾아갈 테니까 오늘은 이만 돌아가."

"예? 아… 예."

선애 또한 그녀의 질문에 일이 잘 해결되리라 생각했는지 환한 표정으로 대답을 하던 중에 갑자기 축객령을 받아 무척이나 얼떨떨한 표정이었다.

그러나 토냐는 이런 선애에게 상관도 하지 않고 휙 몸을 돌려 마치 현관까지 배웅이라도 하려는 것처럼 계단 쪽으로 걸어가는 것이었다. 그러니 선애도 뭐라 하지도 못하고 그녀의 뒤를 쫓아갈 수밖에 없었다.

하기야 집주인은 그녀이고, 그 집주인이 나가라 하는데 뭐라고 한단 말인가.

너무 갑작스레 내보내는 바람에, 선애는 그녀에게 주려고 준비해 온 쿠키도 못 주고—하긴, 이런 건 집에 들어오자마자 건네야 했지만 선애나 나나 너무 긴장한 탓에 줄 생각도 못하고 있었다—집을 나올 뻔했다. 뭐, 겨우 건네주기는 했지만 곧바로 그녀에게 내밀려 현관문 밖으로 나왔고, 토냐는 선애가 나가자마자 문을 그대로 닫아버리는 것이었다.

그러한 토냐의 행동에 거의 밀려나다시피 밖으로 나온 선애는 무척이나 걱정 어린 표정으로 나를 바라봤다.

"저기… 실패한 걸까?"

나도 조금 그런 생각이 들긴 했지만, 실패라고 한다면 그녀가 선애를 내보내기 전에 그런 질문을 할 이유가 없었다.

[그건 아닌 것 같다. 저 여자 성격에 거절하려면 딱 부러지게 거절했겠지 뭐 하러 찾아온다면서 너 머무는 여관은 물어본다니?]

"그렇겠지?"

내 말에 고개를 끄덕이면서도 선애는 불안한 표정을 지어 보였다.

그렇다고 이곳에 계속 있을 수는 없는 일이라 우리는 산을 내려와 여관으로 돌아왔다. 어차피 그녀가 내일 찾아온다고 했으니까 모든 건 그때 결정이 날 것이다.

그녀의 집을 나왔을 때는 한낮이 지난 시각이었다. 차 한 잔을 얻어 마시기는 했지만, 단지 그것뿐이었기에 선애는 무척이나 배고파했다. 하지만 여관으로 돌아올 때까지 꼬맹이는 배고픔을 참아야 했다. 산 아래에는 귀족의 별장들 때문에 식당 같은 가게들이 없었고, 도시 안으로 들어서면 식당들이 있긴 했지만 혼자 먹기 쑥스럽다고 들어가지 못했던 것이다.

그리하여 결국 여관에 도착해서 늦은 점심을 허겁지겁 먹은 선애는 산에 갔다 온 것이 피곤했는지 그대로 침대에 누웠다.

"아아… 이렇게 고생했는데 아무런 소득이 없으면 엄청 열받을 거야."

[괜찮을 거야.]

그리고 다음날, 토나는 전날 말했던 대로 선애가 머물고 있는 여관으로 찾아왔다. 문제는, 선애가 채 일어나지도 않은 이른 아침에 불쑥 찾아왔다는 거지만 말이다.

온다고 하기는 했지만, 실례되지 않을 늦은 아침이나 오후쯤일 거라고 예상했던 터라 그녀의 방문으로 선애는 무척이나 놀랐다. 방문 시각은 말해 주지 않았지만, 설마 해가 마악 뜨려고 하는 시각에 올 줄 누가 알았겠는가?

허겁지겁 침대에서 일어나 얼굴에 대충 물만 묻힌 고양이 세수를 하고 옷을 입는 소동을 벌이고 나서야 방 안에 있는 소파에 앉아 태연하게 여급이 가져다준 차를 마시고 있던 그녀의 맞은편에 앉을 수 있었다.

"늦게 일어나는군?"

"…죄송합니다."

선애가 불만 어린 표정으로 입술을 삐죽였지만, 사과의 말을 꺼냈다. 어쩔 수 없었다. 칼자루는 토냐가 쥐고 있었으니 말이다.

탁!

들고 있던 찻잔을 가볍게 내려놓은 그녀가 입을 열었다.

"네 조건, 받아들이겠어."

"예? 그럼… 상회에 들어오시겠다는?"

기다리던 그 말에 선애가 방금까지 불만이 어렸던 표정을 싸악 지우며 묻자 토냐가 고개를 끄덕였다.

"그래, 네 상회의 화장품과 향수 제조자가 되어주지. 단, 조건은 어제 네가 말한 것 말고 몇 가지 더 있어."

"예, 들어보도록 하죠."

얼른 진지 모드로 돌아와 말하는 선애를 보며 그녀가 피식 웃었다.

"오호, 제법 노련한 말도 할 줄 아네? 어제 너무 어벙하게 굴어서 나는 무조건 들어주겠다고 할 줄 알았는데."

그녀의 말에 선애의 눈썹이 꿈틀거렸다. 저 녀석도 자존심이 강한 녀석이었으니 그녀의 말이 좋게 들릴 리가 없었다.

그에 토냐는 다시 한 번 피식 웃더니 말했다.

"칭찬한 거야. 그러니까 화 풀어."

“다른 조건이 뭐예요?”

그녀의 한마디에 선애의 성격이 풀린다면 내가 울 꼬맹이를 천사라고 표현할 것이다. 여전히 무뚝뚝한 어조로 내뱉는 말에 나는 속으로 ‘역시나…’ 라 생각하며 한숨을 내쉬었다.

그러나 이 토냐라는 마법사는 그런 것에 눈 하나 깜짝하지 않고 자리에서 벌떡 일어났다.

“일어나. 밥 먹으러 가자. 나 아직 아침 안 먹었어.”

‘바, 밥?’

조건이 있다고 말해 놓고는 조건을 말하기는커녕 밥 먹으러 잡아끄니 선애는 무척이나 황당한 표정이었다.

하지만 토냐는 그런 것에 아랑곳하지도 않고 지가 스스로 선애의 짐을 뒤져 두툼한 외투를 꺼내 선애에게 던지더니 자기 외투를 입는 것이었다. 그리고는 아직도 얼떨떨한 얼굴로 서 있는 선애를 잡아끌고 밖으로 나갔다.

“자, 잠깐만요.”

“밥 먹으러 가자는데 뭔 말이 많아? 나 배고파.”

“알았어요. 알았으니까 이것 좀 놔요. 따라갈게요.”

“쯧쯧, 젊은애가 이렇게 굼떠서야…….”

그제야 팔을 놔준 토냐는 선애를 바라보며 혀를 끌끌 찼다.

그에 기가 막힌 표정을 지은 선애였지만, 토냐는 선애를 보고 있지도 않았다. 어지간히 자기 멋대로인 여자다. 이런 게 바로 ‘마이 페이스’ 파라는 거겠지?

그런 토냐에게 뭐라고 해봤자 자기만 입 아프다는 걸 깨달았는지 선애는 고개를 설레설레 젓고는 순순히 외투를 입었다.

[잘했어. 입지 않으면 너만 손해야.]

내 말에 선애는 입만 삐죽일 뿐이었다.

그렇게 선애가 외투를 다 입은 걸 확인하자 토냐는 앞서서 걷기 시작했다. 그런 그녀의 뒤를 따라 골목골목을 돌아 도착한 곳은 중산층 정도 되는 평민들이 사는 주택가의 한 집이었다. 근처에 있던 다른 집들과 별달리 큰 특징이 없는 평범한 2층의 깨끗한 주택. 그렇지만 척 봐도 토냐가 살고 있던 그 통나무집만큼 운치도 없고 그보다 약간 작았다.

이른 아침이라 그런지 대문이 꼬옥 닫혀 있었건만, 토냐는 그에 아랑곳하지 않고 거침없이 문을 열고 안으로 들어갔다.

'어라… 문이 잠겨 있지 않았던 건가?'

선애는 다시 한 번 황당한 표정을 지었지만, 그녀의 뒤를 따라 안으로 들어갔다.

토냐는 잘 아는 집이었는지 현관문을 여는 것에 머뭇거림이 없다.

벌컥~!

"어라라?"

[이거 이래도 되는 거야? 아무리 아는 집이라고 해도 예의는 지켜야지.]

선애의 뒤를 따라가던 나도 너무 어이가 없어 입을 열자 선애가 한숨을 푹 내쉬며 체념조로 중얼거렸다.

"그걸 말한다고 듣겠어?"

[하긴…….]

문이 열리자 아담한 거실이 보였다.

그 안으로 성큼성큼 들어가는데 문 여는 소리를 들었는지 한쪽 구석에 있는 통로에서 한 청년이 모습을 드러냈다.

"어라, 토냐 누나?"

그곳은 부엌이었고, 청년이 아침을 준비하고 있던 참인지 앞치마를 두르고 있다. 허락받지도 않은 침입에 화를 내기는커녕 오히려 반갑다는 표정이다. 그런 걸 보아하니 이런 일이 한두 번 있었던 일이 아님을 알 수 있었다. 하기야 저 여자 성격을 보아하니 전에도 얌전히 예의를 지켰을 것 같지는 않다.

그 청년을 힐끗 본 토냐는 입을 열었다.

"스탠 어디 있니?"

토냐라는 걸 확인하고 다시 부엌 안으로 들어가는 청년의 뒤에다 대고 묻자 거기서 청년의 대답이 들려왔다.

"지하에. 요 며칠 거기 콕 박혀 있어."

그럴 줄 알았다는 표정으로 고개를 끄덕인 토냐는 선애에게 한마디를 던진 후 잽싸게 걸어가는 것이었다.

"넌 여기 있어."

"에에?"

당혹한 선애가 입을 열려고 했지만, 선애의 말을 들어줄 토냐는 벌써 저만큼 걸어가고 있었다. 덕분에 낯선 집의 거실에 혼자 뻘쭘히 서 있어야 했던 선애를 구해준 건 부엌에서 다시 모습을 드러낸 그 청년이었다.

대충 20대 후반쯤으로 보이는 청년은 금발 머리에 다정한 회색 눈을 가지고 있었다. 콧등에 약간의 주근깨와 이마에 여드름까지 있어 아직 소년 같은 면이 있는 청년이었다.

"안녕하세요? 토냐 누나랑 같이 오셨죠?"

"아, 예."

"외투는 이리 주세요. 제가 걸어놓죠."

"감사합니다."

"이쪽으로 오시겠어요? 아마 누나랑 형도 식사하러 올 겁니다."

고급 레스토랑의 지배인이라도 해도 믿을 만큼 매끄러운 솜씨로 그가 선애를 안내한 곳은 4인용의 자그마한 식탁이 있는 곳이었다. 그곳에는 지금 막 만든 듯한 4인분의 식사가 차려져 있었다.

'밥 먹으러 가자고 하더니만, 여기서 먹으려던 거였나?

토냐는 선애가 그 청년의 안내로 그중 한자리에 마악 앉으려는 순간 들어섰다.

"아, 다 차렸군. 맛있겠는데?"

그런 그녀의 뒤에는 무척이나 후줄근한 차림의 청년이 들어왔다.

대략 30대 후반으로 보이는 그는 꼬깃꼬깃하고 지저분한 옷차림에 얼굴이나 금발 머리도 제대로 씻지 않아 지저분했다. 거기에 흐리멍덩한데다 빨갛게 충혈된 회색 눈을 보자니 며칠 잠도 못 잔 것 같았다.

'저 사람이 아까 토냐가 찾으러 간 사람인가?

"먹어."

토냐는 자기가 앉자 두 형제가 앉든 말든 상관하지 않고 선애에게만 짧게 먹으라고 말한 뒤 먼저 수프를 떠먹기 시작하는 거였다.

하지만 우리의 예의 바른 꼬맹이가 집주인으로 보이는 두 청년이 자

리에 앉지도 않았는데 어찌 그럴 수가 있겠는가. 그에 기가 막힌 표정
으로 토냐만 바라보는데, 막 자리에 앉은 동생 쪽이 웃으며 권했다.

“괜찮으니까 어서 드세요.’

그에 선애는 고개를 절레절레 저으며 숟가락을 들었다.

그리고 나는 토냐의 모습을 바라보며 진심으로 생각했다.

‘내 동생이 저렇지 않아서 천만다행이야.’

토냐는 밥 먹을 때는 떠들지 않는 주의인지 식사를 끝낼 때까지 한
마디도 하지 않았다. 덕분에 두 청년도 선애도 말을 꺼내지 않았기에
무척이나 조용한 가운데 식사가 진행되었다.

며칠 잠을 못 잔 형 쪽도 꾸벅꾸벅 졸면서 밥을 잘 먹었다. 나는 그
사람이 혹시 밥 먹다가 식탁 위에 얼굴을 박고 잠이 드는 건 아닌지 조
마조마했는데 용케 밥 먹는 건 잊지 않는다. 토냐와 그의 동생은 익숙
하다는 얼굴로 신경 쓰지도 않았지만, 선애만은 가끔씩 불안한 시선으
로 그를 힐끔힐끔 쳐다보는 거였다.

[걱정 말고 먹어. 만약 스튜 그릇에 코를 박을 것 같으면 내가 막아
줄게.]

그에 내가 속삭이자 선애가 풋 웃더니 그제야 신경을 끊고 식사에만
전념했다.

토냐가 말을 꺼낸 것은 모두가 아침 식사를 끝낸 후에 거실로 자리
를 옮겨 청년이 내온 차를 한 모금 마신 후였다.

“너희 상회는 드워프와 거래를 한다고 했지?”

“예.”

“내가 원하는 첫 번째 조건은 이거야. 이 녀석을 드워프와 만나게

해줄 것."

그러며 토냐는 자기 옆에 앉아 꾸벅꾸벅 졸고 있는 남자의 뒤통수를 강하게 내려쳤다.

퍼억~!

"꿱!"

그 아픔에 비명을 지르며 화들짝 정신을 차린 남자를 향해 토냐는 차가운 시선을 보냈다.

"정신 안 차려? 지금 누구 앞에서 졸아?"

"헉… 토냐… 그, 그게……."

"시끄러. 변명하지 마. 내가 누구 때문에 이 아침에 여기까지 친히 오는 수고를 했다고 생각 해?"

"저, 저기… 단순히 밥 먹으러 온 거 아니었어?"

솔직히 나도 그런 줄 알았다. 그런데 지금 폼을 보아하니 그런 게 아니었나 보다.

남자의 말에 토냐가 조용히 매서운 눈길을 보냈고, 그 시선을 받은 남자는 얌전하게 고개를 숙였다.

"아, 아니야… 와줘서 고마워……."

기어들어 가는 목소리로 말하면 그걸 누가 진심으로 생각할까나?

그 남자의 모습에 토냐는 작게 한숨을 내쉬더니 선애를 바라봤다.

"이름은 스탠리라 하고, 나와 같은 마법 학교 동기생이야. 마나를 느끼지 못해 연금술사로 진로를 바꿨는데… 멍청하기는 하지만 가끔 괜찮은 걸 만들어내지. 아마 드워프들이 흥미를 가질 물품이 꽤 있을 거야."

"드, 드워프?"

아까 조느라 토냐와 선애의 말을 듣지 못했던 모양이다. '드워프' 란 말에 고개를 번쩍 들며 토냐를 바라보는데 그 눈이 번쩍번쩍 빛나는 게, 마치 드워프 마을에서 선애의 시계를 바라보던 드워프들의 눈빛 같았다.

'호, 저 인간 드워프들이랑 잘 어울리겠군.'

선애도 나와 같은 생각을 했는지 피식 웃었다.

"드워프들이 흥미를 가진 물건이 있다면 얼마든지 모셔다 드리지요. 대신 그전에 드워프들이 흥미를 가질 만한 물건을 저희에게 먼저 보여 주셨으면 합니다."

선애의 말에 토냐가 고개를 끄덕였다.

"좋아. 거기서 괜찮은 거 있으면 너희 상회에서 팔려고 그러지?"

"당연한 거겠죠. 대신 토냐님과 같은 조건으로 해드리죠."

선애의 말에 토냐는 만족스럽다는 듯 고개를 끄덕였다.

그러나 본인의 이야기면서 소외되었던 스탠리라는 남자가 끼어드는 바람에 다시 찡그려야 했다.

"그, 그게 무슨 말이야? 웅? 드워프라니?"

"네놈을 드워프와 만나게 해준단 소리다."

"뭐, 그게 정말이야?"

자리에서 벌떡 일어나며 외치는 그의 모습에 토냐는 인상을 파악 찡그리다가 얼른 손으로 미간의 주름이 진 곳을 꾹꾹 눌렀다. 주름이 생길까 얼른 조치를 취하는 그 모습을 보자니 과연 외모에 신경을 많이 쓴다는 말은 사실이었던 모양이다.

"토냐아~"

그녀가 대답은 안 하고 얼굴의 주름만 펴고 있자 스탠이 다시 자리에 앉아 애절하게 토냐의 이름을 불렀다.

퍼억~!

"꾸억~!"

'내 어쩐지 저럴 것 같더라.'

열받은 토냐에게 안면 펀치를 받은 스탠리는 그제야 입을 다물고 애절한 시선으로 그녀만 바라볼 뿐이었다.

그 시선이 마음에 안 드는지 토냐의 주먹이 부들부들 떨리자 그제야 선애가 슬며시 끼어들었다.

"토냐님의 말씀은 사실입니다. 저희 상회가 내년 2월에 드워프 마을을 방문할 예정입니다. 그때 스탠리 씨와 같이 동행하도록 하겠습니다. 대신, 그전에 드워프들께 보여줄 물건을 저희에게 먼저 보여주시기 바랍니다."

선애의 말에 눈이 동그랗게 되어 있던 스탠리는 열성적으로 고개를 끄덕였다.

"드워프들과 만나게만 해준다면야, 그 정도야 얼마든지."

"그리고 스탠리 씨께서 만든 물품 중 상품 가치가 있는 물품은 저희 상회에서 판매를 했으면 합니다."

"마음대로 해. 난 드워프만 만날 수 있으면 족해."

선애의 말에 고개가 부러지지 않을까 걱정될 만큼 열렬하게 고개를 끄덕이며 대답하는 스탠리의 말에 선애도 마주 씨익 웃었다.

'호오, 꽤나 열성적이잖아? 이거 괜찮은 녀석을 건진 것 같구만?

그렇게 조건 하나가 받아들여지자 토냐가 이번에는 다른 쪽에 앉아 있던 동생을 가리켰다.

"그리고 두 번째는 저 녀석."

"나?"

뜬금없이 지목당한 동생은 설마 자기가 지목될 줄은 몰랐는지 놀란 표정이었다.

'나도 놀랍다. 멀쩡하게 자기 앞길 잘 챙기고 있게 생긴 애는 또 뭐가 모자라대?'

"그래, 너. 이름은 로이라고 하는데 지금 시청 말단이야. 상사에게 찍히는 바람에 5년이 되도록 승진을 못하고 있는 녀석이지. 하지만 능력만큼은 내가 인정해. 그러니까 너희 상회에 취직시켜 줘."

"저희 상회예요? 뭘 보고 저희 상회에 추천하시는 건데요? 저희 상회, 아직은 무척 작은데요."

선애의 말에 토냐가 피식 웃었다.

"그래, '아직은' 이겠지. 하지만 드워프와 거래를 성사시킨 상회가 계속 작은 상회로 머물러 있는다는 건 웃기는 일 아니야? 설사 그렇게 키울 인재가 없다면 저 녀석을 영입해. 그럼 금방 크게 키울 수 있을 거야."

'호, 능력이 있다는 소리인가?'

선애는 토냐의 말에 잠시 생각해 보더니 천천히 입을 열었다.

"우선은… 낮은 직급에 자리를 드릴 수 있습니다. 그러나 능력을 보여주신다면 언제든 승진시켜 드리죠."

"네가 승진시켜 줄 수 있어?"

"어느 정도까지는 가능합니다."

"좋아. 그럼 그렇게 해."

그렇게 또다시 본인 의사는 물어보지도 않고 일사천리로 직장이 정해지자 본인인 로이라는 청년이 황당한 표정을 지었다.

"어어… 누, 누나, 나는 지금도 괜찮아. 만족하고 있어."

"웃기지 말고, 하라면 해!"

하지만 토냐가 눈을 한 번 부라리자 얼른 고개를 숙였다. 거기다가 형까지 토냐 편을 드는 것이었다.

"로, 로이… 좋은 자리 같은데."

"좋은 자리가 아니지. 네가 좋게 만들어갈 자리야. 그러니까 가. 여기서 썩을 필요 없잖아?"

"누나, 나, 나는……."

"그냥 갈래, 맞고 갈래?"

"그, 그냥 갈게. 아하하하… 신경 써줘서 고마워."

폼을 보아하니 둘 다 토냐에게는 꼼짝도 못하고 있는 것 같다.

그렇게 두 가지 조건이 받아들여지고, 두 형제를 꼼짝없이 따르도록 만든 토냐는 또다시 갑작스레 일어나 선애를 데리고 그곳을 빠져나왔다. 선애야 다시 한 번 황당함을 느꼈지만 두 형제는 워낙 많이 겪은 일이라는 듯한 얼굴로 태연스레 둘을 배웅하는 것이었다.

그 집을 나와 한참 걸어 멀어진 뒤 토냐는 그때까지 꽈악 잡고 있던 선애 팔을 놔주며 입을 열었다.

"저놈들은……."

그 어조에서 쓸쓸한 기색을 읽은 선애는 막 열려던 입을 조용히 다

물었다. 아무래도 항의를 하려고 했던 모양이다.

그런 선애를 아는지 모르는지 마이페이스파 토냐는 계속 말을 이었다.

"날 '아가씨'로 생각하기 때문에 그 명에 따르는 거야. 호프만 상회가 없어진 지 오래되었는데도 불구하고 말이지."

[호프만 상단? 그러고 보니 토냐의 성이 호프만이었지?]

내 말에 선애가 슬쩍 고개를 끄덕인다.

그러는 동안 잠시 입을 다물었던 토냐가 다시 입을 열었다.

"우리 집안은 상인 집안이었어. '호프만' 상회가 바로 우리 집안이었지. 저 둘은… 우리 집안 총관의 아들들이었어. 그래서 어려서부터 내 말이면 뭐든 따라야만 하는 입장이었지. 그게 완전히 골수에 박혔는지 이제는 내 말을 따르지 않아도 되는데 저러네… 바보같이……."

씁쓸함과 미안함과 고마움이 뒤섞인 미소에 선애는 아무 말도 못하고 묵묵히 듣고 있기만 했다.

'호오, 그럼 그 조건을 걸었던 것도 저 형제들을 위한 거였군?'

나는 새삼스럽게 다시 토냐를 바라보았다.

내 시선을 당연히 모르는 토냐는 잠시 조용히 걷다가 다시 입을 열었다.

"내가 향수를 두 종류로 분리한 기준은 한 가지 재료 때문이었어. 그 재료가 들어가느냐, 안 들어가느냐 따라 나뉜 거지. 위에 있던 것들이 들어간 거고 밑에 있는 것들이 안 들어간 거야. 그리고 그 재료는… 스탠이 만든 거였어."

"헤에……."

'그래서 그 스탠이라는 자도 상회에 넣길 원하는 건가?'

토냐의 말은 계속 되었다.

"내가 다른 상회 사람들에게 제안을 받는 건 그때였지. 스탠이 만든 재료를 넣은 향수가 그들에게는 무척이나 고급으로 보였던 모양이야. 그걸 넣지 않은 향수는… 취급도 하지 않았지. 그래서 화가 났고, 자존심이 상해서 그들의 제의를 거절했다."

'호오, 그런 사연이…….'

"스탠은 다신 그 재료를 만들지 않았지. 자기 말로는 얼결에 만든 거라 만드는 방법을 모른다고 하지만, 그게 진짜인지 거짓인지 모르겠어."

'오호라.'

"아무래도 상관없었지. 나는 너무 화가 나서 아무것도 생각할 수가 없었으니까. 모든 제의를 거절하고 산속에 틀어박혔어. 그따위 재료를 넣지 않아도 얼마든지 뛰어난 향수를 만들고 말겠다는 욕심이었지. 그러다 보니 어느새 5년이 지났고 네가 왔다."

그렇게 말하며 토냐는 선애를 바라봤다.

"사람을 영입하는 일은 한 번도 해보지 못한 소심하고 서툰 네가 말이지. 그래도 그동안 나에게 아부성 발언을 한 그런 녀석들보다 네가 말해 준, 내 향수에 대한 감상이 참 듣기 좋았어."

그녀의 말에 그제야 묵묵히 듣고 있던 선애가 입을 열었다.

"다행이네요."

"그래, 다행이지. 네 말 덕분에 기분이 좋아지니까 스탠에 대한 자격지심이 녹아버렸거든. 나란 인간은… 너무나 이기적이라서, 기분이 풀리니까 이제야 저 둘을 생각한 거야. 하지만 앞으로도 내가 너희 상회에 선보일 향수는 스탠의 재료가 들어가지 않은, 순수하게 나의 능력으로 만든 향수뿐일 거다."

토냐의 말에 선애는 조용히 고개만 끄덕일 뿐이었다.

그런 선애를 향해 토냐가 이번에는 힘있는 어조로 말했다.

"마지막 조건이야. 그 옹겟이라는 사람이 만든 '새벽의 축복' 이란 향수 한 병을 나에게 줘. 그리고 드워프제 유리병도 하나만. 나도 그 '새벽의 축복' 이란 향수를 뛰어넘는, 그래서 당당히 드워프제 유리병에 담겨 팔릴 향수를 만들어보도록 하지."

그녀의 말에 선애는 씨익 웃어 보였다.

"그런 거야 얼마든지 들어드리죠."

"그래? 그럼 잘됐네. 만약 나중에라도 또 다른, 드워프제 유리병에 담길 만큼 뛰어난 향수가 나온다면 그것도 줘야 해."

토냐의 말에 선애는 이번에도 흔쾌히 승낙했다.

"그럴게요."

그 둘의 모습에 나는 안도의 한숨을 내쉬며 웃었다.

'뭐, 어찌 되었든… 영입은 성공이군.'

선애는 록우드 도시의 스탠리와 로이 형제 집에서 새해를 맞이했다. 원래 그곳에 있는 고급 여관에서 머무르려고 했는데, 스탠리와 로이 형제의 권유로 그들의 집에 머물게 되었던 것이다.

처음에는 토냐를 영입하기만 하면 곧장 돌아갈 예정이었는데, 스탠리와 로이 형제까지 영입하게 되는 바람에 예정보다 좀 더 머물게 되었다. 로이보고 나중에 알파두르로 찾아오라고 할 수도 있었지만, 이 곳 생활을 정리하는 데 일주일 정도면 충분하다고 해서 그냥 같이 가기로 했던 것이다.

아무리 시청의 말단 직원이라고 해도 사표가 그렇게 금방 수리되는 걸 보니, 로이는 어지간히 찍힌 상태였던 모양이다.

뭐, 울 선애도 새해 첫날을 알파두르로 가는 도중 한 여관에서 맞고 싶지는 않았는지 순순히 그들의 제의를 받아들여 그곳에 머물렀다.

덕분에 선애는 그곳에 머무는 동안 스탠리가 만들었다는 여러 물품들은 물론이거니와 토냐 호프만이 스탠리에 대한 자격지심으로 인하여 열심히 연구하는 외중에 만들어진 화장품들까지 볼 수 있었다.

그것들 중 마음에 쏘옥 드는 몇몇 물품까지 발견한 선애는 무척이나 기분 좋아했다.

스탠리의 물품은 아직 연구를 더 해야만 하는 미완성이었지만, 그 물품들은 분명 드워프들이 흥미를 가질 만했다.

내 보기에 그가 제대로 된 물품을 완성시키지 못한 이유는 ‘돈’ 때문인 것 같았다. 그들이 살고 있는 집이라든지, 로이가 직장을 다니는 거 보니 먹고사는 데는 지장이 없어 보이기는 하지만, 원래 어떤 연구든지 제대로 하려면 많은 돈이 필요하지 않겠는가 말이다. 보아하니 재료라든지 그 연구를 같이 해줄 조력자들이 없어 혼자 독학으로 끙끙대면서 하는 모양이었다.

그러나 그가 드워프들과 만나 흥미만 일으키게 된다면 그 모든 문제들이 해결될 테니 대단한 제품이 나오게 될 것이다.

게다가 토냐가 만든 화장품들은 이번에 새로 오픈할 때 당장이라도 상품으로 내놓을 수 있을 것 같았다. 특히나 한 가지는 조금만 더 다듬으면 야생화 가게가 문을 열자마자 히트를 치지 않을까… 생각한다.

"아아… 가면 할 일이 많을 것 같아. 우선 잽싸게 드워프 마을에 갔다 온 다음에 상품을 본격적으로 각 가게로 운송한 다음에… 으으음, 토냐가 그동안 물품량을 채울 수 있을지 모르겠네."

토냐의 화장품들을 보자마자 선애는 록우드 도시에 있던, 우리 상회에서 흡수한 작은 화장품 저조사를 토냐에게 떠넘겼다.

토냐는 스탠리와 로이가 같이 알파두르로 가자고 했지만 단호하게 거절했다. 자신이 만드는 화장품이나 향수의 주재료는 남부에서 쉽게 구할 수 있는 것들이라나 어쨌다나 하는 이유로 말이다.

록우드 시에서 오픈할 가게를 담당할 지점장과 토냐를 미리 소개해 주고 싶었지만, 지금 그는 알파두르에서 열심히 첼시에게 교육을 받고 있었다. 그는 2월이 되어야 알파두르에서 만들어진 윙겟의 향수들을 가지고 돌아올 예정이었다.

'음… 그때는 선애랑 나는 드워프 마을에 있을 테니 로이를 보내서 인사시켜야겠군.'

선애가 지금 염려하는 건, 그때까지 토냐가 각 지점에 보내줄 충분한 양의 화장품을 만들 수 있는가 하는 거였다. 그런데 이제 토냐 밑으로 들어간 화장품 제조사의 모든 사람들에게 연초 휴가를 줬기 때문에, 아무래도 시일이 촉박할 것 같았다.

[그러면 우선 그것만 만들라고 해. 다른 상품은 다른 지점들로부터 조금씩 공수하기로 하고. 그러면 되잖아?]

"아, 그렇군. 미리미리 연락을 해야겠어. 음음, 그리고 조금 있다가는 여기 가게에 한번 가봐야지. 공사가 얼마나 진행되었으려나……."

이제는 완전히 상인이 다 된 선애의 모습을 보고 나는 피식 웃음이

나왔지만 곧바로 다시 한숨을 내쉬었다.

'하아… 저렇게 열심히 하는 만큼 잘되어야 할 텐데 말이야.'

그렇게 서로서로 바쁘게 지내는 동안 드디어 한 해가 저물고 새해의 날이 밝았다. 선애는 토냐와 스탠리, 로이의 형제들과 같이 이 세계의 설음식을 먹고, 새해 인사를 나누고는 서둘러 알파두르로 갈 준비를 했다.

일행은 단 두 명—나를 제외하고—선애와 로이뿐이었다.

토냐는 처음부터 여기에 계속 남아 있겠다고 했고, 스탠리는 이번에 같이 가려고 했는데 그가 최근에 연구하고 있던 것이 안 끝나서 그걸 다 끝낸 후 알아서 찾아오겠다고 했던 것이다. 선애가 토냐에게 끌려 그들의 집을 처음 방문했을 때 봤던, 스탠리의 무척이나 후줄근한 차림을 생각해 보면 아무래도 그때부터 계속 그 연구를 하고 있었던 모양이다.

본인이 연구를 못 끝내서 안 가겠다고 버티는데 강제로 끌고 갈 수는 없는 일이었기에 선애는 우선 로이만 데리고 출발 준비를 했다.

로이는 자신이 집에 없어 형이 제대로 식사도 안 하고 굶는 건 아닌가 걱정했지만, 토냐가 가끔 확인해 준다는 말에 겨우 안도한 표정을 지을 수 있었다.

"폼을 보아하니, 아마 연구가 끝나지 않으면 우리가 드워프 마을에 가는 날짜도 놓칠 것 같아. 그전에 미리 로이라도 보내서 데리고 와야겠군."

[로이를 보낼 필요까지 있냐? 정보 길드를 통해서 연락하면 되지.]

내 말에 선애는 고개를 설레설레 저었다.

"연락만 한다고 해서 될 것 같지 않은데? 연락받고 고개만 끄덕이다가 곧바로 잊어버릴 것 같아. 가장 확실한 건 사람을 보내 끌고 오라 하는 거지."

[하기야… 아, 그럼 록우드 지점장을 먼저 보내야겠네. 로이를 딸려서 말이야. 그래야 토냐랑 지점장이랑 인사시키고, 로이보고 스탠리 끌고 오라고 하지.]

"아, 그렇군. 그래야겠다. 그리고 록우드 지점장에게 토냐의 화장품을 각 지점으로 수송하는 일을 맡겨야겠는걸?"

[그러든지.]

"으음… 하여간 가면 할 일이 많겠어."

그런데 스탠리는 동생이 선애를 따라 먼길을 떠나 한 달 정도 만나지 못하게 되는 게 분명한데도 연구에 푹 빠져 버려 배웅 나올 생각도 안 했다. 하기야, 선애가 그 집에 머물 때도 거의 코빼기도 안 보였으니 말이다. 그를 볼 때에는 선애가 그의 연구실에 들어가 구경을 할 때 아니면 토냐가 와서 그를 연구실에서 끌고 나왔을 때뿐이었다.

로이도 못하는 걸 손쉽게 해내는 거 보면 토냐가 대단하다는 게 다시 한 번 느껴졌다.

그리하여 선애와 로이는 스탠리를 보지 못하고 떠나는가… 했는데, 다행히도 둘을 배웅하러 나왔던 토냐가 그가 없는 걸 보고 연구실로 박차고 들어가서 강제로 끌고 나왔다.

동생이 가는 날도 잊은 스탠리를 토냐는 용서하지 않았고, 덕분에 남들은 다 추운 날씨 때문에 두툼한 외투를 입고 있었건만, 스탠리 혼자만 집에서 입는, 그것도 며칠 동안 갈아입지도 못한 후줄근한 면 박스티와 바지만 입고 강가의 선착장으로 나와야 했다.

추위 때문에 스탠리가 새파랗게 질린 입술로 덜덜 떨었지만, 토냐는 일말의 동정심조차 비치지 않고 우리가 탄 배가 멀어질 때까지 그를 꼬옥 잡고 선착장에 버티고 서 있었다. 덕분에 괜히 미안함을 느낀 선애와 로이도 선실로 들어가지 않고 추운 갑판에서 점점 작아지는 그들을 보고 있어야 했다.

그런데 오랜만에 형, 그리고 토냐와 떨어지게 되어서 그런지 이제는 그들과 선착장이 몽땅 뭉그러져 한 개의 점으로 보이는데도 로이가 선실로 들어갈 생각을 안 하는 것이었다.

그래 혼자 들어가기 뭣해 덩달아 같이 옆에 있던 선애가 괜히 말을 걸었다. 아무래도 정신을 놓고 있는 듯해 정신 차리게 해주려는 속셈이었던 것 같다.

"아하하… 토냐님이 좀 심하시긴 했지만, 그래도 고맙지요?"

그러나 로이는 정신을 놓고 있던 게 아니었던지, 선애의 말이 끝나자마자 고개를 돌리며 사람 좋은 미소를 지어 보이는 거였다.

"추우시죠? 이제 그만 들어가죠."

그 말에 선애는 기가 막힌 표정으로 그를 바라봤다. 그가 센치한 것 같아서 말도 못 붙이고 보고만 있었는데, 그게 완전 혼자 북 치고 있던 꼴이었으니 말이다.

그에 선애가 허탈한 표정으로 몸을 돌리고 선실 쪽으로 향하는데 로이가 얼른 선애 옆으로 다가와 입을 열었다.

"아, 그리고… 저는 사실 토냐 누나보다 선애님께 더 감사하고 있습니다.”

“갑자기 그건 또 무슨 소리입니까?”

혼자 헛짓을 하고 있게 만든 녀석이니 선애의 말투가 당연히 곱게 나갈 리가 없었다.

그러나 로이는 그런 것에 아랑곳없이 웃으며 대답하는 거였다.

“아뇨, 사실… 토냐 누나는 선애님이 오기 전까지만 해도 얼굴 보기 힘들었거든요. 제가 찾아가든지, 아니면 가끔 생필품을 사러 마을로 내려온 누나와 우연히 만나는 게 아니면 볼 수도 없었지요. 그래서 얼마 전에 누나가 저희 집에 왔을 때 얼마나 놀랐는지 모릅니다.”

‘엥? 별로 놀란 것처럼 보이지는 않았는데 말이지. 겉으로 티를 안 낸 건가?’

그러고 보니 토냐 호프만은 스탠리에게 괜한 자격지심을 가지는 바람에 5년 동안 집에 박혀서 연구만 했었다고 했다.

‘하기야… 그 여자 성격에 자격지심을 갖게 한 사람을 보러 그 집을 방문할 리가 없겠지.’

“누나는 겉으로는 강해 보여도 사실 마음이 무척이나 여려요. 저희 형제에게 여전히 죄책감을 가지고 있지요. 10년이나 지나 이제는 저희도 아무렇지 않은데도 말입니다.”

‘어라? 그거 어째 토냐 호프만에게서 들었던 듯한 말 같은데?’

선애가 고개를 갸웃하며 그를 바라보자 로이가 싱긋 웃었다.

“그런데 요 근래 선애님이 오셔서 토냐 누나가 아무런 거리낌 없이 우리 집을 자주 오게 되었잖습니까? 그래서 사실 무척이나 기뻤지요. 그리고 그렇게 만들어주신 선애님께도 많이 감사드리고 있어요. 그 은

혜를 갚기 위해서… 라고 하기는 뭣하지만, 열심히 일하겠으니 얼마든지 부려먹어 주세요."

그렇게 말하며 황당하게 쳐다보는 선애를 향해 허리를 숙여 보이는 것이었다.

농담 같은 말을 너무 진지하게 말하는 그 모습에 선애는 결국 화를 풀고 푸핫 하고 웃어버렸다.

"그러죠. 아주아주 뼛골 시리도록 부려먹을 테니 각오하는 게 좋을 겁니다."

선애의 말에 움찔하며 허리를 편 로이가 삐질거리며 웃었다.

"아하하하… 예."

그는 지금 속으로 '켁, 잘못 걸린 거 아닐까?' 라고 생각하고 있을지도…….

그로부터 사흘 후, 우리는 다른 도시 선착장에 내리고 있었다. 여기서부터는 다시 마차를 타고 가야 했다. 그런데 생각지도 않게 선착장을 빠져나오려는 선애를 부르는 사람이 있었다.

"선애니임~!"

"응?"

의아한 표정으로 돌아보는 선애 앞으로 한 아가씨가 다가왔다.

"아, 정말 다행입니다. 배가 언제 도착할지 몰라서 아침부터 나와 기다리고 있었거든요. 혹시라도 길이 엇갈릴까 싶어서…….

환하게 방긋방긋 웃으며 말하는 여자를 확인한 선애의 얼굴이 놀라움으로 가득 찼다.

“소피, 어떻게 여기에?”

그랬다.

결 좋은 붉은 머리를 차가운 강바람에 휘날리며, 추위에 얼어 붉어진 얼굴로 배시시 웃는 아가씨는 바로 선애의 하녀로 자청하고 들어온 ‘연락책’ 소피 양이었다.

그러나 이 아가씨는 선애가 알파두르를 떠나기 전 휴가를 줬던 터였다. 그래 다시 만날 때는 알파두르의 남작 저택에서일 줄 알았는데… 정말 뜻밖이었다.

“아하, 저도 돌아가는 길이었습니다. 그런데 마침 선애님도 돌아오신다는 이야기를 듣고 같이 가려고 기다리고 있었지요.”

그제야 선애는 알겠다는 듯 고개를 끄덕였다.

그녀가 누구인가? 바로 정보 길드 요원이었다. 선애는 그들의 장기 계약 손님이었기 때문에 그 행보를 정보길드 쪽에서는 언제나 체크하고 있었을 거다. 그러니 만약 소피가 찾으려고 들면 얼마든지 찾아올 수 있었다.

“올 한 해에 행운이 가득하길 바라, 소피.”

이건 이 세계의 새해 인사말이다. 새해가 올 때마다 상대방에게 복이나 행운을 빌어주는 건 한국이나 여기나 같았다. 이래서 바로 사람 사는 곳은 어디나 비슷비슷하다는 말이 나오는 걸 거다.

선애가 싱긋 웃으며 새해 인사를 건네자 소피도 방긋 웃으며 말했다.

“감사합니다. 선애님도 행운이 가득하시길 바라요.”

“표정이 무척이나 좋은데, 역시 휴가를 잘 썼나봐?”

"아하, 이게 다 선애님 덕분이지요. 감사하고 있어요. 아, 제가 벌써 여관과 마차를 마련해 놓았답니다. 오늘은 여기서 푸욱 쉬고 내일 출발하시죠?"

어차피 오후에 도착한 터라 그럴려고 했다. 나야 아무렇지도 않았지만, 선애는 흔들리는 배에서 며칠 있었던 게 꽤나 피곤했던 모양이다. 그 안에서 별로 한 게 없어도 말이다.

"좋아, 오랜만에 뜨거운 목욕을 할 수 있겠네."

선애가 반색하며 걸음을 옮기려고 하자 로이가 선애를 불렀다.

"아아, 선애님, 절 잊으신 겁니까? 소개해 주셔야죠."

"아, 미안해요. 깜빡했네. 소피, 이쪽은 앞으로 우리 상회에서 일할 사람. 이번에 갔다가 스카웃해 왔어. 이쪽은 벌써부터 내 일을 도와주고 있는 아가씨."

그렇게 간단하게 서로를 소개시키고 선애는 뒤로 빠지자 둘은 알아서 인사를 나누기 시작했다.

"안녕하십니까? 로이라고 합니다."

"잘 부탁드려요, 로이님. 소피라고 불러주세요."

로이나 소피나 처음 본 사람에게도 방긋방긋 웃을 수 있는 사교적인 사람들이라 분위기 좋게 여관 쪽으로 발걸음을 옮길 수 있었다.

잠깐 동안은 말이다.

"여어… 형씨, 아주 능력 있는데?"

"여자를 둘이나 델고 다니네?"

"이거 부러워서 어디 살겠나?"

'역시… 용병을 고용하라고 할 걸 그랬나?'

올 때는 별일없어서 괜찮은 줄 알고 갈 때도 호위하는 용병 없이 그냥 왔더니만 날파리가 꼬이고 말았다. 그것도 훤한 오후에 큰길에서 말이다.

주변에 있던 많은 사람들은 이 날파리들을 보고는 휩쓸리고 싶지 않았는지 멀리 돌아가거나 아니면 못 본 척 시선을 피한다.

'쯧쯧… 사람들 인심 하고는… 하기야 능력없으면 안 끼어드는 게 상책이지.'

그런 사람들의 모습에 내가 가볍게 한숨을 쉬는데, 로이가 홀로 남자라는 것 때문에 책임감을 느꼈는지 앞으로 나섰다.

"선애님, 소피 양, 제 뒤로 오세요."

그런데 자신은 호기있게 말하려고 한 것 같은데 너무나 긴장하고 있는 바람에 목소리가 가늘게 떨리고 말았다.

'그런 모습은 저 녀석들의 기를 오히려 북돋워 주는 거라고.'

역시나 내 생각대로 세 날파리 녀석은 잔뜩 긴장해서 뻣뻣한 로이의 모습에 힘을 받아 더욱더 건들거리는 것이었다.

"오호라, 이거 기사 나셨구만, 기사 나셨어."

"허약한 기사 나리셨네?"

"이거, 우리가 잘못했다고 빌어야 하나?"

녀석들은 자기가 말한 것들이 마치 엄청 웃긴 농담이라도 되는 양 한마디씩 내뱉고는 좋다고 서로를 붙잡고 웃어댔다.

"서, 선애님, 이럴 때 빨리 소피 양이랑……."

그들이 대놓고 크게 웃는 등 정신이 없을 때 피하라는 소리인가 보다.

그러나 선애는 생글생글 웃으며 느긋하게 입을 열었다.

“앗싸, 최소한 식비는 굳힐 수 있을 것 같군. 여긴 사람들이 많으니 아무래도 일 벌리기 곤란하겠지? 소피, 이 근처에 인적이 없는 골목길이 있어?”

선애의 말에 소피가 기다렸다는 듯이 대답했다.

“이 근처에 화물 창고들이 있습니다. 그 근처라면 인적없는 곳이 많지요.”

“좋아, 그쪽으로 유인해 볼까나? 소피, 잘 뛰어?”

“저야 괜찮지만, 로이님이 문제군요.”

“남자인데 괜찮겠지.”

나는 소피가 저 세 날건달이 나타났는데도 눈 하나 깜짝하지 않는 걸 보고 그녀가 선애의 능력을 알고 있기 때문에 그러려니… 라고 생각했다.

설사 그게 아니라고 해도 정보 길드 요원이라고 한다면 산전수전 웬만큼 다 겪은 당찬 아가씨일 테니까 이 정도 가지고 호들갑을 떨지는 않을 거였다.

“좋아, 그럼 소피가 앞장서.”

“넵!”

선애의 말이 끝나자마자 소피가 후다닥 달리기 시작했고, 그 뒤를 로이의 팔을 잡은 선애가 따라갔다.

“어, 어어… 선애님?”

로이가 당혹한 얼굴로 선애를 불렀지만, 뒤에서 쫓아오는 녀석들 때문에 자신도 후다닥 달리기 시작했다.

“저, 저놈들 도망간다!”

“쫓아가!”

“지 놈들이 뛰어야 벼룩이지!”

과연 녀석들은 우리가 도망치듯 달려가자 기고만장해서 쫓아오기 시작했다.

얼마 달리지도 않아 소피가 말한 화물 창고로 이용되는 듯한 커다란 단층 건물들이 주르르 서 있는 길이 나왔다. 그리고 그곳의 몇몇 건물들에는 사람들이 바글거렸지만, 그 외의 건물에는 인적이 보이지 않았다.

우리들이 그곳까지 열심히 달려갔지만, 다른 사람들은 힐끗 보기만 할 뿐 도와줄 기색은 보이지 않았다. 뭐, 도와주지 않는 게 우리로서도 잘된 일이지만 말이다.

그렇게 소피는 열심히 달리다가 어느 정도 사람들이 있는 건물들과 멀어졌다 생각했는지 단층 건물들 사이에 난 작은 골목으로 쏘옥 들어갔다. 물론 그 뒤를 선애와 로이가 따라 들어갔고 건달들도 쫓아왔다.

“헥헥, 여기면… 헥, 괜찮아? 헥헥…….”

소피가 그 자리에 멈춘 걸 보자마자 선애는 옆에 있는 벽을 집고는 헥헥거리며 숨을 골랐다.

“예, 여기면 괜찮을 것 같아요.”

‘어라? 소피는 숨이 차지도 않는가 보네?

내 말대로 소피는 뺨이 약간 상기된 정도였지 숨이 거칠어지지도 않았다.

반면 로이는 아예 바닥에 주저앉아 헥헥거리고 있었다.

“허억, 허억… 여, 여기도… 허억, 그리… 허억, 안전하지는… 허억, 않는…….”

그가 더 도망가자는 내용의 말을 하고 있는데, 채 말이 끝나기도 전에 날건달 세 명이 들이닥쳤다.

“헥, 네, 네놈들이… 헥헥… 뛰어봐야… 헥…….”

“헥헥, 여, 여기… 헥헥… 까지냐? 헥헥…….”

“헥… 더… 헥헥… 도망가… 헥헥… 보시지?”

한 녀석이 호기롭게 말했지만 그 녀석은 말을 끝내자마자 옆에 있던 동료들에게 한 대씩 얻어맞았다.

“헉… 미, 미친놈… 헉… 여기서 헉헉, 더 뛰라고?”

“허억… 더 도망갔다간… 죽여 버리겠어… 헉헉…….”

“후아아… 이거 무지 힘드네. 돌아가자마자 체력을 키우든지 해야지…….”

놈들이 그러든 말든 숨고르기 바빴던 우리 꼬맹이는 겨우 숨을 진정시킬 수 있었는지 뛰어오느라 흐트러진 옷을 잘 추스르며 몸을 바로 세웠다. 그리고는 날건달 녀석들을 바라보며 입을 열었다.

“여기까지 오느라 수고했다. 그런 의미에서 빨랑 끝내주도록 하지.”

“뭐, 뭐냐? 얌전히 돈을 내놓겠다는 생각이냐?”

건달이 당당하게 나오는 선애의 모습에 의아스럽다는 듯이 물었다. ‘혹시 뭔가 있는 거 아냐?’ 라고 생각했던지 조심스러운 어조다.

“돈 내놓는 건 네 녀석들이지. 선택해. 얌전히 돈 내놓고 물러갈래, 아니면 이 추운 날 돈 털리고 나체가 되어 뛰어갈래?”

선애의 당당한 모습에 로이는 무척이나 어리둥절한 모습이었지만,

이럴 때 나서는 어리석은 짓을 하는 대신 뒤로 얌전히 물러나 조용히 서 있었다. 그리고 선애의 바로 옆에는 소피가 씨익 웃는 표정으로 당당하게 서 있었다.

[선애야, 소피가 아무래도 뭔가 한가락하는 것 같다. 방금 달려왔을 때도 넌 헥헥거리는데 소피는 멀쩡했거든.]

내 말에 선애가 소피를 힐끔 바라보며 물었다.

"소피, 저 녀석들 요리할 수 있어?"

그러자 소피가 자신있게 생긋 웃는다.

"말씀만 하세요. 죽일까요, 반만 죽일까요?"

[푸핫… 소피가 호위 역할도 같이 했나 보네.]

나는 소피의 당당함이 마음에 들었다.

그러나 날건달들은 이런 소피의 당당함이 마음에 안 들었나 보다.

"이 계집애가~!!"

한 녀석이 열받은 표정으로 주먹을 쥐고 달려들었던 것이다.

그러자 선애가 소피에게 지시했다.

"반항 못할 정도로만 패."

"옙!"

소피는 대답을 함과 동시에 앞으로 쏘아져 나갔고, 주먹을 쥐고 달려들던 놈의 품으로 살며시 파고들어 무릎으로 녀석의 배를 쳐올렸다.

"쿠엑!"

그 힘이 대단했던지 덤비던 녀석은 비명과 함께 뒤로 주춤주춤 물러나는 것이었다.

그런 그를 향해 소피는 한 번 생긋 웃어주고는, 녀석의 배를 쳤던 무룡을 펴 그쪽 다리로 앞으로 한 걸음 내딛은 뒤 뒤에 있던 발을 들어 멋지게 뒤돌려차기를 선보였다.

"꾸엑!"

경악 어린 시선으로 바라보던 녀석의 관자놀이에―무협식으로 말하면 태양혈 자리로 인체의 급소 중 하나다. 거기 잘못 맞으면 기절한다―정확하게 소피의 뒤꿈치가 들어갔고, 놈은 그 두 방으로 천천히 옆으로 쓰러졌다.

터얼썩~!

단 두 방에 동료가 쓰러지자 나머지 두 녀석이 사색된 표정으로 소피를 바라보았다. 그러더니만 주춤주춤 물러나다 잽싸게 뒤를 돌아 도망치려고 하는 것이었다. 현명하기는 하지만, 그래도 참으로 의리없는 녀석들이었다.

그리고 선애가 그런 놈들을 가만 내버려 둘 리가 없었다.

"언니!"

[기둘리고 있었노라!]

찝쩍거릴 상대를 잘못 잡은 그놈들은 도망치려고 했지만, 눈앞에서 갑자기 숏아올라 자신들의 앞을 가로막는 거대한 불의 장벽 때문에 발걸음을 멈출 수밖에 없었다.

"크헉헉~!"

"이, 이러언……!"

앞에는 불의 장벽, 뒤에는 당당한 여장부 소피.

놈들은 앞뒤를 번갈아 바라보다가 절망 어린 표정으로 그 자리에 털썩 주저앉았다.

그런 그들을 향해 선애는 참으로 다정한 미소를 지어주며 물었다.

"그냥 내놓을래, 아니면 얻어터지고 강제로 옷까지 뺏길래?"

그러나 놈들은 둘 다 싫은지 우물쭈물하고 있을 뿐이었다.

그에 선애는 다시 한 번 친절하게 설명(?)해 줬다.

"셋 셀 동안 가만히 있는다면 얻어터지고 싶다는 걸로 알겠어. 하나, 두울……."

거기까지 세자 소피가 스윽 움직였다.

그에 사색이 된 녀석들이 허둥지둥 주머니를 털었다.

"자, 잠시만요."

"돈 냅니다. 예, 내요!"

그러나 이런 놈들이 한 번에 다 내놓을 거라고는 아무도 생각하지 않는다.

그리하여 선애는 세 번에 걸쳐 녀석들을 협박하고 소피보고 가볍게 어루만져 주게 했고, 나보고는 따뜻한 온기를 전해주게 하여 녀석들이 가지고 있는 1실링까지 모조리 다 빼앗았다.

맨 처음 소피에게 얻어맞아 기절한 녀석은 선애와 소피, 그리고 로이가 지켜보는 가운데서 친구들 손에 의하여 홀딱 벗겨져 주머니 속에 있는 모든 것을 다 털리는 영광을 맛보았다.

"우후후후… 공돈, 공돈~ 공돈~ 공도오온~"

망연자실하여 바닥에 쓰러진 세 녀석을 놔두고 그 골목을 빠져나온 선애가 콧노래를 부르자 뒤를 따라오던 로이가 얼빠진 표정으로 물었다.

"에에… 어째 익숙하십니다?"

"그게 참, 이상하게도 나에게 돈을 주고 싶어서 몸을 날리는 사람들이 가끔 있더라고요. 그들의 정성을 어떻게 외면합니까? 그래서 기꺼이 받아주고 있죠."

생글생글 웃으며 대답하는 선애를 바라보며 로이가 삐질거리며 마주 웃어줬다.

"아, 참… 소피, 그 사람에게 처음으로 마음에 든 일을 해줬다고 전해줄래요? 호의에 진심으로 감사한다고도 전해주세요."

"예? 아… 예."

소피는 선애의 말에 처음에는 어리둥절한 표정이었지만, 곧 싱긋 웃었다.

'그' 란 척이란 건 알아들었겠고, 그 '호의' 가 자기를 가리킨다는 걸 알아들었는지는 모르겠지만 말이다.

『선애야, 선애야』 5권에 계속…